——美国南

冷夏

中短篇小说选集

水影 著

DIXIE W PUBLISHING CORPORATION   U.S.A.

美国南方出版社

冷夏 / 水影 著

丛书顾问：施玮
丛书编辑：张见、夏婳

校对： 南山松
封面设计：张晔道

© 2021 by Shui Ying

Published by Dixie W Publishing Corporation

Montgomery, Alabama, U.S.A.

Website http：//www.dixiewpublishing.com

本书由美国南方出版社出版

▪ 版权所有 侵权必究 ▪

2021 年 12 月 DWPC 第一版

Library of Congress Preassigned Control Number： 2021950274
美国国会图书馆预编目号码：2021950274
ISBN-13： 978-1-68372-400-1

作者简介

　　水影，北美作家协会会员，浙江大学计算机学士和信号处理硕士，美国物理和计算机硕士。曾在国内省级刊物《东海》和《东方青年》发表小说。旅居美国多年，小说多次在《世界日报》连载，另有发表于《彼岸》杂志和《侨报》等，也有被收集在《北美女人丛书》《海外优秀短篇小说精选》《2019北美中文作家作品选》和《2020北美中文作家作品选》等。出版过长篇小说《迷惘的风》《漂泊的心》和《花落谁家》，以及中短篇小说集《秋天的故事》。作品曾获《第十四届新语丝网络文学奖》一等奖和《2017-2018世界华语微型小说双年奖》三等奖。

异域的别样人生

美国南方出版社是一个有文学情怀，也有社会情怀的英汉双语出版社。我因他们而感动，也应他们邀请成为这个有情怀的出版社的文学顾问。2016 年秋天我们策划出版北美女作家丛书系列《异域的别样人生》，从征稿开始就收到来自作家和学者的关注与支持，终于在 2018 年的岁尾即将陆续推出。

我们希望该丛书是细水长流式的出版节奏，不求多，不求快，但求精、求锐。我们希望在这个丛书中推出新锐独立、有思想深度、有社会担当的北美华人女作家，向读者展现她们在思想、语言、意境、结构等多方面有所追求和突破的精品。

今天，华人的脚步几乎踏遍了全球的每个角落，移居北美的华人更是历经了几代人的悲欢离合，在新大陆盘根错节，在文化碰撞间水乳交融。随着大陆背景的新移民成为当下美国和加拿大的主要移民群体，他们中生发出无数让人激动流泪又感怀叹息的故事；而从移民的视角回望故园，更有着揭秘真相的自由与魅力。女性作家以其更为自由、也更为敏感的心思，用美妙细腻的笔触书写的人事世事、人情世情，将为读者展开一卷细腻的北美新移民的"清明上河图"工笔精品画。

如果说女人是水做的，那么女性作家的文学作品也有着水的特征。不过，这些水不再仅仅是通常状态的水，不再是家中或干净或不太干净的玻璃杯中的白开水，不再只是淘米煮饭、洗衣浇花的水，甚至也不再只是一杯咖啡或是一行眼泪……

女作家笔下的"水"回到了大自然水的模样，千姿百态，恣意变幻。她们的文字有时是润物无声的细雨，有时是电闪雷鸣的暴雨；有时是水滴石穿的坚毅，有时是飞流直下的决绝；有时如湖泊般明亮坦然，有时如小溪般轻快俏皮；有时是难以化开的浓雾，有时却是远处的晚霞；有时是水，有时却是冰。

是的，我个人的审美是更多一点喜欢雾和冰。喜欢文学作品中如雾般升起的意境，不知不觉中罩住我，甚至渗透进我的血液和骨头，让我的血液跟着沸腾，或是让我的骨头寒冷而哀鸣。我也喜欢像冰的文字，干净而凛冽，刀锋般刺入心灵、刺入记忆、刺入自我的遮蔽，像一道光刺入黑暗，却最终融为滋润干渴的水。

但我也会在午后，品尝一杯咖啡或是一杯茶；会欣赏融在墨里的水、泼在纸上的水，也会赞叹主妇手上的水，和一小汪独自映着蓝天的水。女人就是这样多姿多彩，女人笔下的文字既是她们眼中的世界，更是她们心中的世界、梦中的世界、灵里的世界。于是，女人的文字就比女人本身更加多姿多彩起来。

《圣经》上说男人是泥做的，女人是上帝用男人靠近心脏的一根肋骨造的。也许因此女人的心思不仅更敏感于男人，也更敏感于心、敏感于灵。女性作家不必趋同男性的视角和价值观，更不必在女性主义的大旗下取媚于男权市场，而应该确认自己独特的性别角色，加以挖掘、开发和提升。这样，女作家的作品将因其性别天然的独特优势，而在超越三维物质时空、进入灵性视角与感知方面，获得更大的创作空间与创作成就。

生活在北美的女性作家大多生活经历丰富、文化审美与伦理观念具有中西方的交融，倾向普世价值。她们大多有着不同的职业，与当下社会生活贴得更近。她们写作是为了文学本身，而不需要为五斗米折腰，因此获得了更多的创作自由。她们的作品中对故土故人有着强烈的趋同感，同时又有着赤子般锐利的反思。这些特征让她们的作品既有别于中国大陆本土的女作家，又有别于港台的女作家，以其丰富、张力、反思、独立而自成一个体系。

现在大部分海外女作家作品丛书是由中国出版社出版的，这实在是值得我们庆幸和感恩的，因为中国毕竟是汉语写作最为广大的阅读市场，我们的作品能回到祖国，被广大的同根同族的人阅读并研究这实在是可喜可贺之事。然而，同时也带来一点遗憾，就是这些在中国出版的丛书，在内容、风格上无疑要符合中国大陆的审美的思想理念，难免不能真正准确、完整地呈现北美女作家的写作和思想风貌。因此，这一套《异域的别样人生》完全由北美女作家创作、编选，由北美出版社出版，希望能补此遗憾，同时也为文学研究者提供第一手资料。

施玮

写于 2018 年 11 月

施玮：诗人、作家、画家。祖籍中国苏州。曾在北京鲁迅文学院、复旦大学中文系学习。1996 年底移居美国，获《圣经》文学研究博士学位。华人基督徒文学艺术者协会主席。

内容简介

　　这本书收集了水影近年的十五篇中短篇小说。水影以她一贯细腻清新的笔触描写了海外华人婚姻和恋情的人生百态，小说构思巧妙，引人入胜，情节曲折，余韵悠长，结局往往出乎意料之外又在情理之中。水影小说最可贵之处在于真实地反映了现实生活，常常让人觉得就是发生在身边的事，因此得到许多人内心深处的共鸣，在网络上引发极其热烈的反响。本书主要收集了水影近年的得奖作品以及在《世界日报》和《侨报》连载的作品。

部分网络评论

　　水影擅长女性婚恋体裁和家庭伦理题材的写作，她笔下的女主人公，大多是沐浴欧风美雨但骨子里又兼具东方传统的，外柔内刚，独立自强的知识女性。她们温婉贤良，事业家庭一肩挑，常常事业成功但家庭婚恋生活出现意想不到的波折或挫折，但她们没有在挫折面前消沉和自哀自怜下去，而是把拐点作为新起点，直面人生的惨淡和人性的不完美，以内心的勇敢和强者的姿态，重新构建自己的新生活——犹如地震倒塌后的重建。这些女主身上，折射了我们对完美女性的理想，也呈现了海外华人女性的生活和生存状态，正是这种对共性的发掘和描画，引发了广大女性读者深层次的心理共鸣。

　　水影的文字风格细腻温婉，秀雅含蓄，唯美清新。笔触既善工笔白描和浓墨重彩，也善营造烟雨蒙蒙的写意留白。她写实和写意功力皆佳，文字技巧纯熟，犹如轻功了得的武林高手，可腾云驾雾，可飞檐走壁，任何体裁她都可信手捻来毫不费力。她对女性心理和场景的描写尤为逼真。逼真到什么程度呢？一般情况下第一人称写作的带入感是最强的，但水影常以第三人称写小说，却带入感极强，看其他小说，总能感到看的仍是别人的故事，主体和客体间有明显的分界线。但看水影的小说，会不知不觉进入小说角色之中，恍若女主附体，会情不自禁与她同悲同喜，同哭同笑。

我研究好久，依然不知她的武功秘笈是如何修炼到如此化境的。

在体裁上，她的作品可说是涉猎了留美华人近年婚恋中出现的所有热点话题：婚内情，婚外情，初恋，外遇，小三，破镜重圆，离异重组，海归老公，留守太太等等，她的小说构思巧妙，情节曲折，波诡云谲，高潮迭起，余韵悠长。结局往往出乎意料之外又在情理之中。还有一个我最喜欢的地方，就是她对故事节奏的把握，对文字节奏的把握，都恰到火候，读来绝不厌倦，恰如相声大师，坑挖的是地方，包袱抖的是时候。

她的文字和节奏好到什么程度？举例说明：我首次读她的连载小说，是从半中腰读起，一日恰有片刻闲暇，时间短到恰够读一篇短文，于是我抄起她的小说，随便翻开一个章节，在不知前文和后语的情况下，读了下去，一般而言，读连载小说处在这种搞不清人物关系状况的情况下，是很难读下去的。意外的是，我居然被这掐头去尾的章节吸引进去了，而且读完意犹未尽，急忙掉过头，寻找到第一章，如饥似渴地看起来。足见她小说吸引人的程度，可谓段段鲜活，寸寸人性。

--- By 百花苑主

最近水影的当红连载小说《夫妻关系》吸引了不少网友，不得不由衷赞叹作者构思巧妙独到，文笔亲民又有棱角。所描写的是大家熟悉的白领精英，天之骄子。他们各领职场风骚，能力超群。回到家里互不服输，据理力争。故事情节跌宕起伏。时时出其不意，让众人的惯性思维屡屡踏空，又另辟蹊径。让人雾里看花，情不自禁，为里边的人物牵肠挂肚，暗自为他们摇旗大喊，想为他们

排忧解难，更多是为他们祝福，愿他们一起平安渡过难关。

优秀的文学作品，是很好的生活教科书，源于生活又高于生活。小说《夫妻关系》，写得很精彩，引起了许多人内心深处的共鸣。

--- By 乔宁

水影的小说，所以吸引人就是因为写得非常现实，你能从她的小说中找到真实的故事，好像那些人物，无论多少，无论怎样的关系，你似乎都见到过他们一样。甚至某个人物是不是好像就是你自己。

水影非常会刻画人物，她能够用细腻的手笔让一个个普通的人物鲜活起来，变得非常真实，非常有代表性。她的小说总是给人留有遐想的空间，让你能随意根据自己的愿望去展开故事，让人物在故事中能朝着自己喜欢的方向发展。这也是她的小说一直受人热捧的原因之一。

--- By 晓青

水影的小说《夫妻关系》连载完毕，可喜可贺。这是一个留白的作品，宛如一幅中国画，浓淡相宜，给人大片的想象余地，对细节，对将来，对彼此。我们读者是心甘情愿带着自己的爱情观，价值观，人生观，填补着故事的间隙，在人物的身上寄托着自己的理想，弥补自我的个性缺憾，领悟我们自己的人生智慧。

--- By zhiyan

吸引人的小说，许多都会有出人意料的情节，让读者感受跌

宕起伏的快感。水影的小说《夫妻关系》中，就有让人坐了回回旋起伏的过山车的感觉，在体味世事无常中，感叹情感世界的柳暗花明。

文中出人意料的三个意外，除了让人们体会了生活的无常外，更是揭示了婚姻生活的真谛：只有相互尊重，相互信任的婚姻才能走得更好更远。真是不能不佩服水影的巧思妙想，这三个意外，绝对给小说增加了不少的意趣。

--- By 南山松

感谢水影的倾心创作，她的作品之所以都那么吸引读者，就是因为那些故事能深刻而真实地反映现实，能非常准确地刻画故事中人物的内心世界，能细腻地描述故事中的每一个人物，让人们从故事中体会生活的本质，婚姻的真谛。小说《夫妻关系》是一部值得一读的好小说！

--- By 手拉手来

水影擅长写情感类小说，近几年就连载了不少，出了不少精品，也引起读者不小的共鸣。小说《危机》一经刊出，同样引来大家的热议。我最佩服水影的地方就在于，写了那么多的故事，却都能不落俗套不落窠臼，除了语言风格一如既往的细腻温婉，每一篇小说的人物刻画情节设置心理描述绝无重复又引人入胜，就那么有魔力地吸引读者不由自主地"陷"进去，似乎要随着主人公同悲喜共命运。突然就想起托尔斯泰那句名言，幸福的家庭都是相似的，不幸的家庭各有各的不幸。其实，不管幸福也好，不幸

也罢，家家都有一本难念的经。爱情、婚姻、家庭，原本就是最具话题性的话题，也是人类一辈子都在穷究而又无解的问题，和人类息息相关却又无时无处不充满矛盾与斗争。

--- By 小园香径

水影的小说以情感叙述见长。水影小说的关注点通常集中在女性的情感纠葛上，小说内容则侧重表现在社会上广泛关注的一个现象——这个现象也是现在婚姻破裂家庭解体的最常见的原因，那就是婚姻中的出轨。水影的小说《危机》则为这种出轨现象提供了一个近乎完美的标本。

人非圣贤，孰能无过。再美满的婚姻，再相爱的夫妻，在漫长的婚姻生活中，都总会有磕碰，有纠结，有彷徨，有挣扎，有苦恼，甚至有痛苦，有沮丧，有危机，我们无法逃避，只能面对，因为这些，就是生活。也正因为如此，《危机》这样的小说，也才有它巨大的存在价值。

--- By 安芃

一气读完《月色如水》后，真的让人感受到了月色如水，皎洁闪亮。结尾惊艳了全场，太棒了。

--- By ARooibosTea

《月色如水》这个结尾我太喜欢了！有情，有理，有意料之中，又有出其不意。看得过瘾，不留遗憾。人到中年，家最重要。

--- By 寒一凡

《朱丽》感觉好像就是身边发生的事情一样，一不留神还以为是真事儿，那么自然贴切。

--- By 小曼儿

水影的又一篇小说《意外的重逢》，吸引了不少的读者。故事的结尾有点超出大家想象，有点让人遗憾，让人高兴、让人恨。但这个故事还是很有现实意义的，毕竟这样的事情一定是存在的。

水沫的文笔非常好，细腻地在短短的小说中给我们呈现的人物也非常简单，故事情节也没有什么曲折的。但读完这个短短的故事，我们每个人的心中却都难以平静，它把我们带入了深深的沉思……

--- By 手拉手来

《冷夏》整篇小说写得细腻，文字好，结尾写得好，最后一句写出女主人的心境。小说没有结局，leave it open 也是水影写作的水平，让人去思考，世间很多事反复无常，各种可能都会发生。

--- By 暖冬 cool 夏

水影的小说写得非常棒，有的小说我读着读着就放弃了，唯有水影的小说，引人入胜，让人欲罢不能，写作功力非同一般。

--- By 夏圆

《神秘师兄》写得真好，引人入胜，最后峰回路转，原来如此，

让人忍俊不禁，甜蜜美好的故事，喜欢！

--- By 小声音

《父母的印记》看到最后我流眼泪了，感动极了，水影的小说越来越深入人心，让人共鸣，读得心潮起伏。

--- By womaninhome

水影的小说柔和但有力量，有回味。

--- By 田野 maomao

到了现在的年龄，对情感题材已经没有多少兴趣了。不过水影的小说依旧很有吸引力，让我欲罢不能。因为她的小说，情节进展既在意料之外，又在情理之中，足见她的写作功力。

--- By 迪儿

《重相见》这篇小说构思奇妙，没有什么大起大落，却也情满动人，不乏惊叹。

--- By yy56

目 录
Contents

月色如水

1

一束月光从窗帘的缝隙里透了进来，在床上落下一道银色痕迹。岑如蜷缩在双人大床的一侧，床的另一侧空空荡荡，她翻了个身，一滴眼泪从眼角滑落，滴到了枕头上。

她跟林南已经分房两个月了。

岑如一时想不起那天他们是为何争吵，记忆中最清晰的部分就是林南铁青着脸去了客房睡觉，眼神里满是冷漠和疲惫。

他们以往也有吵嘴的时候，可从不过夜，晚上到了床上，林南总像只小狗般地蹭到她身边，讨好地触碰她、抚摸她，跟她说别生气了。岑如也不是不依不饶之人，嗔怪林南几句，也就顺着台阶下了。

可是现在林南独自睡在客房，对于岑如的生气和眼泪他视若罔闻。

这两个月林南就像个一点就着的炮仗，任何鸡毛蒜皮的小事都能成为一场大吵的导火索，吵完他径自离去，空留一腔怨愤又无可奈何的岑如。

比如今晚，岑如做完饭菜喊大家来就餐，林南过来帮忙把厨房里做好的菜放到餐桌上，岑如一眼瞥见桌上有一只购物袋，便随口说了一句："你怎么把菜放口袋边上，多脏啊。"

林南就像吃了炸药莫名嚷嚷起来："碰着了吗？！碰着了吗？！"他嚷嚷的时候两道浓眉拧在一起，高挺的鼻梁下宽大的鼻翼翕动着，那两侧的鼻翼总让岑如想到横行霸道的螃蟹。

岑如是个清高之人，最受不了别人横眉喷目、粗声大气的样子，她的火气也"腾"地升了上来："怎么没碰着？你不好把口袋拿开的啊，饭桌上放这么多东西干什么！"

林南不吭声了，沉着脸吃了几口饭，就离桌了。

岑如忍不住生气道："我辛辛苦苦做好饭菜，你还给我板脸耍脾气！"

林南又浓眉倒立、鼻翼翕张道："是你先开始唠叨我的！"

两个人由此扯着嗓子又喊又叫，车轱辘话就这么几句来来回回地争吵，接着林南就兀自走进客房，门"砰"的一声在他的身后关上了。那重重的一声听得岑如心中一惊，将她的怒气又撩了起来，她忿忿地又大声地骂了几句："真不是个东西……讨厌的男人……"

他们十二岁的女儿露西一声不吭地吃完饭，像只小兔子般"倏溜"一下地回了自己的房间。岑如一个人坐着生了会闷气，也就起身去了主卧。厨房里一片狼藉，满满当当都是用过的脏碗盘，想到自己辛辛苦苦做了饭菜，结果全家人都没吃好，岑如不由得对林南又是一阵怨艾。

岑如走过客房的时候，听见林南在看电视剧，音量开得很大，她忍不住又在门外狠狠地骂了两句，林南没有反应。岑如走进主卧的时候，也重重地摔了下门。

岑如在沉沉夜色中长长地叹了口气，其实林南以前并不是这样的，他们的关系也并非如此冷淡。

　　岑如和林南是大学同学，岑如虽不是大美人，但姣好清秀，追她的男生也如过江之鲫。她有个高中男生顾晗，从高中就给她写情诗，不离不弃地追了许多年。可是岑如需要崇拜感才能对男生产生感觉，偏偏她又是个学霸，身边能让她仰望的同龄人屈指可数，准确地说，在同学中只有一个人，那就是林南。林南学习成绩略胜岑如，而且学得轻松自如，除了专业，他还博览群书，兼通古今，班上不少女生暗暗倾慕林南，岑如也是芳心暗动。当林南向岑如表示好感的时候，岑如脸颊绯红，心中一阵小鹿乱撞，她也不是矫情的女生，当即也娇羞地对林南表明了自己的心意。

　　他们的爱情两厢情愿，水到渠成，他们的婚姻琴瑟和鸣，温馨美满。到美国之后也有一段艰苦打拼的日子，但是两个人都有奖学金，毕业后又相继找到工作，大多留学生家庭只有一个人有收入，他们比翼齐飞的优越着实让人羡慕。如今他们也是人到中年，岑如在政府部门做公务员，林南在大公司做项目管理，住着宽敞漂亮的大别墅房子，有一个十二岁的乖巧女儿，似乎一切都是如此完美圆满。

　　他们这些年日子过得顺风顺水，到了如今，虽然没有了恋爱时的浓情蜜意，偶尔也会小吵小闹，但总的来说夫妻关系也是温暖融洽，直到两个月前的一天。

　　岑如努力地回想了一下两个月前那一天发生的事，至今都觉得一切都是那么不可思议。

　　两个月前的一天，岑如如往常一样下班回家做饭，林南也如往常一样在帮忙淘米。夕阳透过窗户斜斜地洒落在厨房里，照出一片温暖明朗的气氛，完全没有一点不好的征兆。

岑如手里拿着一根山药找刨子，一时找不见，便用手肘碰了碰林南说："让下，我找个刨子。"

谁知林南莫名其妙地皱着眉头大叫了起来："我在淘米！"

岑如不高兴地说："你叫什么！"

林南又嚷道："我淘米你不好等一会儿的？！"

岑如说："我拿着山药手会痒！"

他们偶尔也会笑着拌嘴，说笑几句就过去了，可是这天林南却阴沉个脸，把米锅重重地往桌上一放，扬长而去。

岑如虽然不是爱挑事的女人，可是心高气傲的性子，她越想越气，把山药一放撂手说："什么东西，我不做了！"

这个晚上大家都没有好好吃饭。岑如后来给自己和露西简单地下了鸡蛋挂面，林南自己吃了包方便面，就抱着被子一个人睡到了客房里。

从这天起，林南像变了个人似的，不仅一直跟岑如分房睡，而且眼神里总透着疲惫不耐，加班也突然增加，最恼人的就是动不动就横眉冷脸，大叫大嚷。

岑如在月色中一面想着心事，一面落泪，终究也是迷迷糊糊地睡着了。

2

第二天是周六，岑如一觉醒来，微微睁眼，看见一束阳光已

4

经透过没拉严的窗帘照进屋子，尘埃在光柱里飘浮。

岑如从床头拿起手机，发觉已是八点半了。她慵懒地躺在床上，习惯性地先浏览一下手机。她的高中同学顾晗给她发了一条信息："我过两天要到美国开个学术会议，到时会过来看望你，很多年没见了，期待能够再见！"

他们的高中班群才建立不久，毕业二十二年的同学重新联络上了，一时好不热闹，尤其是顾晗，他显得十分兴奋，时不时给岑如发一些信息。

高中的时候，顾晗就给岑如写含蓄情诗，可是岑如晚熟，高中时情窦未开。毕业后岑如考上了全国前五的名校，顾晗去了一个不知名的小学校，虽然顾晗一直执着而热烈地追求岑如，但是岑如只喜欢学习成绩比她好的男生，所以顾晗并没有任何希望。

岑如大学毕业不久就跟林南结婚出国，跟顾晗也就断了联络。时光荏苒，白驹过隙，十八年转瞬而过，世界发生了翻天覆地的变化，他们高中班变化最大的是顾晗，他如今在岑如的母校 C 大做教授，还是理学院的院长，成绩斐然。

没想到，真是没想到。岑如有点酸溜溜地想：当初她一骑绝尘，在班上成绩最为出众，出国时被大家羡慕，如今却只是美国政府部门的一个公务员，而国内的一些同学都已是教授、处长，尤其是顾晗，他是同学中最出类拔萃的一个，自己当年还看不起他，现在他的成就已远超自己。

岑如简短地给顾晗回复了一句："好的，到时见！"

岑如起床梳洗完毕，就来到了厨房。她有着江南女子白皙细腻的肌肤，气质知性柔和，可是一张小方脸又显露出她个性中的棱角。她看见昨晚狼藉不堪的厨房，已经被林南整理干净，心里的气也就消了大半。

她烤了面包，煎了鸡蛋，又将香蕉切成小段，一面倒牛奶一面喊露西来吃早餐。林南一面穿外套一面走过来跟她说："我今天要加班，露西的课你送下吧。"他中等身材，单眼皮的大眼睛，英挺的鼻梁下微微横张的鼻翼。

林南最近几乎天天加班，岑如心里余气未消，就面无表情地应了一声。

车库门"哗啦啦"地拉起，又"哗啦啦"地落下，岑如从窗子里看见林南蓝色的车子渐渐远去，消失在自己的视野里。

林南最近到底是怎么啦？她眉尖紧蹙在一起，又被这个问题困扰。

她也曾问过林南是不是身体有什么状况或者出了什么事，林南说实在是因为太累、压力太大。可是岑如总觉得林南可能另有隐情，这么多年的相处，从未见过林南的情绪像现在这么反常，岑如的心里存着一份疑虑。

露西上午是中文课，下午是舞蹈课和钢琴课。岑如周末的时间几乎都耗在孩子身上，十二岁的女孩已是亭亭玉立的样子，跟孩子在一起是她现在最快乐的事了。

钢琴课完毕，已经是傍晚五点。岑如不想回家，也不想给林南做饭，她问露西："我们去餐馆吃饭好吗？"露西欢呼雀跃地附议。

岑如带着露西到了红龙虾餐馆，这是一家露西喜欢的餐馆。她们到得略早，店里只有寥寥几个客人，岑如挑了张靠窗的座位。正是夏末秋初，天色依旧光亮，街上车水马龙。

露西喜欢吃油炸虾，岑如跟她说油炸吃多了对身体不好，容易发胖，露西开始爱美，便听妈妈的意见，叫了奶油蒜头柠檬大虾，岑如自己叫了一份龙虾。她跟露西一面聊天，一面漫不经心地望着窗外。

餐馆座落在街的拐角处，窗外正是一个十字路口，车来车往，川流不息，忽然一辆熟悉的车影映入她的眼帘，那好像是林南的车子，一辆深蓝色的佳美，车前挂着一枚大大的圆形平安符。

不会吧，林南不是在加班吗？她的脑子里刚刚闪过这个想法，车子就清晰地驶入她的视线，驾驶座上的人果然是林南，可是紧接着她的发现使她心中一惊，手脚发软，她看见副驾驶座上坐着一个长发的妙龄女子，他们正说着什么，那女子一脸笑意盈盈，林南的脸上也有着久违的灿烂的笑容。

原来他没有去加班，他跟其他女人去约会了，原来他有外遇了！

她仿佛在迷雾中终于觅得答案，却没想到答案是如此残忍、如此不堪！

这些日子她一直因为林南的情绪反常而气恼不安，林南反复说是因为最近负责一个几百万的大项目，时间紧，责任重。岑如知道林南是个骄傲好强之人，第一次担责这么大的项目，难免心力交瘁。她虽然心有怨意，但还想着也许他这个项目过后一切都会好转，可是这一点希望在这个时刻顷刻间被碾得碎如沙砾。

怪不得这些日子他一直忙于"加班"，怪不得这些日子他一直睡在客房，怪不得这些日子他对自己冷淡，原来是在外面有了女人！林南的车子瞬间开远了，可刚才那一幕却在岑如眼前挥之不去，她的心一直往下沉，泪水摇摇欲坠，她忍住泪水匆匆跟露西说了一句："妈妈去下卫生间。"

岑如关上卫生间的门，泪水奔涌而出，她的心痛得一抽一抽的，她不知道她该怎么办，可是她知道从此一切都不一样了！她捂着胸口，心里有着说不出的难过。

岑如最终擦干了眼泪，回到了餐桌。露西发觉妈妈神色不对，便问道："妈，出什么事了吗？"

岑如抑住心头的悲痛，她说："我突然胃痛得不行，你吃完我们就回家吧。"

她们走出餐馆的时候，夜幕已经降临，月光如水泻下一地的清辉。夏末秋初的时节，晚上略有凉意，可是岑如却感到前所未有的寒冷，她只觉得月光是如此清冷，冷得使她打了个寒颤。

这个晚上，林南九点多才回家。岑如看了他一眼问道："你今天加班？"

"是。"林南点点头。

"出去过吗？"

"没有。"林南回答得非常简短，可是岑如在他的眼睛里捕捉到一闪而过的慌乱。

岑如心里冷笑一声，便回了自己的卧房。

3

一连几天，岑如的日子过得麻木不仁，她仿佛一个机器人，机械地上班吃饭，照顾露西。她几乎不跟林南说话。她一时没有想好该怎么处理这件事，这段时间她跟林南的日子本来就过得如同室友一般，而且还是关系冷漠的室友，这也给了她空间和时间独处和思考。

就在这时，顾晗如约而至。

岑如和顾晗已经将近二十年没见了，若是搁在以前，岑如必然会请顾晗到家里做客，她会骄傲地展示她精心布置的大房子、她心爱的丈夫和女儿。虽然她在事业上没有傲人的成就，但是美国有她喜欢的环境，有她爱着的亲人，她觉得也够了。可是现在她跟林南的关系岌岌可危，她的心里如同压着一块沉甸甸的巨石，根本不愿外人到家里来，于是便约了顾晗在餐馆见面。

这是一家西班牙餐厅，在顾晗的酒店附近。岑如打电话做了预约。她一进去，笑容可掬的服务员就迎上前来。岑如报了自己的名字，服务员给她领位。她走过去的时候，看见顾晗已经在那儿了。顾晗一眼看见岑如，就激动地站了起来，他殷切地伸出手来跟岑如相握。岑如发觉顾晗再也不是那个腼腆的、一见她就脸红的小男生，而是一个器宇轩昂、自信挺拔的成熟男人了。

"好久不见，好久不见，你没怎么变，我一眼就认出你。"顾晗的眼睛一刻不离地看着岑如。他长得高高大大，黑框眼镜后面有一双黝黑灵动的眼睛，学者气质，言谈举止中又透着领导者的自信风采。

"怎么可能，我老了许多。"岑如一面坐下来一面自嘲道，顾晗也随之坐了下来。岑如这些年在美国打拼生孩子，最近又为婚姻纠结，她知道自己的状态不会好，出来前她用遮瑕膏抹了半天也无法完全遮掩住眼袋和泪沟。

"你的轮廓气质完全没有变，还是那么好。"顾晗补充说。

"你的气质倒是比以前好了，看来事业成功给你加分了。"岑如笑着寒暄道。

顾晗咧开嘴笑了起来："难得被你夸奖，这是值得纪念的时刻。"

服务员过来，他们便各自点了菜。岑如以前来过，对菜式熟悉一些，给顾晗建议了烤羊排，她自己点了菠萝三文鱼，另外他们点了头抬苹果沙拉和柠檬汁鸡尾虾。

顾晗说："喝点酒吧？"

岑如摇摇头说："我要开车，不能喝。"

顾晗说："我是步行过来的，这儿离酒店很近。要不你少喝一点，我们多聊会再回去就没事了。难得相聚，我是一定要喝点的。"

岑如点点头说："好吧。我是特意定的离你酒店近点的餐馆，你方便些。"

顾晗轻叹一声说："你还是这么细心周到，还是这么好……"

"你太会夸人了！"岑如笑了起来。

红酒和头抬先上来了。顾晗给岑如斟了一小杯，自己倒了满满一杯。

岑如浅浅地抿了一口，忍不住好奇地问道："你是怎么会进C大的？"

当初高中时顾晗的成绩是中下，高考也是勉强上了一个小学校，怎么会逆袭到C大做教授，而且还成了理学院院长，这是一直萦绕在岑如心里的问题。

"其实我本来高中成绩应该更好一些，高考也是，但是……"

顾晗停了一下说道："但是我高中时早恋了，当时整个人都是晕的，除了每天写情诗，根本无心读书……"说着他意味深长地看了岑如一眼。

岑如的脸微微一红，顾晗从高中时就一直追她，只是她喜欢成绩好的男生，一直都在拒绝他。

顾晗喝了一口酒，又感慨地说："后来知道你有男朋友了，而且男朋友很优秀，才终于明白只有自己变优秀了才能配得上你，就发奋考进了不错的大学读硕士，再考C大博士生，之后留在C大任教。可惜的是我明白这一点太晚了。"顾晗的语气透着深深的遗憾。

"变优秀了也是为自己，你做得很棒！"岑如由衷地称赞道。

"谢谢。"顾晗嘴角上扬笑着说："终于现在你也开始夸我了，感觉一切努力都值得了，哈哈哈哈。"说着他爽朗地大笑起来。

岑如发觉顾晗的性格变得大气开朗，不再是以前那么腼腆文弱的样子，心里感叹：真是莫欺少年穷，谁能预料今后的发展和成长。

顾晗看着岑如说："你若是不出国，我们就会是同事。"

岑如当初C大毕业也是留校的，假若她不出国，那么现在教授是肯定的。她这么想着，心里也是为自己有一丝惋惜。

顾晗一直注意地观察她，问道："你现在一切都好吗？"

"还好，在政府部门做公务员。"岑如轻描淡写地答道。

"挺好，工作稳定轻松，可以多管管家。家里都好吗？"顾晗又问。

"还好。"岑如想到林南疑似出轨的反常，眉宇间难免逸出一丝郁闷，她也不想多说，便又将问题抛回给顾晗："你呢？"

"我有一个十岁的女儿。"顾晗说着拿出女儿的照片，一个穿着花裙的漂亮的小女孩。

"真可爱。"岑如赞美道。

"我去年离婚了。"顾晗突然说。

"为什么，你有外遇了？"岑如挑起眉毛惊讶地问道，因为林南的事，她理所当然地认为是顾晗出轨。

"性格不合。她性格太强势，太神经质，整天吵架，而且一吵就没完没了，就离婚了。"

"哦，那你没有错的地方吗？"岑如习惯性地站在女人的立场。

"我……她说我对她不够投入，其实我并没有不投入，只是我的热情都消耗在我的初恋了，呵呵。"顾晗自嘲地弯了下嘴角。

岑如知道他说的初恋是在指自己，便也笑着说："跟我没关系吧，我们都二十年没见面了。"

"十八年。"顾晗更正说，他又抿了一大口酒，感触良多地说："高中毕业后我还见过你几次，直到你大学毕业出国后就再没见过。也许我前妻说得有道理，大约有整整十年，从十五岁到二十五岁，我的心里都是你，到 C 大工作也是因为你。二十五岁时经人介绍认识了我的前妻，开初也是想好好过日子的，没想到性格差异太大。"他看着岑如的眼睛浅笑着说："跟她说起过你，她一直说你是我的白月光。"

岑如风轻云淡地评价道："距离产生美。"

"真不只是距离，也许人生中只有这么一次，我人生最美好的十年，那么纯真地爱一个人，虽然是单相思，但也很美好，哈哈哈哈。"顾晗很认真地说道，最后又用笑声来掩饰这有点尴尬的话题。

岑如可以感受到顾晗的真情，心里也是有点感动，世界上有人对自己如此一往情深，而且还是个相貌堂堂、事业有成的成功人士，她因为林南被打击的自信心多少受到了抚慰。想到顾晗从十五岁就对自己各种追求，可惜自己不会看人，以为林南才是自己的真命天子。想到林南，她的秀眉忍不住蹙了起来，心里一声叹息。她对这个话题也不知该说什么，就没有言语。

"你看上去有心事啊。"顾晗敏锐地觉察到岑如的满腹心事。

"我……"岑如欲言又止。

"你什么事都可以跟我说，我永远是你最好的朋友，我可以做你的树洞，也可以帮你做任何事……"顾晗真诚地说道。

岑如也是需要跟人倾诉，这些天她一个人在心里盘算这件事，一团乱麻理不出一个头绪，她喝了一点酒，人有些发晕，她踌躇着开了口："其实我的婚姻好像也出了问题……"

"怎么啦？"顾晗关切地问道，他看见岑如犹豫的样子，便鼓励她说："你放心跟我说，如果你不想要别人知道，我是绝不会说出去的。还记得你高中时上课看小说的事吗？一直都是我打掩护的。"

岑如想起那时时常上课低着头读小说，有时被老师叫起来重复最后一句话，总是顾晗悄悄提醒她。

顾晗一直对她很好，那种掏心掏肺的好，她不是不知道的，看着顾晗黑亮的眼睛里诚挚关心的目光，她终于脱口而出："我先生也许外面有人了……"

"有这么好的你居然还会外面有人，这……也太可恶了！"顾晗看着自己爱而不得的人却被别人不珍惜，气愤得叫了起来，他看见岑如难过的样子，方想起自己应该开解岑如才是，便问道："那……你打算怎么办？"

"其实他到底是不是外面有人我也不是很确定，但是他有问题是一定的，这些日子他很反常。"岑如的脸因为酒意有些发热，她手支着下颏说道。

顾晗直截了当地说："既然你不确定而且你又为此烦恼，那你何不直接问他？"

"我问了他为什么情绪反常，他说工作压力太大，我就是问不出口你是不是有外遇了。"

"唉……"顾晗长长地喟叹一声，他理解地说："也是，你这么清高的人，让你处在这样的境地真是太为难你了……"

"是，我真是问不出口。而且我想过了，即便问了，也就两个结果。他否认，我也没有确凿的证据；他承认，那么我只有离婚一条路……"岑如说到离婚，心中一阵尖锐的刺痛，脸上不由得流露出痛苦的神色。

顾晗见状，不由得按住了岑如的手说："离婚确实是件非常痛苦的事，我是过来人，没有经历过人无法想象那样的痛苦，但是你还年轻，还这么优秀，值得更好的人生，不要怕，不管结果怎样，我都在你后面，会一直支持你，就像我曾经说过的，为了你我什么都愿意做，现在依然如此。"顾晗说着，将岑如的手握得更紧，千言万语似乎都通过手传递了过来。

岑如任由顾晗握着手，这些日子她真的很累很孤独，她需要关怀，需要抚慰。

"所以你不要想太多，兵来将挡水来土掩，不管怎样，我都会帮你的。"顾晗继续安慰岑如。

"谢谢。"岑如低声地说了一句。

"不用对我客气。你知道，你对于我是一个非常特殊的存在，而且是永远特殊的存在，年轻的时候是，刚才见到你的一刹那，我发觉我依然还是以前的感觉。"

顾晗的话对于此刻脆弱不堪的岑如无疑是强大的支撑，其实顾晗对于她的态度一直如此，只是年轻的时候她追求者众多，也没有太上心，而现在她的自信心落到了人生的最低点，而顾晗却从不善言辞、毫不起眼的少年变成了善解人意、风度翩翩、可以让她仰望的男人，更难得的是这么多年了他对她依旧如此情真意切，她的心里不由得对顾晗生出异样的感觉。

灯光温柔地打在他们的脸上，因着喝了点酒，两个人脸颊酡红，眼睛里闪着喝醉了似的晶亮的光芒。他们似乎跨越了岁月，跨越了时间，又重新回到青春年少的时候，越聊越投入，越聊越兴奋。

顾晗又说起班上其他的同学，说起母校的变化，说起C大的现状，岑如听得全神贯注。顾晗说到他酒店里有许多班上同学的合影，问岑如要不要看看？又说酒店很近，走一走可以醒醒酒。

岑如觉得他说得有道理，就点头答应了。

餐馆离酒店不过十分钟的路程，他们结了账，就在夜色中一同并肩向酒店走去。月光照得大地一片银白，街上的路灯散发着黄色的朦胧的光影。一阵凉风袭来，岑如的脑子略微清醒了些，她的心里忽然升起一种奇怪的感觉。在现在这个时代，跟一个男人去他酒店的房间，可能会发生什么，好像是一件不言而喻的事。那么，她准备好了吗？

若是从前，她从来不会想过跟林南之外的男人发生任何亲密关系，可是现在，林南的冷漠，他们无休止的争吵，林南跟其他女人貌似的暧昧，所有这一切彻底击垮了岑如，而顾晗的温暖，他们默契的交谈，他对她的深情和理解，这一切都使她感动和依赖，仿佛溺水者遇到的一根稻草，她不由自主地想抓住它。

不过，她应该只是去看看照片就走，那是她许久未见的同学，她去看看照片怎么啦？

就在岑如的脑子里闪过无数个念头的时候，顾晗的酒店近在眼前了。

4

酒店门口金碧辉煌，宽大的门廊下灯火通明，不时有车子停于门廊前。岑如的脚步渐渐迟缓起来，她的心里有点犹豫：她这样跟一个男人进酒店，合适吗？

岑如快进门口的时候，斜眼瞟见一辆车子驶了过来，停在了门廊前面，她心中蓦然一惊，那辆车子是如此熟悉，深蓝色的佳美，车前挂着一枚大大的圆形平安符。

是林南？他为什么在这里？

岑如停住了脚步，侧过身定神看着那辆车子。一个银发的老妇从车里走了出来，递给驾驶员小费，驾驶员接过钱，说了声谢谢。

那驾驶员不是别人，正是林南！

林南也看见了站在华灯下凝望着他的岑如，他们的目光交汇在一起，脸上都露出愕然的神色。顾晗注意到了，问岑如："怎么啦？"

岑如说："对不起，我忽然想起还有事，照片我就以后再看了，我先走了。"她跟顾晗微微摇了摇手说："很高兴再见到你，再见。"说着她匆匆走了几步，上了林南的车子。

"你在这做什么？"他们几乎同时向对方发问。

"你不是去加班了吗，怎么在这开车？"岑如先问道。

林南低下头，迟疑了片刻，终于说道："我失业了，我在开Uber。"他的单眼皮的眼睛里流露出灰败的神色，平时张扬的鼻翼似乎也乖乖地蛰伏了。

"你失业了？"岑如恍然大悟，林南所有的反常都得到了解释，他被解雇了，对于林南这样骄傲的人无疑是个沉重的打击，也许是为了男人的自尊心，也许是因为自己对他的仰望，他没有办法说出口。他每天起早贪黑开Uber，身体的消耗和疲累、精神上的压力和挫折感，使得他情绪无比低落烦躁。

原来他没有外遇，他只是失业了，只是在开Uber。岑如第一次发觉原来失业这么糟糕的事在这一刹那给自己带来的竟是幸喜之感。

"两个月前失业的？"岑如问道。

"是。"林南点点头。

"为什么不告诉我？你知道这两个月我有多煎熬？"

"我……怕你担心，我们房贷的压力很大……另外我自己都没法面对，更怕你……"林南支支吾吾地解释道。

"我懂。"岑如握住了林南的手，她知道以林南的性子，情愿自己厌恨他也不愿自己看不起他，她摩挲着林南的手，轻轻地但是坚定地说："没事的，人生谁没道坎儿，你无法面对的我们可以一起来面对。"

　　林南深深地看了岑如一眼，黯然的眼神中闪过一丝光亮，脸上有种如释重负的表情，他反握住岑如的手说："说出来感觉好多了，我觉得自己快崩溃了……"

　　"我又何尝不是。"岑如的声音里依然带着几分委屈和怨气。

　　林南看了一眼岑如，又朝车窗外瞅了一眼，想起了什么，带着醋意问道："那你又为什么在这儿，那个男的是谁？"

　　"他是我的高中同学，从中国到美国参加一个学术会议，约我见了个面。"岑如平静地说，心中却有几分庆幸及时遇到林南。

　　"他好像还在等你。"林南往车窗外努了努嘴。

　　岑如转过脸去，她看见顾晗依旧站在酒店门口，疑惑地望着她。他长身玉立，灯光打在他的脸上，神情显得有几分寂寥。

　　岑如摇下车窗，跟顾晗挥了挥手，然后她回过头来，对林南说了句："我们回家吧。"

　　林南点点头，启动了车子。

　　月光如水一般倾泻而下。

美　人

1

楚云认识方菲不久，就预料到方菲是一个会惹事的人。

不是说方菲的个性闹腾，惹是生非，相反，方菲举止娴静优雅，说话柔声细语，是一个温柔到了骨子里的女子。

她只是长得太美了。

楚云还是第一次见到如此美丽的女子，纤柔苗条，眉目如画。她的肌肤幼滑白嫩，晶莹剔透，仿佛吹弹得破。扇子般的天然长睫毛，一双丹凤眼明眸若星，顾盼飞扬间华彩流溢。一管秀挺玉鼻，精致细巧，鼻尖微微上翘，显出少女的俏皮。粉红色樱桃小嘴宛如春天的花瓣，声音温婉，吐气若兰，带着超凡脱尘的仙气儿。

楚云也不是没有见过美人，可是第一次见到美成这样，仿佛自带光芒，她从宿舍门口走进来，原本简朴无华的学生宿舍一下变得旖旎起来，她整个人闪闪发光，楚云不由自主地眯了眯眼，方菲的美貌实在太光彩夺目了。

当时楚云的脑子里一下涌上"红颜祸水"，"倾国倾城"，"绝色佳人"……等等这样的词语，最后楚云觉得"颠倒众生"是最准确的形容方菲的词语。

楚云和方菲是大学上下铺的室友。尽管后来日常见方菲，也没了第一次的惊艳，但时常会看见其他人第一次见到方菲的那种眩晕的样子，尤其是男生，神魂颠倒的大有人在。即便楚云这样一个女生，也常常会忍不住看着方菲惊叹，上帝造人真是太偏心了，像自己这样的就是粗制滥造，像方菲这样的却是精雕细琢，简直就是最完美的版本，可又带着生动的个人特色，脸颊上两个甜美的酒窝，左边的酒窝特别深，鼻翼有颗细小的美人痣，她的身上的每一处都是既恰到好处，又美到极致。

方菲的美貌在校园里流传开来，新生军训的时候，常有人围观着指指点点，楚云知道他们都是来看方菲的。开学不久的学校国庆舞会上，方菲不出所料地艳惊全场，名声大噪。

当时她们班上的八个女生一起走进了舞场，全场的目光齐刷刷地投向了她们，最后都定格在方菲身上。八个青春女孩本来就引人注目，而天生丽质的方菲因为舞会略施粉黛，更是美得不可方物，光彩照人，让人无法移开目光。

男生们排起了长队，争先恐后地邀请方菲跳舞。跟如此美人共舞一曲，实在是很多男生的心愿。方菲虽然长得美，但没有美人儿的清高傲气，她一视同仁，无论高矮胖丑，按序而来，即便是不会跳舞的男生，她也会耐心教导。她的温婉可亲，绝致美貌，使得这一夜的她成为很多男生心目中的神圣女神，爱慕敬仰，无法忘怀。

到了舞会的后半场，方菲却被一位男生霸占了。那个男生长身玉立，容颜俊朗，他和方菲简直就是珠联璧合，默契和谐，女的轻灵曼妙，男的潇洒有力，身形行云流水，舞步翩然若飞，两人搭配成一副绝美的画卷，吸引了所有人的目光，连一些原本在舞场的同学也退了出来，大家都目不转睛地看他们两人的表演。

一曲终了，掌声四起。令人惊讶的是，那个男生并没有放方菲走的意思，他随即又带方菲跳起了下一曲。他们的配合如此完美，舞姿如此动人，容颜如此出众，其他排队跟方菲跳舞的男生也没有好意思再上前打断他们。他们舞了一曲又一曲，矫若游龙，翩若惊鸿，成为整个舞会的中心。

其他人又渐渐下了舞场，但是方菲那一对依旧是最亮眼的存在。楚云听见背后有女生在窃窃私语。

"这一对好耀眼，他们是谁啊？"

"男的是宋扬，学校的校草，篮球队主力，许多女生心目中的男神。"

"那个女的是谁？以前没见过。"

"好像是新生，听说来了个特漂亮的新生，想必就是这位了。"

"漂亮的确是漂亮，可是学校里漂亮的女生也不是只有这一位了，新生这样也太出风头了吧。"

"是啊，不是听说宋扬在跟校花谈恋爱吗？这样子也太不给校花面子了。"

"校花今天来了吗？"

"来了，穿绿裙子的那位，叫应晨，脸色难看的很。"

"哈哈，穿绿裙子，果然被绿了……"有个女生不怀好意地笑了起来。

楚云侧过脸顺着她们的视线望过去，看见一位穿绿色裙子的漂亮女生，也在舞场上翩翩而舞，虽然她面无表情，但脸色明显有些不快，她的目光偶尔向宋扬和方菲那儿瞟上几眼。这个女子其实也是足够漂亮了，但只有方菲才称得上美人，那是一种自带光芒、令人眩晕、超凡脱尘的绝致的美丽，所有人在她面前都黯然失色。

"应晨可不是好惹的，她厉害着呢，这下看来会有好戏。"

"是的，应晨她爸是学校教导室主任，她一向要风得风要雨得雨，不会罢休的……"

楚云的背脊"嗖嗖"地升起一股凉气，这是楚云第一次觉得无辜的方菲可能要惹事了。

2

方菲的追求者多如过江之鲫，她一律以学业为重不谈恋爱为由而拒绝了，但这并不影响她的各路爱慕者前赴后继大献殷勤。

追求者多是学生，主要也就是送花、送巧克力，另外但凡方菲有点小难，八方前来支援，比如去图书馆迟了找不到自习的座位了，一群男生会起来给她让座位，比如突然下雨了没有带伞，一堆伞会从边上递到她面前。

"做美人真好啊！"每当此时，楚云都会忍不住感叹。

学校西侧有一栋平房，房子已经老旧，却有个年轻的名字，叫着"青春乐园"。里面有一间大教室和几间小教室，平时书画社，文学社，合唱团，棋牌社，辩论社等都在这里活动，才子才女意气风发，才情纵横，这是他们的精神乐园。

新生们的大学生活渐渐走上正轨，学习之余，大家纷纷加入各种社团。方菲不仅容颜出众，更是多才多艺，能歌善舞，美人就是如此得天独厚，让人不得不感叹上帝对她的垂青。

方菲报名参加了学校举办的《校园十佳歌手》评选，这是一场席卷全校的盛典。方菲站在舞台上，明眸如水，美若天仙，她唱了一首老歌《月光下的凤尾竹》，甜美悠扬，声如黄莺出谷，似山泉清亮。

"月光啊下面的凤尾竹哟／轻柔啊美丽像绿色的雾哟／竹楼里的好姑娘／光彩夺目像夜明珠／听啊……"

如此美人唱着如此美妙动听的歌曲，大家听得如醉如痴。方菲的得票毫无悬念地一骑绝尘，断崖式远超第二名郭蓓三倍，荣获校园十佳歌手第一名。郭蓓是位实力歌手，嗓音浑厚宽广，也是实至名归。前任校花应晨得了第三名，她也是才貌双全的女孩，只可惜总是略逊方菲一筹。

学校文工团发现了方菲这颗夜明珠，如获至宝，几次三番邀请她加入文工团，并且让她替换应晨成为文工团演出的报幕员。

方菲一时在学校风头无两，光华冠盖。文工团演出时，她主持报幕，开场独唱，压轴独舞。舞台的光打在她的身上，是那么的璀璨动人，尽态极妍，美得简直不真实。每次她一出场，全场欢声雷动，掌声尖叫声此起彼伏，她毫无疑义地成为众人爱戴的校花，无论她到哪里，都是众人目光的焦点，仰慕者不计其数，追随者趋之若鹜，她集千人宠爱，被万人追捧。

但是凡事都是双刃剑。在方菲收获鲜花和掌声的同时，一股嫉恨的力量也在暗暗滋生。

方菲虽然貌美，但她从不恃美而骄，她个性温和善良，待人谦逊有礼，然而在不知不觉中，她还是得罪了很多人。

比如林静，系里的大才女，能言善辩，聪明伶俐，本来她跟方菲交集不多，也无冤无仇，可是她喜欢系里的高材生吴兴，而吴兴的眼睛里只有方菲，这便惹来林静心中的不满。

"拒绝别人从来都不干脆，说什么学业为重，就这么吊着别人，身边整天围着一堆献殷勤的男生来抬高身价，虚荣，玩弄感情！"

有林静这样想法的不止她一个。许多女生有心仪的男生，可是她们中意的男生偏偏喜欢方菲，看见自己放在心尖上的男生一心追逐方菲，心里难免不是滋味，多少有点迁怒方菲。

其间对于方菲最为嫉恨的当数应晨。她本来聪明漂亮，是万众瞩目的校花，石榴裙下无数崇拜者，可是方菲来了，处处压应晨一头，她抢了应晨校花的称号，抢了应晨报幕员的荣耀，抢了应晨的裙下之臣，更让应晨难以忍受的是她的护花使者宋扬，她唯一看得上的男生，居然也开始追求方菲了。

于是关于方菲的流言蜚语悄悄流传开来，什么玩弄感情，脚踏多只船，喜欢全世界的男人都围着她转……

可是方菲根本没有玩弄过任何一个人的感情，她只是一个善良有礼的女生，不忍心让对方下不了台而已。

方菲的拥趸人数众多，纷纷为方菲打抱不平，他们回击道，人家清清白白一个女孩子，凭什么这么抹黑她，明明是自己没有吸引力，却怪方菲吸引力太强，赤裸裸的因妒生恨！

面对流言，方菲不由得暗暗落泪。她是一个非常看重自己名誉的女孩，平时举止谦和有度，没想到这样也会招来攻击，她想既然这样不如就定个男朋友，也好断了其他男生的念想。

众多的追求者中，方菲比较中意的有两位，一位就是系里的高材生吴兴，虽然出身普通，长相普通，但是学习成绩出类拔萃，各类考试常拔头筹，性格也是忠厚老实。另一位就是最近追她的宋扬，宋扬的魅力不容小觑，他是无数女生心目中的男神，高大俊朗，笑容迷人，球场上龙腾虎跃，舞会上风度翩翩，身形完美，谈吐生风，方菲也不由自主地被宋扬吸引，她喜欢和他在一起。

方菲的父亲也是风流倜傥的俊男，可是在方菲十二岁的时候有了外遇，父母离婚了。母亲也是一个绝色大美人，可再美也挡不住男人的喜新厌旧。母亲时常告诫方菲，找男人一定要忠厚老实，英俊出挑的都靠不住。方菲虽然喜欢宋扬，但她思来想去，最终还是选择了吴兴。

方菲悄悄地约了吴兴，跟他袒露了自己的选择。吴兴欣喜若狂，他没有想到高高在上的女神居然会花落自家，他也不是一个能言善道之人，只是握住方菲的手，一个劲地说："我以后一定会对你好的！"

方菲所求的也就是如此，她娇嗔道："你说的，不能忘记了，要一直一直对我好啊。"

"那是当然，那是当然，无论发生什么，我都会一直一直对你好。"

方菲看着吴兴的脸，他的眼睛不大，却特别的黑亮，闪着聪慧的光泽，可是他的嘴唇又特别厚，笑起来有种憨厚，他便是妈妈说的那种聪明又忠厚的男人，她的心里有一种安全的感觉。

方菲的心里同时划过一丝惋惜，她想起那个英俊潇洒的身影，他们珠联璧合的默契，他们灵犀相通的快乐，可以说从未有一个人给过方菲这样的感觉，她便是想到他嘴角就会上扬，听见他的声音便会怦怦心跳。

方菲也约了宋扬出来，她觉得应该亲自告诉他自己的决定，以示对他的尊重。宋扬看见方菲第一次约会自己，以为方菲答应自己的追求了，他稍作修饰，更显玉树临风，丰姿隽逸。方菲艰难地跟他讲了自己的家庭，自己的抉择，宋扬的脸瞬间变得煞白，他直直地看着方菲问道："你确定？"

方菲觉得自己的心痛得无法抑制，她的眼泪不由自主地流了下来，但是她坚决地点了点头。

宋扬看着方菲，认真地说了一句："你不要老是想着妈妈要什么，别人要什么，你应该问问自己要什么！"

说罢，宋扬转身扬长而去，路灯将他的影子拉得长长的，方菲的心里忽然有种孤寂的痛楚。

3

失去宋扬的惋惜和痛楚在方菲的心里盘亘了数日，也就渐渐过去了。她和吴兴的恋爱虽然波澜不惊，但平淡中也有温暖。

方菲决定跟吴兴相处一个月就公开他们的关系，吴兴听了高兴得眉飞色舞："这下多少男生要羡慕我了！"

方菲想到一个月后所有关于她的流言蜚语应该就会消散，心里也是一阵轻松。

但她没有想到一场大祸从天而降。

金秋十月，书画社在"青春乐园"举办一年一度的书画展，展出社友们一年来的成就，有笔力遒劲、气韵流畅的书法，有泼墨写意、品味清雅的中国画，有层次丰厚、栩栩如生的油画，有色彩斑斓、鲜艳动人的水彩画，有意境深远、美不胜收的风景画，也有传神生动、笔触细腻的人物画，应有尽有，琳琅满目。

有一幅题为《荷花，少女》的油画，画的是一池幽静的荷花，莲叶田田，菡萏袅娜，池边坐着一个半裸的少女，微侧着头，眼神下垂，天使般美丽的面庞，下半身是一块若隐若现的蓝色轻纱，上半身是裸露的洁白的身体。

有一位男生在这幅画前站了一会，突然喊了起来："这画的不是方菲吗？！"

大家仔细一看，果然跟方菲很相像，细巧的微微上翘的鼻子，扇子般的长睫毛，那左脸上很深的酒窝，还有鼻翼边上一颗细小的美人痣。这幅画就是画的方菲。

有一个方菲的爱慕者看了很生气，他便在方菲的粉丝群里说了这件事。方菲在学校一直人气很高，她除了众多的爱慕者，还有一些喜欢她唱歌跳舞的粉丝，他们一起组了一个方菲的粉丝群。

粉丝群里一个叫高敏的女生，性格直爽，爱打抱不平，她非常喜欢方菲的歌声和性格，看了那幅画后立即带着几个人和书画社的人交涉："请撤掉这幅《荷花，少女》，太过分了，涉嫌色情，侮辱同学！"书画社的人拒绝说："又没有一个字说这是方菲，创作自由，这是艺术。"高敏愤怒地说："你们太欺负人了，我们要去校领导投诉你们！"

另一个同行的叫罗虎的男生，人生第一次跳舞就是和方菲，对于方菲是死心塌地的忠诚，他性格更加火爆，扬言道："如果你们不把这幅画撤掉，我们就砸了你们的场子！"

高敏带了几十个方菲的支持者，联名给校长，校宣传部，校学工部等各个部门写了投诉信，义正词严地要求制止这种宣传色情侮辱同学的严重事件。她们在学校网站贴了这封公开的投诉信，并坚持去各个部门投诉。

　　书画社的人也不甘示弱，他们申辩道："我们需要良好的创作环境，《荷花，少女》是一幅美好的艺术作品，创作自由，艺术永恒。"

　　两方的支持者都不少，吸引了众多观战者。"方菲的支持者投诉青春乐园，因为书画展有方菲的裸体画！"这个爆炸性的消息一下在校园里传开来了。本来这种学生书画展观看者门可罗雀，也无人看管，这下一下涌入大量的人群，争相前来观看这幅《荷花，少女》。

　　里面的人还没有出来，外面的人又蜂拥而入，人贴人全挤在了一起，一个女生的手机落在了地上，她弯腰去拣，后面的人被挤得压了下来，就好似多米诺骨牌效应，一下倒了好几个，有人见状不好，连忙大喊："不要挤了，快喊保安！"

　　待到保安到来疏散人群，还是发生了轻微的践踏事件，有几个受了轻伤的学生被送进了医院，社团活动区的老房子也被挤弯了一根柱子。过了一天，学校发了布告："鉴于种种原因，关闭社团活动区青春乐园以作整顿。"

　　一石激起千层浪！不仅仅是书画社展览被迫关闭，连文学社，棋牌社，合唱团，辩论社等所有的社团都没有了活动场地，大家怨声载道，一下炸开了！书画社的人本来就对于方菲支持者耿耿于怀，这下更是怒火难消，他们嚷嚷道："是方菲的支持者到处投诉砸场子，害我们失去了青春乐园，他们要为此付出代价！"

所有的社团结成统一联盟，都是才情飞扬、能言善辩的才子才女，说起话来毫不留情，矛头直指方菲和她的拥趸。

"我们失去的不仅仅是青春乐园，更是精神乐园，是我们青春的自由的艺术的一方小天地，方菲一伙是文化屠夫！"

"要求创作自由，还我青春乐园，反对恶意投诉！"

群情激愤，大学网站铺天盖地的讨伐檄文，一些原本就嫉恨方菲也纷纷下场，比如应晨和林静之类，应晨也拥有不少爱慕者和支持者，他们对于方菲的不满由来已久，更是乘机兴风作浪，浑水摸鱼，一场抵制方菲的运动在校园里轰轰烈烈地展开。

"方菲的支持者到处投诉，害我们失去了心爱的青春乐园，我们也要让这些爱慕者尝到痛失所爱的滋味，方菲滚出 P 大！"

"妖女惑众，方菲滚出 P 大！"

关于方菲的流言蜚语也甚嚣尘上，一盆盆脏水泼了过来："方菲就是玩弄感情的风流女人，假装白莲，连一幅半裸的艺术创作都要摧毁，暗地里却不知睡了多少男人，本来就是公共汽车，跟什么男人都能搭讪！"

方菲只是善良礼貌，却被污蔑如斯。

"初中时跟人吵架就骂下流脏话，装什么白莲！"

初中的时候方菲的父母刚刚离婚，她被人骂没爸的孩子，气愤不过与人对骂了两句，居然连这也被挖了出来。

方菲这两天回家了，因为母亲做一个小手术，她回家陪伴照顾。

她跟母亲说了吴兴，母亲听了很是满意，让方菲过些日子带吴兴回家。

方菲从家里回到学校的时候，被这突如其来的舆情击懵了，楚云大致跟方菲介绍了下前因后果。

这些日子其实楚云也有试图帮忙说话，明明这件事方菲从头至尾不知情，关她什么事？

可是抵制者说，方菲的支持者一向在学校里横行霸道，多次拉踩别人，方菲也没出来制止，这是她纵容的结果！

他们还说，方菲就仗着人气才拿到十佳歌手第一名，否则她的歌唱水平比第二名郭蓓差太远了，她既然吃了支持者的红利，就要为支持者的错误买单！

最后他们说，一定要方菲滚出 P 大，我们失去我们爱的青春乐园，方菲的支持者也要尝尝同样的滋味！

方菲的支持者也试图发声，他们说他们只是投诉了一幅画，并没有投诉青春乐园。可是在高涨的舆情中，他们的声音显得如此微弱。校刊校报的编辑有不少是社团爱好者，他们在校刊校报上发了一篇篇文章来抨击方菲和她的支持者们，振振有词地阐述他们的观点：

一见短袖子，立刻想到白胳膊……人的眼界决定了人的高度，如果只看到了色情就别来谈艺术！

古往今来，投诉这种东西，害过多少人多少事，把恶果带给别人的，也要承担触犯众怒的后果！

……

沸沸扬扬的舆情中，"方菲的支持者搞垮了青春乐园"，成为大家对于这次方菲事件的共识。连不太关心这些事的老师们也都听说了此事，纷纷感叹方菲的拥趸真是太疯狂、太过分了。

没有参与其间的路人也不由感叹一句，方菲就是太美了，这样的美貌实在罕见，支持者和反对者都太疯狂了。红颜祸水，颠倒众生，看来这些词都是有道理的。

4

方菲听了楚云的简单陈述后，便坐下来看学校网站。她才看了几眼，就神色大变，脸色苍白，泪水从眼眶溢了出来，长长的睫毛上沾满了泪珠，犹如春天带雨的梨花，我见犹怜。

那幅她的支持者想要封杀的《荷花，少女》，已经被拍了照片，更广泛地在到处传播。

方菲尴尬地看着那幅画，画者名叫梁辉。她告诉楚云说："这个梁辉追求过我，被我拒绝了，请我做模特，也被我拒绝了，但他还是经常缠着我，有时我在图书馆自修，他时常坐在我对面不停地看我，估计就是在画我。"

方菲叹口气说："记得有一次我穿了一条背带裙，他盯着我看的眼睛特可怕，仿佛要把我衣服剥了一般，想来那时就在构思这幅画。"

楚云说："你还是别说这些了，他们现在强调并没有说这幅画就是你，是你的支持者自动认领，并且以此搞垮了青春乐园。如果知道这个画画的也是你的爱慕者，他们又要大做文章了。"

"我也不想青春乐园关闭，我也不想有人受伤，可是这跟我有什么关系？我这两天都不在学校。现在网上这样一幅画到处传阅，又会让我多么难堪！还有网上那么多难听的话，真是从来没听过这么难听的话……"方菲哽咽着说不下去了。

"感觉有两部分原因吧，一是你的那些拥趸为了维护你得罪了不少人，二是有人在其间兴风作浪乘机报复。你太耀眼了，无意间得罪了一些人，现在局面有些失控了……"楚云想起当初在舞会上听到的关于应晨的话，这次骂得最厉害的也是应晨的粉丝，但她没有把这些告诉方菲。

"我该怎么办？"方菲泪眼婆娑地望着楚云。

"唉，事情闹得这么大，我也不知该怎么办，也许去找校学工部谈谈。"楚云建议道。

这一个晚上，楚云听见方菲在床上辗转反侧，第二天看见她，肤色暗淡，眼眶下陷，楚云还是第一次看见不再流光溢彩的方菲。

方菲去了校学工部，接待她的是一个四十多岁的姓赵的女老师。赵老师听方菲大致说了下事情，便接口道："这件事情已经有不少同学来反映过了，我们也已经开会做了决定，本来还要辅导员找你谈话的，你来了正好。"

赵老师在桌子上窸窸窣窣地翻找了下，拿出一张纸，她边看边跟方菲说道："第一，青春乐园会暂时迁移到学校健身房的一个角落，虽然条件差一点，但大家还是有个活动场所；第二，今后书画展之类的大型社团活动要经过严格审批才能举办；第三，有许多同学投诉那幅《荷花，少女》，这幅画今后不许在公共场合展出；第四，有许多同学反映你的支持者平时经常挑衅寻事，你有责任让他们停止这种行为；第五，有许多同学投诉你的十佳歌手投票有刷票行为，经调查核实，取消你十佳歌手的称号；第六，鉴于许多同学对你的投诉和抵制，暂停你的一切社团活动……"

方菲只觉得头"嗡嗡"作响，她看着赵老师的嘴一张一合，却已经听不清她在说什么。她以极其微弱的声音问道："那幅《荷花，少女》在网上到处都是，怎么办？"

"网上的事你要向网管投诉。"

方菲虚弱地站了起来，她已经欲辩无声，满脸是泪。她步履跟跄地从学工部回来，躺在床上，像胎儿一样蜷缩成很小的一团。她拿起手机，看见新一轮的舆情又开始了对她的口诛笔伐，大致是因为赵老师说的那些决定。

"拜方菲所赐，今后社团活动要经过严格审批，P大以前的文化繁荣再也不会有了！方菲滚出P大！"

其余又是一些不堪入目的脏水，方菲瞥了一眼就扔掉手机，鸵鸟似的把头埋在了被子里。过了一会，她又拿起手机，给吴兴发了信息，约他晚上见面。因为他们还没有公开，所以每次见面都是约在深夜或者校外。

这是一个满月的夜晚，黄澄澄的圆月挂在竹梢上，方菲和吴兴约在校园后面的竹林里。方菲一见吴兴，便紧紧地攥住他的胳膊，泪水哗哗地从脸上落下来。吴兴是她的最后一根稻草，这两天她受的打击如雷霆万钧，打得她猝不及防，身心交瘁，濒临崩溃边缘。

可是吴兴却不像往日那般亲热地搂住她，他的身体语言有些僵硬，他问道："你跟梁辉怎么回事？"

"什么怎么回事？"

"学校里都在传说你们谈过恋爱，你还给他做过裸体模特。"

"没有的事！他追过我，我拒绝了！"

"也没见你们中的一个出来辟谣，大家都以为是真的……"

"你知道我昨天才返校的，网上那么多流言蜚语，每一条都像刀一样割在我身上，我无法读完所有的流言蜚语，也没有想好该如何回应，今天本来就想跟你商量一下的……"方菲说着又泪如雨下。

"要不我们公开我们的关系？这样至少可以澄清部分谣言，而且我妈想见你……"方菲又说道，这本是她跟吴兴谈恋爱的主要目的。

她看着吴兴，眼神里是满满的求援，她被铺天盖地的恶意打击得遍体鳞伤，她希望男朋友的肩膀可以让她遮靠一下。

"这个……"吴兴沉吟许久，艰难地启齿道："你知道我爸是学校财务科的一名科员，你这件事也传到他那儿去了，我跟他说起过我们的事，他跟我说，这种女孩坚决不能带到家里来，裸体画到处疯传，风评那么差，我们家是本分人家。我一直都很尊敬父亲，这些天我也很不安，也不知该怎么办……也许我们不合适……"

方菲这两天身中无数把刀子，一把把刺得她痛不欲生，她本想让吴兴帮她一同抵挡风刀霜剑，没想到他插过来一把最锋利的刀子在最致命的地方，心底的血瞬间汩汩直流。她脸色苍白，全身颤栗，一个人虚弱到极点，她用尽最后的力气说："你……滚……你滚……"

"你怎么啦？"吴兴看见方菲摇摇晃晃的羸弱的样子，伸出手去扶了一把。

方菲一下甩开他的手，她说："脏……滚……"

吴兴是个自尊心极强的男生，被方菲骂了几句，也就讪讪地走了。

方菲一个人坐在竹林间的石椅上，突如其来的打击使毫无防备的她彻底地被击倒了，仿佛一个人在风和日丽的海边度假，却突然被卷进一场狂风暴雨，接着就发现自己溺水在汪洋大海之中，她四顾茫茫，吴兴是她能找到的最后一块木板，她伸出手去抓那块木板，却被木板上的人狠狠地一脚踢进更深的海底。她大口大口地喘着气，她觉得自己快要窒息了……

网上的污言秽语：方菲的裸体大家来看啊……网上的群情激愤：方菲滚出 P 大……赵老师毫无表情的脸：你的十佳歌手被取消了……最后是吴兴冷冰冰的脸：我爸说这种女孩坚决不能带到家里来……我们不合适……

所有的恶意，所有的侮辱，所有的践踏，所有的蹂躏，像走马灯一般在她的眼前不停地旋转，她捂住耳朵，歇斯底里地哭叫起来："不是的，不是的，你们都给我滚！"

一轮满月，已经移到中天，明晃晃地悬挂在空旷的天空，秋风乍起，月亮在淡淡的浮云之间游移，月光照在方菲的脸上，精致的脸庞美得如同一座无可挑剔的雕像。方菲渐渐静了下来，她久久地看着月亮，眼神变得越来越恍惚，她轻轻地哼起歌儿：

"月光啊下面的凤尾竹哟／轻柔啊美丽像绿色的雾哟／竹楼里的好姑娘／光彩夺目像夜明珠／听啊……"

她仿佛一个天使，一个精灵，在月光下且歌且舞。

第二天一早，晨跑的同学发现了她。她光着脚，披头散发，唱了一个晚上，跳了一个晚上，她沉浸在自己的世界里，唱着跳着，好像完全没有看见其他的人。

楚云去竹林晨读，也惊讶地看见了方菲，她喊了方菲一声，方菲却完全没有理会。楚云走近一看，心中一惊，她看见方菲的眼神空洞涣散，没有光，只有万念俱灰的绝望。

妹　妹

　　我跟江梅从小一起长大，我视她如妹妹。

　　我们两家一直是邻居，我的父亲和江梅的父亲是一个单位的同事。江梅的小名是梅梅或者妹妹，反正我们家乡话这两者也没有区别。我一直喊她妹妹或者梅梅，她一直喊我峰哥。

　　"可是江梅并不是你妹妹啊，你们没有任何血缘关系！"说这话的是我的女朋友爱丽丝。爱丽丝有着一头飘逸的直发，苗条修长的身材，我一见到她，就觉得这是我想要的女朋友的样子。爱丽丝是个聪明俐落的女生，她其他都好，就是常常要吃江梅的干醋。

　　江梅是个美丽的女孩子。我见过她拖着鼻涕的样子，一头稀疏黄毛的样子，坐在地上耍赖大哭的样子，也不知从哪天起，她忽然出落成一个亭亭玉立的大姑娘，黑眸如星，肤如凝脂，还有一头浓密黑发。我们一起出国留学，两家父母谆谆嘱咐我们要互相照顾，我能对妹妹不管不顾吗？

　　"那天我们约好去看电影，可是你爽约了，说是妹妹突然生病，你要陪她去看病；还有那天你答应陪我去逛街的，可到时又说妹妹有个 Presentation，要你去壮胆。你心里到底是我重要还是她重要？"

　　妹妹和爱丽丝到底谁重要？这个问题我还真没认真想过。还没等我回答，爱丽丝就抛出千古难题："假若我跟江梅同时落水，你先救哪个？"

这个关于妈妈和老婆的问题，爱丽丝改作了妹妹和女朋友，我略一思索就说："我两个都救。"

"先救哪一个？审题要清楚！"爱丽丝本就上挑的细眉蹙得更紧了，显出一种凌厉之态。我告诉过她，她笑起来的样子可比蹙眉好看多了，可她就是动不动爱生气。

"那么先救不会游泳的那一个。"我知道爱丽丝是个游泳健将，落水了也不会有事，这样比较公平。

"假若两个都不会游泳呢。"爱丽丝不依不饶。

"这个……"我想了想说："先救离我近的那一个，再救另外一个，我一定两个都救。"

"唉。"爱丽丝长叹一声，她幽幽地问："在你的心里，江梅比我更重要，是不是？要不你为什么常常为了她爽我的约呢。"

我认真地回答道："爱丽丝，我心里衡量的主要是事情的重要性，比如看病比看电影更重要，而听 Presentation 只有这个时候，逛街随时都可以，是不是？"

爱丽丝没再说下去，只是紧锁的眉头并未有一丝舒展。

我跟爱丽丝这么打打闹闹地相处了半年，事情忽然出现了转机，这个转机使得我跟爱丽丝的关系一下变得融洽起来。

江梅有男朋友了。

江梅的男朋友林斌也是一个留学生，个子高高，戴一副眼镜，看上去很斯文。

"以后江梅有她的男朋友照料，你就别多操心了。"爱丽丝笑眯眯地对我说，她上挑的眉毛笑起来的时候就柔和地弯了下来，我喜欢她笑的样子。

我也很为江梅高兴。江梅问我的看法，我说你觉得好就好，我又说也许以后我们可以 Double Date。

接下来的日子我或者陪爱丽丝逛街看电影，或者跟江梅他们 Double Date，再也不曾爽约，爱丽丝的两道细眉也不曾再冲我横眉冷对了。

我们第一次 Double Date 的时候，林斌一见我就说："老听江梅说起你，一直想认识你。"

我握着他的手说："我也是很想认识你，今后梅梅就拜托你了。"

"当然，当然。江梅告诉我说你一直照顾她，小时候还常为她打架。"林斌笑着满口答应。

"哈哈，我们亲如兄妹，互相照顾是应该的。小时候梅梅特别瘦弱，老受欺负，所以要帮她打架。以后照顾江梅的事情就交给你了，我负责照顾爱丽丝。"说着我搂了搂爱丽丝，爱丽丝将头靠在我肩上，眼神里都是笑意。

"你放心，我一定照顾好江梅，不让别人欺负他。"林斌也搂了下江梅，江梅白皙的脸上飞起一片红晕，羞涩地笑了笑。

"你也不许欺负她，否则我这个娘家人不答应，哈哈哈。"我大笑着对林斌说。

大家都笑，各自笑得滋味不同。

我们四个人在公园野餐，春风拂面，鸟语花香，我为爱丽丝端盘子送水，林斌也为江梅做着同样的事。我跟江梅有时相视一笑，我很满意现在这样的状态。

其乐融融的日子过了两个月，我和爱丽丝就投入到紧张的博士论文答辩的准备之中。我们都在攻读博士学位，江梅读了两年就转到电脑系读硕士去了。

我和爱丽丝都是拼事业的人，一时间日子过得晨昏颠倒，废寝忘食是常有的事，方便面充饥变成常态。江梅看到我们这般景象，便常常去超市买了菜帮我们做饭，有时实在看不下去了还帮我们打扫下凌乱的屋子。

我每次问江梅她和林斌怎么样了，她总是说一切都很好，直到有一天，我遇到江梅的室友南希。那天我本来在图书馆复印资料，恰好南希也要复印材料，她便跟我闲聊起来，她告诉我那个林斌脚踩两只船，江梅已经跟她分手了。

我一听顿时火冒三丈，匆匆忙忙地放下资料，就直奔林斌的宿舍。我们都住在学校的学生公寓里。

林斌一开门，我抓起他的衣领冲他就是一拳："没想到你是这么花花肠子的人，脚踩两只船欺骗感情，我警告过你不许欺负江梅！"

林斌擦了下嘴角的鲜血，毫不示弱地一拳还了回来："你才是三心二意，一手攥着爱丽丝，一手又握着江梅，她每天跟我叨叨的都是峰哥长峰哥短，没有一个男人受得了这个！"

我们两个扭打成一团，最后是周围的人硬生生地把我们拉回各自的宿舍。我们都打得鼻青眼肿。

爱丽丝闻讯从图书馆赶来，她从上到下审视着我，无法置信地说："你怎么这么幼稚，真没想到你这么幼稚，都快是博士了，你居然还会打架？！"

我说："我不许别人欺负梅梅，从小就这样，谁欺负都不行。"

"那么如果你认为我欺负了江梅，你是不是也会对我大打出手？"

"我不打女人……但你欺负也不行……"我小声嘟囔着。

江梅也随后赶到，她心疼地看着我，嗔怪道："峰哥你干吗打架啊，打得这个样子，是我自己跟林斌分手的，我没事。"

我看着她柔柔的模样，想到这么美好的女孩被人欺负，痛惜地说："我问你你还总说很好，为什么不告诉我？"

"我……就是看你们准备论文答辩太辛苦，所以不想再说自己的事来打扰你们。"江梅说道。

"到底为什么分手？"我追问道。

"林斌开始给人的感觉挺好的，后来发觉他热衷于老鼠会做传销，还整天给我洗脑，一定要我参加，要我发展下线，我实在对于这种事没有兴趣，我们就有了隔阂。他在老鼠会有一个志同道合的朋友，是他发展的第一个下线，那个女的一直喜欢他，可他嫌人家是蓝领打工的，不愿Commitment，但又一直跟那个女的关系亲密，后来我发现了就跟他分手了。"

我安慰江梅道："这样的人渣越早看透越好，分了好，以后会遇到更好的。"

"嗯。"江梅点点头。她从冰箱里取出几块冰，放在塑料袋里，袋口扎紧了递给我说："你的脸都肿了，用冰敷敷。"接着她又关切地问："峰哥你没事吧？要去医院吗？"

我说我没事，还伸平双手转了个圈给她看。

江梅看着我说："那你自己注意。另外答应我不要再跟林斌打架了。"

我点头答应，江梅看看我，又看看一言不发的爱丽丝，便客气地告辞道："那我先走了，不打扰你们了。"

房间里只剩下我和爱丽丝。爱丽丝一直用奇怪的眼神看着我，像看一个陌生人。

"你会为我打架吗？"她突然开口道。

我一下怔住了。爱丽丝是个独立强大的女性，我从来没有想过要为她打架。

爱丽丝深深地看了我一眼，什么也没说，她施施然走到门口，只抛下一句话："我回图书馆了。"

过了一个月，爱丽丝和我先后通过了论文答辩，四年苦读，终于拿到了博士学位。我还没来及为此庆贺，爱丽丝告诉我说，她准备去 MIT 做博士后，她拿到一个 Offer。

我吃惊地看着她，不知是该恭喜还是质问，我已经答应了本系系主任做博士后，爱丽丝也一直跟本系一个教授在接洽，也已经说妥了博士后之事。这事太突然了，我完全被蒙在鼓里。

"你知道，去 MIT 是我的梦想，我本来以为没什么希望呢，所以跟谁都没有说，没想到拿到 Offer 了！"爱丽丝一脸兴奋，满脸放光。

"那……那我们怎么办？"我喃喃道。

爱丽丝眼中的兴奋收敛下去，她若有所思地说："我们现在面临找博士后的选择，将来还会面临找工作的选择，想要两个人一直在一个城市又都有好工作是件非常难的事，我们两个又都是不愿放弃自己事业的人，所以，我觉得……也许我们并不合适。"

"你……要跟我分手？"我警觉地问道。

爱丽丝咬了咬唇角，轻轻地说。"其实……你爱的也许并不是我……"

"怎么可能，我们在一起快一年了，这一年我很快乐。"我对于未来依然一片惘然，但我不想否定我们在一起的时间。

爱丽丝长长地叹了一口气，没再说什么。

爱丽丝很快就打点行装准备北上，她是一个雷厉风行的女子，一个在专业上很有天赋的女子，此番远去想来前程远大。我知道我留不住她，唯有祝福她。

我送爱丽丝到机场。对于我们的关系我们并没有说出一个明确的决定，但我们都知道，她这一走，这一段关系将不了了之。

"高峰，这一年谢谢你了。"爱丽丝看着我，她的眼睛有一丝晶莹。

我说："我也谢谢你，我告诉过你，这一年我很快乐。"

"其实……"爱丽丝拢了下耳边的长发，长叹一声说："你一直爱着的人也是最适合你的人一直在你身边，你不自知而已……"

"你是指……"

"是的，江梅！"爱丽丝毫不犹豫地说出名字。

"可她是我妹妹……"

"她不是你妹妹，你们没有任何血缘关系！"爱丽丝又一次说起这句话，只是这一次说得更加坚定，她接着问我："你想一想，为什么你会为她打架不会替我打架？"

我心中暗暗思忖，因为江梅总是让我有一种保护欲，而爱丽丝并不会。

爱丽丝清了清嗓子，对我说道："从今以后，不要叫她妹妹或者梅梅，叫她江梅试试。她一直爱你，你也一直爱她而不自知。我早心知肚明，只是以前舍不得你而没有挑明而已。我是为你好才告诉你的，毕竟我们……"她说到这儿停下了，挥了挥手说："再见了，你多保重！"

她转身走了，一直没有再回头，背对着我，挥动着手却一直没有停下来。

"你也保重！"我望着她渐渐消失的挥着手的纤细背影，眼睛里也有一丝湿润。

开车回去的路上，爱丽丝的话一直响在我的耳边：你一直爱着的人也是最适合你的人一直在你身边，你不自知而已……

我以前一直以为爱丽丝只是吃醋闹情绪而已，今天我知道她说的是真心话。

我不知不觉地来到江梅的公寓门口。南希不在，只有江梅一个人。我看着她，盈盈一握的细腰，柔顺如瀑的直发，她什么时候长成了我理想女朋友的样子？

"江梅。"我喊着她的名字，第一次这么喊她，不是梅梅或者妹妹，她有点吃惊地抬眼看着我，她的眼睛清澈如水，但她什么也没问，只是清脆地应了一声。

"我们周末看电影逛街去，好吗？"

"好。"她点点头，仿佛一切顺理成章，我们本来就该如此。

英语老师

那年我十二岁，上戴帽初中。所谓戴帽初中，就是在小学里上初中一年级。

还是原来的班，原来的同学，原来的老师，几乎没有任何初中生的感觉。我还是那个扎着两个辫子懵懵懂懂的小女孩，每天背着一只草绿色的书包去隔壁的小学校。小学离家很近，不过两百米，从家里可以听见学校里广播体操时激昂的喇叭声。

唯一不同的是，我们新开了一门英语课。这是当时初中生才有的课。

沈家新老师便是在这时走进了我们的视线。

沈老师当时三十左右，中等身材，不知是因为教英语还是他本身的气质，我们都觉得他很洋气。

他有着白皙的皮肤，绵薄的唇，额前落下一缕短短的微卷的黑发。讲课时他的眼睛如星一般闪亮，手臂自然有韵律地做着姿势，额上那缕黑发会随着手势微微地跳动。他是十二岁的我见过的最好看的男人。

I'm a pupil.

He is a worker.

She is a peasant。

我们跟着沈老师，在课堂上琅琅而诵。

他转过身去用粉笔写版书的时候，挺拔的身形像个舞者，手臂将衣服在腰间拉出一个好看的弧度，写完后他总是轻轻拍一下手上的粉笔灰，那姿势有着一种说不出的风雅。

他是一个温润的男人，说话和声悦气，但他也有被挑事的孩子惹火的时候。他生气的时候，浓眉紧蹙，眸光冷凝，最神奇的是紧绷的脸颊会轻轻抽动，竟有一种威慑的力量。我那时第一次感觉到男人生气跟女人不同，他不大叫大嚷，但可以看见他脸部肌肉微动的隐忍的气愤，薄唇抿成一条近乎锋锐的线，却是心平气和地说出几句力度十足的话，就把班上几个顽皮的男孩给镇住了。

那个时候对于男人我知道的很少。我跟着奶奶长大，偶尔被父母接回家去。母亲绝对强势，父亲是一个模糊而懦弱的影子。对于男人，我完全没有概念。

沈老师像阿尔巴尼亚人。我的同桌丽丽这么说。

那个年代，像阿尔巴尼亚人是对人颜值的最高赞赏。那是一个跟中国最为亲密的欧洲小国，也是当时少有的欧洲电影的主要来源。我们关于外国人头发微卷高鼻深目的模样，主要来自于阿尔巴尼亚电影。阿尔巴尼亚，成为洋气漂亮的代名词，即便母亲打毛衣，也会去学一种花纹奇曲的阿尔巴尼亚针。

沈老师有点像方医生。文艺委员刘小依这么说。

电影《春苗》里横空出世的方医生，简直就是漫长的枯寂的冬天后突然冒出来的一抹清新绿意，唤醒少女心中对男性美的向往。不再是浓眉大眼、熊腰虎背的高大上形象，而是干净阳光、温润儒雅的知性男人。

我也觉得沈老师像方医生，一样文雅清秀、阳光朝气的气质，尤其是在看电影《难忘的战斗》时，发觉扮演方医生的演员达式常，他在愤怒的时候也会隐忍地绷紧脸颊肌肉微动。英俊优雅的男人原来是这样，这是我当时对于男人魅力的全部认识。

因为沈老师，我很喜欢上英语课。方医生遥不可及，沈老师是近在眼前可以捕捉的美好。

ABCD，奇妙的二十六个字母，组成了许多新鲜的字句。我们的学习，由单词到句子然后到故事，印象最深的课文是大家熟悉的半夜鸡叫。

When gao yu bao was a child, he worked for a landlord. This landlord had a cock. The cock had a strange habit. It did not crow at dawn, but at midnight. Every time it began to crow, the landlord would shout: get up, you lazy-bones! Get up!

这样的课文，现在会觉得有点可笑，但在当时我们都那么崇拜地看着沈老师。整个学校只有他一个人会教英语，他站在讲台上光彩照人，是当时我心中最美好的男人的象征。

一年很快过去了，我们离开了小学，正式进入了中学。这个时候的社会已经发生日新月异的变化。老电影纷纷解禁，昔日男神孙道临、王心刚又迷倒大批少女，新电影魅力登场，新晋男神周里京、郭凯敏又各领风骚。可是我心里的男神依旧是那个清新可人的方医生，那个跟方医生一样俊雅的沈老师。

白驹过隙，一晃十年又过去了，我从少年走入青春。

大学里，我遇到过很多或者帅气或者英俊的男子，我也开始谈恋爱，可是在我的心底里，沈老师依旧是最完美的男神。那温润俊逸翩然如玉的风采，曾经教会了一个 12 岁的女孩什么是男性魅力。虽然毕业后并没有再见到他，但他依旧影响着我，因着这种影响，我上了外语系，之后留校任教。

秋天的一个下午，我去看望奶奶。平时看奶奶都是在周末，这一天因为奶奶有事，是一个周二的下午。路过我的小学的门口时，忽然听见小学生们清亮整齐的英语读书声，那声音天籁般的美好，我心中一动，不由得折了进去。

小学校还是绿色的校门，门口两块大黑板报。我顺着读书声来到左边一间教室，时隔十年，我又看见了沈老师。

哦，这是沈老师吗？

虽然他的五官依旧，只是略显松弛，可是他完全失去了往日的风采。不过四十岁的人，已经开始发胖，头发油腻地堆在头上，那缕浪漫迷人的额头上微卷的短发已了无影踪，眼神黯淡毫无光彩，而变化最大的是凸起的小肚子，臃肿疲乏，整个人完全没有了那份优雅的姿态。

这是一个普通得不能再普通的中年男人，跟俊雅两字没有一丁点的关系。是我小时候没有眼力，还是沈老师变化太大？是幻想太过美丽，还是岁月太过残忍？

失望的情绪铺天盖地将我吞噬，原来，心目中的完美在现实中如此不堪一击。我逃也似地离开了学校。

梦想和记忆，从来都不是真实的。当时我在日记本上写下这样带着沧桑的句子。

接下来的几年，我结婚生子。年迈的奶奶也故世了，我很久都不曾再路过我的小学，沈老师在我的心里已经殆忘干净。

又一年的春天，杂花生树，群莺乱飞。小学班上开了一个同学会，把老师们也都请来了。

同学会的地点在一个临湖的茶室。阳春三月，杨柳含烟，十多年不见的同学和老师们品茗喝茶，在茶杯氤氲而起的水气中相叙甚欢。同学们都已长大成人，风华正茂，老师们见老了些，依旧精神抖擞。我作为大学教师，在那个大学生还是天之骄子的年代，备受大家的赞赏和注目。

沈老师也来了，却比几年前更加萎靡。他沉默寡言，眼神涣散，一件不合身的藏青色的西装皱皱巴巴，袖口上还有一小块不显眼的油渍。记得以前的他，也不曾穿什么西装，普通的布料，却总是那么干净妥帖，仿佛带着阳光和肥皂的清香。

同学会快结束的时候，大家分散交谈，我从丽丽那儿了解到沈老师这些年的不容易。他的妻子嫌他小学老师钱少，跟别人去广州做服装生意后就把他甩了。我看见沈老师一个人落寞地坐在角落里，茫然地望着湖里几尾游动的金鱼。

沈老师！

他抬起头，看见是我，就浅浅地笑了笑。他笑的时候，淡漠的脸上有了一种生动。他其实依然是一个不难看的男人。

真不错，大学老师了啊。他客套地说着。

其实，我进大学读英语系，完全是因为你的影响。我认真地对他说。

他看着我，眼神有一丝迷惘。

那时你教我们英语课，你在课堂上是那么完美，那么优雅，是我们很多女生心中的男神，我那时觉得你是世界上最好看最美好的男人。

我看见他的眼神中掠过意外和震惊。他的眼睛亮了一亮，那亮光依旧如星辰一般明亮。

又过了两年，出国潮越来越热，新东方遍地开花。我的表妹一心一意准备出国，她报了新东方的外语班。

一天表妹到我这儿来借一些外文资料，她的嘴里不停地夸着她在新东方的外语老师。

那个老师真是太优雅绅士了，他的额前有一缕短短的黑发，写黑板时挺拔的像个舞者，双眸粲粲如星，说话和颜悦色，生气时双颌微动薄唇紧抿……

我听着听着，喜悦和温暖从心底袭来，我说：你的老师，叫沈家新，是不是？

你怎么知道的？表妹说。

昔日情人

1

清晨的阳光从窗帘缝隙里透了进来，恰好落在青灰色的被衾上。夏薇薇在阳光中睁开眼睛，卧室里安宁静谧，淡淡的青草味从窗外飘来。

薇薇将手按在胸口上，即便在这样一个明媚的早晨醒来，她依然觉得胸口有微微的隐痛。

已经七年了。

这胸口的痛楚从七年前开始，在那场痛彻心扉的分手之后。那是她人生第一次知道心痛的滋味。心痛，原来并非只是文人的浪漫词语，而是一种确确实实的物理疼痛，仿佛心口被撕裂，伴随的是丝丝的抽痛，痛到让人喘不过气来。

如果不是母亲苦苦相逼，如果不是母亲以断绝母女关系相逼……

薇薇轻轻转了转手指上的戒指，心绪变得柔和起来。随着时间流逝，她的这份疼痛也总归趋于麻木，但偶尔会在早晨醒来之时，心里依旧有着若有若无的隐痛。她曾经在痛苦中沉沦了好几年，去年才开始新的生活，想到未婚夫 Phil，她的嘴角漾起一丝微笑。

薇薇伸了一个懒腰，看了一下床头的手机，已经快八点，她该起床去上班了。

薇薇到公司的时候，快九点了。她到茶水间冲了一杯咖啡，满足地用鼻子嗅了下咖啡的浓香，便拿着笔记本来到会议室。每个周一的早晨是部门例会。

会议室的人才到了一半，薇薇在同事玲达的边上坐了下来，便开始无聊地在本子上画起圈圈。每次开会她总是坐着画圈圈，圆的，方的，三角形的，本子上各个角落里画满了各式各样的圈圈。

"听说今天新经理到任。"玲达跟薇薇说道。

"哦。"薇薇应道，又接着说："也是该有新经理了，John 已经走了一个月了。"

他们的部门经理 John 一个月前辞职了，这些日子公司一直在招聘新经理。

不一会，主任 Bill 走了进来，跟他一起进来的是一个三十岁左右的亚裔男人。

薇薇漫不经心地抬起头，当她的视线停在那个亚裔男人身上的时候，她一下就呆住了，她的心急剧地撞在胸腔上，眼睛一眨不眨地看着这个男人。

想过无数个重逢的场景，唯独没有想过会在这样的情景下重逢。

蒋杰，她的初恋，那个让她刻骨铭心的男人，那个至今想起来依然心口发痛的男人，居然毫无征兆地出现在了这里。

"这是 Jeff，你们的新任经理。"主任 Bill 向大家介绍道。

蒋杰感受到薇薇的目光，他将视线投过来，眼神里也是闪过一丝震惊，不过他很快恢复了镇静，Bill 说完话后，他也讲了一些场面话。

会议很短，每个人简单说下自己上周的成就，这周的计划。蒋杰认真地倾听大家的发言，不时做些笔记。薇薇心中万马奔腾，脸上却尽量不流露痕迹，她想看又不敢看蒋杰的脸，便一直低着头画圈，待到轮到她说话时，她抬起头，看见蒋杰正若有所思地看着她，她局促地咬了下嘴唇，以极快的语速结束了发言。

薇薇回到自己的格子间时，捂着胸口平息着这份震惊，她怎么也没有想到，她会和蒋杰在美国重逢，而且今后还要共事。

这一天薇薇都在心神不宁中度过，她有意无意地走过蒋杰的办公室好几次，她想进去打招呼，又有些犹豫，当初他们分手时，她依然记得蒋杰痛苦而愤怒的脸，他对着她狠狠地说：我永远不想再见到你！

他们从此音讯全无，可是没想到命运又让他们相遇了。

蒋杰的办公室里没人，或则有人在跟蒋杰说话，或则恰在薇薇犹豫之际，有人进了办公室。薇薇自己心虚，也不好意思一直在蒋杰办公室外徘徊。

蒋杰还在记恨自己吗？他会不会不理我？我会不会要换工作？

她的心里一直忐忑，就这么惶惶不安到了下午。

"夏薇薇。"久违的男声从薇薇的身后响起，薇薇的心急剧地跳动起来，她转过身来，看见那张熟悉又陌生的脸，眼睛不大但亮若辰星，眼距略近，鼻梁挺直，七年没见，蒋杰看上去气质成熟了许多，有一种以前没有的气定神闲，他双手插在裤兜里，微笑地看着薇薇。

“好久不见。”薇薇看见蒋杰主动跟自己打招呼，便嘴角上扬绽出一个笑容回应道。

“好久不见。”蒋杰也微微勾起嘴唇一笑。

“真没想到在这里遇见你。”

“是啊，我也没有想到。”

“你什么时候到美国的？”

“五年前，那时我被分配回县城，你知道的……”蒋杰停顿了一下，神色暗淡了一下，接着又扬起脸说：“反正那时心情糟透了，可是也不能这样沉沦下去，农村出身我没法改变，但至少可以改变自己的前程，于是就发奋考 T 考 G 来到了美国。”

薇薇不好意思地微微低头，拢了下耳边一缕长发。当时蒋杰被分回家乡的县城，薇薇分到家乡省城，她的母亲坚决反对两人的恋情。母亲说蒋杰农村来的，一身土气，没有格局，现在又分回县城，薇薇这么好的条件，怎么也不能嫁给这么一个乡巴佬。

薇薇上初中的时候父亲就去世了，母亲含辛茹苦将她养大，她也不敢太拂逆母亲的意思，虽然她一直试图跟母亲说，蒋杰很有才，很聪明，他们很相爱，可是母亲一直坚持自己的意见。她说，看他那个土气的样子，农村来的，以后你们生活习惯各种不同，婚姻一定会出问题，尤其是看他眉间距离那么近，定是个心胸狭窄之人。反正我坚决不同意。

“妈你怎么还会看相了？蒋杰他待我很好，什么都让着我，根本不是心胸狭窄之人。”

“妈是厂医，见过的人多了，你要相信妈，我只会是为了你好！”

"你要为我好就不要拆散我们。"

母女俩车轱辘话来来回回说了好几天，最终母亲下了最后通牒：是我还是他，你选？

在母亲的步步紧逼之下，薇薇只有跟蒋杰提出分手，薇薇至今都记得蒋杰当时那被伤害至深、悲愤欲绝的怆痛神情。

薇薇想起往事，心怀愧疚，一时不知该说什么，倒是蒋杰又问了一句："那你是什么时候来美国的？"

"四年前我妈看我在国内百无聊赖的样子，就托她的亲戚把我担保出来了。"

"你母亲一直在主宰你的命运。"蒋杰淡淡地说了这么一句。

母亲是两个人的心结，薇薇一时无语，蒋杰看了下表说："我还有个会，以后再聊。"

薇薇点点头，她目送着蒋杰的背影，恍若隔世。

2

薇薇下班后到家不久，她的未婚夫 Phil 就到了她的小公寓。

他们订婚后并没有同居，主要是两人工作之地相隔甚远，一个多小时的车程。薇薇每个周末会去 Phil 那儿小住两天，平时工作日就又回到她的小公寓，Phil 有空会过来看她。

Phil 一进门，就给薇薇一个热情的拥抱亲吻。他是一个高大俊逸的男人，爱笑，他的笑容仿佛是一种特殊的溶化剂，总是将薇薇心中所有阴郁的情绪溶化了。

Phil 八岁跟父母移民，带着几分 ABC 常有的阳光气质，薇薇在一个派对上认识他，聊得十分投契。薇薇自从和蒋杰分手后一直郁郁寡欢，变得十分消沉，对任何事都提不起兴致，更不用说重新开始一段恋情。母亲为了她也是殚精竭虑，想尽办法给她办出国，想让她换个环境换个心情，可是薇薇依旧心结难解，直到一年前，她遇到了 Phil。

Phil 的开朗热情，让薇薇如春风拂面，而且 Phil 各方面条件尚佳，母亲也很满意。薇薇清楚地知道自己很喜欢 Phil，但是她并不爱他，她对于 Phil 没有那种一日不见如隔三秋的思念，她觉得自己已经失去爱的能力，除了记忆中那一场铭心刻骨，她发觉自己完全无法爱上其他男人，眼见着将近三十岁，她便答应了 Phil 的追求，至少跟他在一起温暖舒适。

Phil 从中餐馆带了一些外卖过来，是薇薇喜欢吃的口水鸡和豆瓣鱼。入秋了，天有些凉，薇薇煲了一个莲藕排骨汤，还做了 Phil 喜欢的腌黄瓜。

"先喝点汤吧。"薇薇给 Phil 盛了一碗汤，递给他说："这一路开过来挺辛苦的，补补。"

"是啊，这个时候路堵得厉害，开过来真不容易。薇薇你把工作辞了算了，这样我们就可以天天在一起了。"这个话题 Phil 提起过不止一次。

"我们结婚的时候我一定辞职。"

"好吧，我再等半年。"Phil 一面喝汤一面说道："今年秋天我们就办婚礼，到时请你母亲过来。"

薇薇笑着点点头。她的母亲去年已经见过 Phil，对他赞不绝口，关于今年秋天办婚礼的事，他们已经着手计划。母亲在美国住不习惯，小住半年就回去了，却一再嘱咐，薇薇的婚礼她一定要来参加。

Phil 又随意地问薇薇："今天过得好吗？"

"今天我们来了一位新经理。"

"哦，人怎么样？"

"是我的大学校友。"

"真的，这么巧？！你以前就认识？"

"嗯。"薇薇把话到嘴边的"是我前男友"又咽回去了，她一时不想跟 Phil 说这一层关系。关于她跟蒋杰的事，她从没有跟 Phil 深谈过，她一直将蒋杰珍藏在心底里，那是属于她一个人的私密圣地。她以为她这辈子都不会再见到蒋杰了，她只有在夜深人静时偶尔回味，可是现在蒋杰突然出现在她的面前，而且是她的老板，薇薇心里有种说不出的感觉，五味杂陈。

"那么你以后工作是不是会更加有意思了，可不要又不肯辞职了？"Phil 担忧地说。

薇薇笑了笑没有接话，她喝了几口汤，把话题转开了："这汤不错吧？"

"嗯，挺鲜的。"

"而且营养很好。"薇薇强调道，接着她又若有所思地说："我辞职后做什么呢？"

"生孩子。"Phil 爱抚地摸了一下薇薇柔顺的长发，然后他又补充说："随你喜欢，你愿意做全职太太，我的经济能力完全可以承担，如果想继续工作，找个离家近点就可以。"

"听上去不错。"薇薇笑着点点头。

"我们要三个孩子。"

"三个？"薇薇伸出三个手指，然后"咯咯咯"地笑了起来，她笑得灿烂招展，Phil 被薇薇的笑撩了起来，忍不住就搂过薇薇亲吻了一下。

Phil 因为第二天要出差，这个晚上就留在薇薇这儿，明天直接上机场。晚上他跟薇薇坐在沙发上讨论蜜月是去巴黎还是去罗马？浪漫的薇薇喜欢巴黎，又因为喜欢赫本，喜欢《罗马假日》，所以想去罗马，于是在那儿纠结了一会，Phil 说我们两个地方都去就是了。薇薇听了又"咯咯咯"地笑了起来，Phil 忍不住又抱住她亲吻，搂着吻着，两个人一起落到了床上。

3

第二天一早，Phil 就开车去了机场。

过了一会，薇薇也就起床了。这一天，她在梳妆台前比往日多停留了十分钟。每天上班之前她都会化个淡妆，这一天她的妆容依然淡雅，却是精心打理。眉上的杂毛全然拔去，清爽如一弯新月，画了细细的眼线，又上了睫毛膏，一双杏眼更是顾盼生辉，接着她又在衣橱前试了几套衣服，最后穿了一件浅紫紧身毛衣配深紫筒裙，更显苗条婀娜。

谁不想以最好的状态出现在前男友眼前呢？尤其是一直难以忘怀的前男友。

当薇薇在公司见到蒋杰的时候，她看见蒋杰眼前一亮，眼睛不经意地从上到下打量了她一番。

"你还是那么漂亮。"蒋杰赞赏道。

"你也是，比以前状态更好。"薇薇看见蒋杰好像也是不留痕迹地捯饬一番，比起昨天更显干净帅气。

不管两个人内心有什么惊涛骇浪，表面上两个人依旧波澜不惊地共事，但是毕竟七年没见了，都很想知道对方的近况，有意无意地就会多聊几句，关系还是很快就熟络起来。

这天蒋杰过来跟薇薇说完工作之事，一眼瞟到薇薇手上的戒指，便问道："你结婚了？"

薇薇脸微微一红说："还没有，刚订婚。"

"哦，什么时候打算结婚？"

"今年秋天。"

"恭喜恭喜。"蒋杰干巴巴地说道，接着又轻轻地说了一句："这回你母亲满意了？"

薇薇不知该说什么，母亲是他们的痛处，她没有回答，反问道："你怎么样，结婚了吗？"

蒋杰摇摇头说："没有。"他的眼光定定地注视着薇薇，意味深长地说了一句："曾经沧海难为水。"

薇薇心里一动，她自己也是一年前才开始接纳别人，难道蒋杰依旧对于自己念念难忘？难道他依旧对自己一往情深？她的心里不由得划过一阵轻微的悸动。

从这天开始，他们两个的关系变得更加微妙，蒋杰频繁地出现在薇薇的格子间，中午的时候还会邀薇薇一起在附近散步。

初春的日子，草色遥看，柳絮如烟，梨花和樱花开得若云霞一般。

蒋杰望着明媚的花树说道："外面多美啊。一天工作很累的，中午出来走走会好些。你呢，还是不爱动吗？"

薇薇笑着点点头，蒋杰的口气给她一种久违的亲密的感觉。

"以前也是我拉着你中午散步。"蒋杰又说。

"那时你也总说吃完饭要走走。"

薇薇想起了以前的日子，大学时期他们热恋的三年，那是她人生最美好的三年。

"那个时候我们岂止只是中午散步，我们几乎分分秒秒在一起，一起吃饭，一起上课，一起自修，跟连体婴似的……"

"是啊，后来几乎全校的人都认识我们。"

"你那么漂亮，本来就耀眼，后来遇到我们学校的人，他们一见我就说，我认识你，就是那个整天跟一个漂亮女生在一起的男生，那时我们都好羡慕你。"

薇薇本来怕说起往事蒋杰会难堪，现在看见蒋杰主动说起过去，似乎一点也不忌恨自己，心里更觉蒋杰大气豁达，她走在蒋杰的身边，仿佛又找到了昔日的感觉。

"我也遇到过我们学校的人，他们也说类似的话，说是无论在哪都见到我们在一起，让人印象深刻。"

"那是我人生最美好最幸福的三年……"蒋杰接着说，语气中有一丝惆怅。

"我也是……"

忆起过去，心潮澎湃，旧情和怅惘在心头徜徉，千回百转地打着结。

"缘分这个东西，太神奇了，真没想到我们会在美国重聚，我以为这辈子都见不到你了。"蒋杰感叹道。

"是啊，太神奇了……"

"也许是我们缘分未尽……"

薇薇听蒋杰这么说，心里又是一阵悸动，上天把蒋杰又送到她的身边，难道是他们还能再续前缘？难道他们这对曾经苦苦相恋的有情人会终成眷属？可是……可是 Phil 怎么办？她暗暗摇了摇头，将这个念头甩到一边。

职场的朝夕相处，薇薇和蒋杰的关系似乎回到从前相恋的样子，虽然他们不曾有任何亲热的行为，可是蒋杰但凡有机会，就会跟薇薇在一起。他坐在她的格子间，帮她一起工作，就像从前帮她写作业一样。薇薇坐在蒋杰的身边，她闻到他身上那久违的清爽的体味，看着他熟悉的专注的侧脸，有一种梦幻的感觉，仿佛青春又回来了，爱情又回来了。

薇薇和蒋杰暧昧着，并且享受着这种暧昧，她发觉自己从未像现在这样喜欢去上班。她的心开始在蒋杰和 Phil 之间摇摆得更加厉害，并且越来越偏向蒋杰。

项目的最后期限将至，任务紧迫，蒋杰将几位组员留下来加班。偌大的办公室里，只剩下了四个人，蒋杰巡视一圈后，又坐到了薇薇的身边。夜色降临，空气中暗香浮动，暧昧的情愫更加浓厚。蒋杰将最重的工作分给了薇薇，薇薇知道蒋杰就是想有跟自己单独在一起的时光，她也很享受这种陪伴，就毫无怨言地认领了这部分的工作。另外两位同事八点左右就做完了他们的事，他们离去后，办公室更是静悄悄的，只有键盘敲打的声音，他们的身躯挨得很近，可以听见彼此的呼吸，这个世界仿佛只有他们两个人，一时间薇薇只觉得时光回溯，宛若从前。

两个人工作到深夜，蒋杰坚持要送薇薇回家。蒋杰说薇薇的车子在公司的停车场很安全，但是他必须保证薇薇人平安到家，否则他不放心，明天早晨他会接薇薇上班。薇薇推脱了一番，蒋杰说：薇薇，你我之间，有客气的必要吗？薇薇也就没再吭声，顺从地跟着蒋杰坐进了他的车子。

月色洒下一地的光华，万籁俱寂，车子里狭小封闭的空间里，两个曾经的恋人坐在一起，昔日的感觉如潮水一般涌来。蒋杰摁下 CD 播放键，熟悉的歌曲在车里流淌，邓丽君的《我只在乎你》，这是他们当初两个人都喜欢的歌：

如果没有遇见你　我将会是在哪里　日子过得怎么样　人生是否要珍惜

也许认识某一人　过着平凡的日子　不知道会不会　也有爱情甜如蜜

任时光匆匆流去　我只在乎你　心甘情愿感染你的气息　人生几何能够得到知己

失去生命的力量也不可惜　所以我求求你　别让我离开你除了你　我不能感到

一丝丝情意

……

蒋杰也没有说话，只是跟着旋律轻轻地哼唱着，唱得投入又深情，仿佛一字一句在向薇薇倾诉。

"你还喜欢邓丽君啊？"薇薇问道。

"我念旧，当初喜欢的一直都喜欢着，无论是歌还是人，邓丽君的歌说的是我的心里话。"蒋杰说着又哼了起来："……任时光匆匆流去，我只在乎你，心甘情愿感染你的气息……"唱到"我只在乎你"时，他转过头来深深地看了薇薇一眼。

薇薇心中一荡，这些年她也是一直忘不了蒋杰，她也跟着唱了起来："……我不能只依靠，片片回忆活下去，任时光匆匆流去，我只在乎你……"

歌声如泣如诉，深情又感伤，一声声冲击着薇薇的心口，撩拨起她心底对于蒋杰压抑了七年的情思。

"以前我们也是经常这样唱邓丽君的歌，那个时候真是美好，真想回去……"蒋杰说道。

薇薇看着蒋杰，她的心里也在说，真想回去，真想回去……

薇薇家离公司不远，很快就到了，蒋杰将车停在薇薇房间的楼下说："你上去，我在这看着你，你进了房间跟我招招手，我就走。"

薇薇走上三楼，进了房间，打开灯，将窗帘掀开一条缝，她看见蒋杰站在车子旁边，笑着向自己招手。过去的一切一下又奔涌而来，在校园里的三年，每个晚上蒋杰都是送她到寝室的楼下，等她上楼，从窗子里遥向挥手。

薇薇看着蒋杰又坐进车里，车子渐渐远去，消失在她的视线里，薇薇发觉自己的眼睛里盈满泪水，仿佛青春重现，爱情的感觉又回到心里……

"真想回去，真想回去……"她的心里这个想法越来越强烈，她依然爱蒋杰，她能感觉到蒋杰依然对自己旧情难忘，她想跟蒋杰重新在一起。想到跟蒋杰复合，她的心里涌起一阵异样快活而满足的感觉，那是爱情的感觉，她听着自己的心，一直在说，真想回去……

4

薇薇终于下了决心，她要跟蒋杰复合。

薇薇觉得自己在这样做之前，必须先跟 Phil 分手。她不能允许自己脚踏两只船。

想到跟 Phil 分手，薇薇的心里还是有一丝痛楚的，她很喜欢这个阳光能干的大男孩，想到他带给自己的安宁温暖，她心有不舍。可是所谓舍得，必是有舍才有得，有什么比真爱更重要？蒋杰是她的真爱，是心之所系。

周五的晚上，薇薇去了 Phil 的住处。这是 Phil 买的一栋独立屋，也是他们的婚房，四居室，两层楼，厅里的大玻璃窗直通顶层，宽敞明亮。薇薇悄悄地将自己的东西收拾了，房子里处处可见他们为结婚做的准备，挂在帘架上的金底紫花的欧式窗帘，是薇薇挑的，新买的双人大床羽绒被褥，也是薇薇选的……薇薇的心里有一种强烈的负疚感，她实在是对不起 Phil，她不得不再一次残忍地撕裂这样的温馨。

当 Phil 问薇薇晚上想去哪儿晚餐时，薇薇突然说："Phil，我们分手吧。"她低着头，说得极快，她怕自己没有勇气说出口，她咬着嘴唇，将这句残酷的话抛了出去。

Phil 愣了愣，脸上的笑容顿时凝固了，他说："薇薇你开什么玩笑，这种话不要随便说！"

薇薇褪下指上的戒指，她依旧低着头，她无法面对 Phil，她只有机械地重复着说："对不起，真的对不起……"

"为什么，我们都已经订婚了，前些日子还在讨论婚礼和蜜月？为什么？出什么事了？"Phil 一迭声地问道。

薇薇抬起头，看见 Phil 的脸上焦虑而震惊的神色，薇薇又一次有心碎的感觉，她在心里幽怨地想道：为什么，为什么每次都要我来提分手？

薇薇不知道该怎么回答。她想尽量减轻对于 Phil 的伤害，她斟词酌句小心翼翼地说道："我读大学的时候，有一个男朋友，我们很相爱，可是因为母亲强烈反对，七年前我们就分手了，没想到前段时间又遇上了，然后我发觉我依然爱他……你非常好，你值得比我好的女人，一个全心全意爱你的女人……"

"就是那个新来的经理？"Phil 敏感地问。

薇薇点点头。

"我就觉得那天你说到新来一个经理的时候有点不对劲！"Phil 想了想，又问道："家人祝福也很重要，你母亲现在不反对了吗？"

"那时他分回县城，是我母亲反对的一大理由，现在大家都在美国，也没有什么土气不土气的分别了，再说我母亲后来也是有点后悔，她见我一直沉沦，说过早知如此，还不如同意了我们。"

Phil 沉默不语，气氛冷得如同置身冰窖，过了一会，他又开口道，声音喑哑又冷淡："你想好了？"

Phil 在薇薇的面前一直是温暖而阳光的，薇薇第一次见到 Phil 这么冷若冰霜的样子，她的心里一阵难受。她也不知说什么才好，就又是喃喃道："对不起，对不起……"

Phil 瞥见薇薇已经收拾好的东西，他也是一个自尊心很强的男人，便说道："东西都收拾好了啊，看来你也是铁了心，我应该庆幸我们还没有结婚，你走吧，把你的东西都拿走，就当我们从来没有认识过。"

薇薇转身走出 Phil 的屋子的时候，泪水不禁盈满眼眶，再见了，曾经体贴的暖男，再见了，巴黎罗马的蜜月，再见了，三个孩子的憧憬……

我这是为了爱情……薇薇开车回去的路上这么想着，蒋杰各方面条件都比不上 Phil，无论是长相外形，还是家庭条件、个人收入，可是她偏偏舍了跟 Phil 的美好前景，甘愿跟蒋杰重新开始，这一切都只是为了爱情，为了她此生难以忘怀的初恋，为了她此生唯一的真爱……

"因为爱情，怎么会有沧桑，所以我们还是年轻的模样……"她在心里轻轻哼起这首歌，泪流满面。

5

周末，薇薇一个人在家蓬头垢面，没有走出房门一步。她需要一点时间来缅怀、埋葬她跟 Phil 的这一段感情，虽然没有那么锥心刺骨地爱过，但也是她很喜欢的一个男人，也是有双方的真心付出。

周一她看见蒋杰的时候，那个她一直爱着的男人，又觉得所有的失落都是值得的：她自由了，可以跟自己爱的人在一起了。她由衷地绽放出一个动人的微笑，如同他们热恋时的甜蜜笑容，蒋杰一见，怔了一下，随即也回报一个迷人的笑容。

薇薇跟蒋杰说："今晚有空吗？我请你吃饭，法国餐厅，我把地址发给你。"

蒋杰说："那也应该我请你。"

薇薇说："我有事跟你说。"

蒋杰看见薇薇慎重其事的样子，他若有所思地看着薇薇，重复道："有事跟我说？"

"嗯，很重要的事。"

蒋杰瞥见薇薇手上的戒指不见了，他忽然意识到了什么，便点点头说："好，我一定去，不见不散。"

这天薇薇和蒋杰都早早下班了。薇薇回家沐浴，吹头发，抹香水，又在房间里换了好几套衣服，最后换上一身紫色针织长裙，记得蒋杰说过，她穿紫色最好看。接着她坐在梳妆台前精心打扮，细细地抹了粉底，又拿粉扑轻轻地匀面，白皙的肌肤更是如雪细腻，再用眉笔描出两道弯弯的细眉，长发如丝，目如秋水，最后用唇膏点了朱唇，整个人流光溢彩。

薇薇到达餐馆的时候，比约定的时间早了五分钟，记得以前他们约会，总是蒋杰等她，今天薇薇想要做这个等待的人。当初是她对不起蒋杰，她想从今天开始弥补。她的心里充满了激动和期待。

七点正，她看见蒋杰从门口进来，她的心怦怦地跳了起来，紧接着，一盆凉水劈头盖脸，她错愕地看见蒋杰的手臂上挂着一个女人。蒋杰挽着那个女人走到薇薇的面前，他的神情是从未有过的冷淡和疏离，他对薇薇说："这是我的太太。"

"你……"薇薇惊呆了，她的脸变得煞白："你不是说你没有结婚吗？"

"我们刚刚领证，就在上个周末。"

上个周末，在薇薇跟 Phil 分手的时候，蒋杰跟他太太领证了。

"那你还说什么曾经沧海难为水……"

"我的太太当然是沧海。"蒋杰亲热地搂了搂太太的腰。

薇薇的心一滴一滴在流血，她的声音有点颤栗："可是你这些日子的行为全都是让我误会，一直说什么缘分未了，一直对我各种示好，还说什么真想回去，你这样做对不起我也对不起你太太，真没想到你……你……变成这样的人……"

"蒋杰告诉过我你们的故事，他做的事我都知道，并没有过界的事，你自作多情了。"蒋杰的太太开口道，她是一个中等身材的女人，长脸，薄唇，高颧骨，不漂亮，但也算秀气。

"我说真想回去，可是还回得去吗？是你把过去的美好撕成碎片的，那是永远回不去的过去！被人拒绝、被人抛弃是什么滋味，你也应该尝一尝，……"蒋杰的眼神像一尾凉薄的寒刃，他冷冷地说道："也许你永远也不会明白当初你对我的伤害有多深！"

"你……你们……"薇薇的眼睛里有一道被摧残的泪光，她震惊得说不出话来："你们是故意让我误会？是为了报复我？！"

"当年你对蒋杰的伤害那么深，他告诉过我那段痛不欲生的往事，你以为过去的创伤就这么轻飘飘地就抹掉了？"蒋杰的太太又说道，脸上鄙夷一笑。

"可是我也是受害者！"薇薇忍不住流着眼泪叫了起来，她说："我也是受害者，我也曾经痛不欲生，心痛得跟撕裂一样，就是现在偶尔早晨醒来还会心痛！"她将手指在胸前："这里一直痛，一直痛，从来没有停过……"泪水从她的脸上哗哗地落了下来，她哽咽地对着蒋杰说道："我曾经有五年跟行尸走肉一样的生活，对什么都没有兴趣，直到去年遇见 Phil，他温暖了我，可是为了你，为了我以为的真爱，我已经跟他分手了。他人品相貌外在条件样样比你好，可是我舍了他选择你，只是因为我一直爱着的只有你，从来都没有停止过爱你！"

她无声而泣，梨花带雨，最后她悲愤地说："是我眼瞎，我妈妈的眼光固然没有错！好，这下我明白了，我再也不会为你心痛，谢谢你终于让我完全解脱了！"

她最后看了蒋杰一眼，眼神哀怨而苍凉，便转过身来，扬长而去。

蒋杰突然心中一阵剧烈的抽痛，望着薇薇的背影，他情不自禁想往前追去，却发觉他的胳膊被太太紧紧地拽着。他茫然地站在那里，仿佛听见清脆的破碎声，他知道，那是心碎的声音。

夫妻关系

1

星期六的早晨，秀玫一早就起床了。她拉开窗帘，阳光长驱直入，突然射进眼睛的光芒让她忍不住用手挡了挡。

秀玫本来周末早晨也会睡个懒觉，但是今天她跟同事们约好要去登山赏秋。她梳洗完毕，便走下楼去。走过客房的时候，她发觉客房的门大开着，丈夫东辉已经起床了。

秀玫到了楼下，四下环视一番，也没看见东辉。她到汽车房去张望一眼，东辉的蓝色凌志不在了，东辉一早就出门了。

东辉周末一大早去哪儿了？

秀玫的脸色沉了下来，一阵郁闷袭上心头。她跟东辉已经冷战三天了。她都记不得是因为什么事情开始吵架的，反正都是些鸡毛蒜皮的小事。

秀玫紧蹙眉尖回想了一下，好像那天东辉下班回来的时候问她：今天信拿了吗？她因为头痛病又犯了，躺在沙发上有气无力地说了句：拿了。东辉没有听清，就又问了一句，她便不耐烦地说：就放那儿，不会自己看啊！东辉马上就放下脸说：那么以后不要说话好了。

秀玫最讨厌东辉这一点，一个人一点说不得，动不动就会生气。

她当即捂着脑袋跳起来说道：什么叫以后不要说话！我身体不好你问都不问一句，动不动就挂脸给我看，你以为你是什么东西！

东辉什么也没说，仿佛秀玫不存在一般，沉着脸往楼上走去。秀玫看着他一副不理不睬的样子，心头的火腾腾地往上窜，她随手抓过茶几上的一只杯子，朝东辉身上扔过去。东辉侧了下身，杯子落在地板上，"哐当"一声，瓷片散了一地。东辉轻轻地说了一声：又来了，神经病。说着他继续往楼上走去。

秀玫气得头更痛了，她尖叫着骂道：你说谁神经病！你才神经病！你连人都不是，你是畜生……她气愤地说了好几个畜生，喘了口气又骂道：你这种小肚鸡肠的男人，动不动就生气，动不动就摆脸，嫁给你这样的人真是倒霉透了！

那你去找别人！东辉一直没有说话，听到这里忍不住吼了一声。

秀玫愤怒得浑身发抖，她追到楼上，不顾一切地发泄着自己的怒火：你这个混蛋说这种话！那你给我滚好了，我不要再看见你，你滚出去……说着，她把东辉的枕头和被子都扔了出去。

东辉从地毯上捡起枕头和被子，用手拍了拍，就走进客房，门在他身后"啪"地一声重重地关上了。

秀玫也"啪"地一声关上了主卧的门。她躺在床上，头痛欲裂，忍不住"呜呜呜"地哭了起来。

从什么时候开始，这样的争吵于他们成为家常便饭？

2

秀玫初见东辉，是在一个同学聚会上。记得东辉是那么的干净好看，仿佛头带光环，在他的光芒下，秀玫完全看不到其他人。秀玫对于东辉有种面熟的感觉，仿佛在哪里见过一般。在哪里？她的心里响起一首歌：在梦里，在梦里见过你。

秀玫很快就发现，东辉是男神一般的存在。他高大帅气，眉目清秀，来自国内名校，不仅专业出色，而且才华横溢，诗词歌赋样样精通，他是那么完美。男神周围总是会有不少女生，但是谁也没有秀玫勇敢，也没有秀玫的行动力强。

秀玫本来住在校外，得知东辉住在学校公寓，她也搬到了校内。学校是两室一卫的公寓，她跟一位女访问学者同住，她的公寓离东辉只隔了两道门。那时东辉和马文广同住，秀玫的室友常在外打工，秀玫就跟东辉他们走得很近。秀玫是北方人，做得一手好面食，她常常做了香喷喷的饺子、葱油饼，拿去跟东辉他们分享。东辉虽然是江南人士，可是对于秀玫的面食毫无抵抗力，每次都是大快朵颐，赞不绝口。看见自己喜欢的男人吃得津津有味，秀玫更是心花怒放，变着花样做出各种色香味佳的面食，源源不断地送到东辉的公寓。东辉的室友马文广是北方人，对秀玫的人品和美食都很倾心。他们常常三人行，一起去看电影，看球赛，一来二去，马文广先爱上秀玫，待他得知秀玫意在东辉时，很是伤心了一阵，随后就以各种借口退出三人行，这样就变成秀玫和东辉单独相处。

一个秋叶绚烂的日子，秀玫约东辉去登山。其实秀玫的身边也不乏男生追求，但她就是对东辉一往情深，东辉也很喜欢这个秀丽能干、热情大方的女生，他们在山上告白定情，那天他们走在红叶纷飞的山路上，山间的空气清新得水一般澄澈，一路上秀玫不停地问东辉各种问题，然后一脸崇拜地看着他，东辉知识渊博，无所不晓，他的侧面又是那么英俊，雕塑一般的线条，长眉如剑，眼眸如星，秀玫时不时侧过脸去看一眼东辉，整颗心如痴如醉。

他们结婚后也是有过一段甜蜜日子，那时秀玫觉得自己在幸福的天堂。可是每日里朝夕相处的琐碎生活中，东辉渐渐在秀玫眼里失去了光环。男神也会打呼噜，男神也会便秘，男神也有邋里邋遢臭袜子乱扔的时候，男神也有面对坏掉的水管一筹莫展的时候……男神其实也就是一个普通男人，人都会有弱点，秀玫除了对于东辉失去了原本的崇拜外，倒也没有觉得东辉的弱点不可接受，可是当他们第一次大吵时，秀玫强烈意识到他们的性格的不协调之处。

在秀玫的家里，母亲是绝对权威，父亲对于母亲总是百般哄劝。记得有一次父亲帮着母亲拖地板，母亲看见一处不够干净，就生气地数落父亲：你怎么这点事情也做不好！父亲当即就温柔地说：我把那处再拖一遍，你别生气。那时秀玫还觉得母亲有点过分，但是父亲对于母亲真是呵护备至。有一次母亲气生大了，一个人关着门在卧室里睡觉，既不做饭，也不吃饭。父亲做好了饭，在房门外恳求了半天，说了一车的好话，母亲才像女王般傲然走出来。

秀玫以为大多数家庭都是类似的夫妻相处模式，就是在她的闺蜜同事南云家，她每次去做客，就看见南云差她老公，子强你给我倒杯茶！子强你给我拿张餐巾纸！……秀玫觉得自己也没有那么多的要求，她从来也不曾这样使唤过东辉，也不会像母亲那么过分，可是她发觉东辉在她不开心时不仅不会有半点哄她，还常常是雪上加霜。

结婚前秀玫因着对东辉的崇拜和迷恋，自然也不曾跟东辉粗声大气地说过话，结婚后朝夕相处，因为气候阴冷身体不适情绪低落，说话忍不住就没了好气，凶巴巴地一句话呛过去，两个人就会因此吵起来。秀玫本来正是身心不适期待爱人呵护之时，却不料东辉非但没有半点安慰，反而与她唇枪舌剑起来，她身上母亲的性格成分便冒出头来，声色俱厉地将东辉数落一番：你这种男人真是小肚鸡肠，这么爱跟女人计较，真不算是个男人！东辉也是第一次被人这么说，便回嘴说：你也不像个女人，这么凶神恶煞！这无疑就是火上加油，秀玫急火攻心，开始口不择言，破口大骂，而且习惯性地随手抄起身边的东西就往东辉身上摔过去。东辉第一次见到这种阵势，吓了一跳，之后他倒也不太跟秀玫争吵了，却是变成了动不动就冷战。

他们每次一冷战便是多日，最后还是得秀玫自己找个台阶下来。他们不吵架的时候，关系还算融洽，两个人一起去看电影，一起去旅游，也是有说有笑，但是性格不合就像一颗定时炸弹，不知什么时候就引爆了。但凡秀玫开始情绪化了，东辉就板脸生气，于是便引发一场旷日持久的冷战。

最初秀玫对于冷战也是无法忍受，她东摔西扔，骂骂咧咧，奈何东辉就是视她为无物，独自在书房里上网读书，她再怎么跳上跳下，都如同将劲使到棉花上，毫无回应，秀玫只有自讨无趣独自郁闷。

3

秀玫长长地叹了一口气。如今她也学会在冷战期自得其乐，比如今天就跟同事去登山，可是心里还是免不了自怨自艾，今生就是没有让男人哄的福气。她烤了两片土司，倒了一杯牛奶，在土司片上涂上花生酱和果酱，匆匆结束了早餐。

她看了一眼墙上的钟点，又坐在梳妆台前，淡淡地化了妆。镜子里是一个三十多岁的女子，容颜依旧姣好，棱角分明的小方脸，两条细细的上挑的眉毛，一双顾盼生辉的杏眼，两片薄薄的嘴唇，看上去很有个性。

门铃响起，是她的同事南云来接她，秀玫披上米色小风衣就跟南云一起出发了。正是秋叶红了的时节，她们要去赏秋的那座山离家一个多小时的车程。

南云圆脸，丰厚的耳垂，很有福相。她比秀玫年长五岁，她们同事四年，是公司里仅有的两个中国女人，因此便成了铁杆闺蜜。秀玫坐进南云的米色雅阁，笑着问道：今天你们家子强管孩子？

是。南云点点头：今天我放假出去游玩，家里的事全都交给子强。

你们家子强真是好父亲，好丈夫。秀玫心有所感，羡慕地说道。

你们家东辉其实也不错，多优秀的人，男神级别的人，你就知足吧。

男神放在外面看看不错，在家里相处起来就问题很多了……

75

秀玫叹息道。

南云看了一眼秀玫道：主要你也是个女神，男神跟女神都有脾气，就比较难办了。哈哈。说着她笑了起来。

秀玫也被南云逗笑了。

她们来到山脚下的时候，秀玫走出车子，深深地吸了一口山间清爽的空气。天空蓝得晶莹透亮，满山秋叶在秋阳下熠熠发光，这里是赏秋叶的好去处，也是当年秀玫和东辉定情之处。想起当年在这里的情景，她有种恍若隔世的感觉。

秀玫和南云四下环顾一番，找寻其他同事的踪迹。忽然，秀玫瞪大了眼睛，她的脸色瞬间变得苍白。她看见一个熟悉的身影，挺拔修长的身材，神采飞扬的脸庞，那是她的丈夫东辉，站在他身边的是一个长发飘飘的年轻女子，身形俏丽，那副模样和神态是那么熟悉，微仰着脸，眼神里是满满的崇拜和欣赏。

七年前，也是在这个地方，秀玫和东辉就是这般模样，男的意气风发，女的一脸仰慕，他们在这儿互相告白定情。没想到七年后，她在这里看见的是丈夫和另一个女子重现当年一幕。

怪不得东辉对自己越来越冷漠，越来越不耐烦，原来是有了外遇，有了新欢，秀玫气得全身发抖。南云顺着秀玫的眼光也看到了东辉，她说：那个好像是你老公额！她转过脸，发觉秀玫脸色不对，就没有再说下去。

这时东辉身边的女子走开了，貌似是去卫生间，秀玫大踏步地走了过去，她抡起手臂，在东辉的脸上"啪啪"地扇了两个大耳光。

无耻！秀玫在愤恨中迸出两个字。

眉红进入这家网络初创公司，全靠东辉帮的忙。

当时正值网络泡沫时期，网络上市公司的股票火箭般一路蹿升，这家待上市的初创公司就成了香饽饽，申请者趋之若鹜，要进来的人挤破了门。

眉红的一个朋友认识东辉，就托关系进了这家公司。

东辉是她的顶头上司。因为公司扩充太快，办公室不够用，她和东辉还有另外一位印度人组员共用一个办公室，只是东辉占用了最里面靠窗的大位子。

东辉对她尽力相帮，无论是技术上还是人际关系上，手把手教她。

眉红第一次见到东辉的时候就被惊艳了，男神啊，这是真正的男神，长身玉立，气质温润，目如朗星，鼻直口正，太英俊了！待到后来眉红对于东辉有了进一步的了解，就对他更是佩服得五体投地。他不光在国内出身名校，而且是一毕业就被选送到美国名校读博士，到这个初创公司来做小组长实在是大材小用了。

你知道的，都是为了那一个梦。东辉笑着对眉红说，眉红使劲地点点头。

这个公司中国人不少，都是为了那个一夜致富的美梦，每个进来的都拥有原始股，一旦公司上市都立刻成为百万富翁。

在眉红的眼里，东辉实在是太完美了。他不光技术出众，口才也出类拔萃，无论是英语还是中文。有时眉红遇到技术难题了，卡在那儿半天，东辉看一眼，一下就指出解决方法，简直太神了。

在部门会议上，他侃侃而谈，脸上好像会放光，英俊的脸庞，流利的英语，他比所有的人都要出色耀眼。

有一天眉红和东辉聊天时，不知怎么就聊到兴趣爱好，东辉说到自己喜欢书法，眉红讶异地睁大了眼睛，没想到看上去很时尚的东辉有如此古雅的爱好。他们办公室有个小黑板，眉红雀跃着要求东辉在黑板上写几个字，东辉说黑板上写字跟毛笔字不一样，说着他随手写下：日出江花红胜火，春来江水绿如蓝。能不忆江南？

当眉红看见东辉在黑板上骨骼清秀、遒劲有力的诗句，满眼都是星星，她无比崇拜地惊叹：天哪，东辉，你太神，太有才，太完美了！

有时候眉红会想，东辉这么完美的男人，他太太一定也是一位完美的女神，不知会有多么美丽出色贤淑尔雅。他们因为在一个办公室，时常聊得海阔天空，有一次眉红这么说起东辉的太太的时候，东辉只是淡淡一笑，提到太太是个工作能力很强的人，现在已经是一家公司的经理。

眉红二十八岁，中等身材，瓜子脸上一双乌黑明亮的眼睛，嘴角两个深深的小酒窝，温婉甜美。她的男朋友孙坚刚刚在伊州找到一份 Tenure Track 的教授职位，眉红因为想等公司上市，就没有一起过去，两人开始了异地恋。当初眉红挤进这个公司并非易事，他们都不想轻易放弃这个机会。不料经济形势瞬息万变，如今股市疲软，公司上市一拖再拖。

公司里的中国人午餐时经常聚在公司的茶水间聊天，面对日渐萧瑟的股市市场大家都很无奈，不过股市总是有上有下，大家心里都依然怀有希冀，也许有一天，股市又会回转，公司成功上市。

东辉是个最有诗意的人，看见窗外满目红叶便说道：霜叶红于二月花啊，又到了赏秋的时节。

李川是他们这群人年纪最大的一个，四十多岁，一个身形高大的北方人，他当即提议：周末我们一起去山上赏秋去怎么样？

这个提议得到了大家的一致拥护。眉红和东辉回到自己的办公室后，眉红就问东辉：周末我可以搭你的车吗？我不太习惯开长途。

当然可以，这种长途大家应该尽量互相搭车，环保又有人做伴。东辉一口答应。

周六的早晨，东辉一早就到了眉红家。眉红已经在门口等待，平时上班大家着装商务休闲，今天两个人都是牛仔裤大墨镜，显得十分酷炫，不由得以新鲜又欣赏的眼光打量对方一番。

两个人一路愉快说笑，很快就到了目的地。东辉摘下墨镜，四下一看说：我们还是最先到的，其他人都还没到。

眉红看了下表，九点差一刻，她笑了笑说：今天车子开得真顺，早到了。她欣欣然望着满山红叶说道：这地方我还是第一次来，望过去山上真是很漂亮。

对，我来过几次，这座山很有名，是落基山脉的一个分支。东辉便跟眉红介绍起这座山，眉红仰着头，看着英俊潇洒口才机敏的东辉，心想，他真是什么都懂啊。

过了会，眉红跟东辉说：你帮我看下包，我去趟卫生间。

眉红从卫生间出来的时候，吓了一大跳。她看见一个三十来岁的女人，抡起大巴掌，照着东辉的脸"啪啪"猛扇两个大耳光。

天，东辉遇到疯女人了！？

眉红急急忙忙地奔了过来，那个女人鄙视地打量了她一番，一脸不齿地吐出三个字：不要脸！说罢扬长而去。

眉红一头雾水地看着东辉：怎么回事？遇到神经病了？

东辉难以启齿地低声说道：那是我太太。

你太太？！眉红惊讶得合不拢嘴，这跟想像中的优雅贤淑完全不同啊，这么完美的东辉怎么会有一个这么泼妇母夜叉的老婆？！唉，难怪俗话说好汉无好妻。

她……这是做什么？眉红不解地问。

她以为我有外遇了……东辉说道。

眉红立即明白了，原来这个耳光跟自己有关系。天，这可太糟糕了！这种事情不是开玩笑的，她着急地说：我去解释去。

请你听我解释。她跑得上气不接下气，对着东辉的太太说：你误会了，我们是一群同事一起出来登山的，我们先到了，其他人马上到，我也是有男朋友的，你误会了！

眉红看见东辉的太太回过头来不相信地看了她一眼，她身边另一个圆脸面善年龄略大的中国女人倒是停住脚，认真地问道：你们是一群同事一起出来登山的？

眉红使劲地点头：是啊，他们一会就到，我们九点集合。

那位女同事说：哦，原来是这样，真是太巧了。

眉红蹙着眉头闷闷地走了回来，这时东辉的脸有点肿起来了，他又把墨镜戴上，大大的墨镜挡住了半个脸，遮掩住几分被打的痕迹。原本兴致勃勃的他，此时像霜打的茄子全蔫了，他情绪低落地说：我想回去了，一点都不想再去登山了。

眉红看着平日里风采照人的东辉此时一副可怜兮兮的模样，她自己也被此事败了兴致，不过她转而一想，坚决又理智地道：这么回去不行！这么回去你太太还真以为我们有什么事，一定要等大家都到。

东辉听眉红这么说，觉得也有道理，两个人就又略等了一会。李川很快就到了，没多久，其他人也就陆陆续续地都到了。大家便往山上走去。

满山红叶如火如荼，一条山路蜿蜒而上，沿途树丛枝叶茂密，路边还有些不知名的野花。眉红因为刚才的突发事件，依旧心有余悸，她快走了几步，来到了李川的身边。

李川，我跟你说件事。眉红说道。她觉得她得把这件事情告诉李川，到时可以有个证人。

眉红便一五一十地将刚才发生的事跟李川讲了一遍，李川大吃一惊，他愤愤不平地说：怪不得我看东辉的脸有点肿，情绪也不对，没想到东辉这么出色儒雅之人，家里有个如此凶神恶煞般的母老虎。他又干脆利落地加了一句：咱东辉这么帅的小伙子找谁不行，他们又没有孩子，赶紧离婚得了！

眉红说：我也是替东辉不值，这种老婆，真是该离！

大家一面赏秋，一面向上行走，到了观景点便停留片刻，拍些照片。秋叶层层叠叠，山峦五彩斑斓，美得让人移不开眼眸。大约中午的时候，他们到了山顶，此处更是秋色尽收眼底，满目锦绣。山顶有个餐馆，他们找了一个户外的长桌子坐了下来。过了一会，眉红看见东辉太太一帮人也上来了，她看见东辉太太依旧跟那个圆脸的中国女同事走在一起。她们也发现了眉红他们这一群人，眼神扫过来好几眼。

就是那个女的，短发，穿米色小风衣的。眉红悄悄地跟李川说：东辉的太太。

李川抬起眼看了看说道：长得还不错，就是一脸凶相，没东辉好看，更没东辉的气质好，本来就配不上东辉，还这么凶，我要劝东辉离了算了。

就是，东辉摊上这么一个老婆，真是太亏了，我也要劝东辉离了算了。眉红点头附和道。

大家在山顶逗留了一会，聊起股市，皆是牢骚和无奈，不过凭高望远，一览众山小，又升起一番豪气。东辉一面喝着啤酒一面笑说：今朝有酒今朝醉，管他明天股市如何降！东辉本是一个妙语连珠之人，今天早晨被老婆两个耳光败了兴致，这会儿终算缓了过来。他看见李川和眉红在说悄悄话，顺着他们的眼光望去，也看到了秀玫他们一伙人，他的眼光瞬间又黯淡下来。

下午三点多，他们回到了山下。山脚下有不少卖手工艺品的小铺子，眉红饶有兴致地去看那些石头做的饰品，东辉略等了一会，便对眉红说：我想回去了，你是跟我一起走还是要搭别人的车？眉红看见东辉满脸疲惫，便说：好，我们走吧。

眉红和东辉走进车子的时候，正好秀玫也到了山下。

5

东辉一路都很沉默。刚才跟同事们在一起，他一直强颜欢笑，现在跟眉红在车子里，想起早晨的事件，心中愤懑和难堪交织，脸色十分难看。

路过一家咖啡馆的时候，东辉说：我们到里面去坐一会好吗？

眉红对于早晨的事也耿耿于怀，她对东辉满怀同情，她点点头说：好。

他们看了看菜单。这家咖啡馆除了咖啡和点心，还供应三明治和意大利面条。东辉点了清咖，眉红点了卡布其诺，东辉又叫了杏仁羊角面包和巧克力榛子蛋糕。

他们在咖啡馆里隔桌对坐。东辉摘下大墨镜，眼角边明显肿了起来，原本俊秀优雅的脸竟显得几分窝囊可怜，眉红对于东辉从来都只有崇拜，此时心里第一次生出一种怜恤。

对不起，连累你了。东辉歉意地说。

我没关系了，你被打成这样，太过分了。眉红不平地说道，接着忍不住又问：你太太怎么会这样，难道你们互相都不知道对方的行程？太不正常了！

唉，我们吵架冷战了好几天，互相都不说话。她这个人，老是挑事发脾气，真是受不了！

脾气确实够大的，真是难为你了。眉红同情地说。

当初她追我的时候，特别热情体贴，没想到结婚后完全变了一个人，脾气这么暴躁，每次发脾气都惊天动地的，我也有想过离婚，后来我去讨教其他人，朋友告诉我女人在家里都喜欢唠叨，吵架都是这么歇斯底里而且没完没了的。后来我遇到她发脾气就不跟她对吵，避开算了，没想到她不但没有收敛，反而变本加厉。其实我从来不记得我母亲这么发过脾气，你说女人大多在家里都会这么爱唠叨爱发脾气吗？

不会，怎么会，你那个朋友说得完全不对，这么凶这么爱发脾气的女人绝对是少数，我和我认识的女人都不是这样的。

哦，原来只有很少的女人才这么爱发脾气的……东辉若有所思地说道。

眉红对于秀玫印象差到极点，她接着又说：李川也觉得你太太完全配不上你，你应该离婚。

配不配得上倒也不重要，主要是脾气太差了。东辉摸了下微肿的脸颊，神情萧索地说。他的母亲贤惠温柔，他都不记得父母有过大吵，他自己学业出众，长相帅气，也是被一路赞扬长大，何曾有人这样骂他甚至打他。

她平时也这样动手吗？眉红又问。

这倒没有，但是摔东西是常有的事，发脾气时就是个神经病！

这话也许我不该说……眉红斟酌着开口道：我觉得你们也没有孩子，不如趁早离了。就像李川说的，你个人条件那么好，什么样的找不到？你应该得到幸福。

东辉听了眉红的话，半晌不语。当年对他有好感的女人不少，其中秀玫最为热情温暖，平日里时常嘘寒问暖，递上各种爱心美食，他们又都爱好影视和旅游，在海外的日子寂寞难耐，两个人没多久就在一起。谁想到结婚后才发觉秀玫脾气这么差，平时他也就忍忍算了，今天秀玫在大庭广众下动手，他的心里也起了离婚的想法。

你们为什么没要孩子？眉红好奇地问道。

开始的时候忙事业，她事业还不错，在公司蛮受重用的，这也使得她脾气越来越大，后来也想过要孩子，却是一时也没要成。

没有孩子也好，也许真是应该离婚了。东辉叹了口气。

东辉今天特别需要跟人倾诉，可是被老婆打耳光这种事也不好意思跟别人去说，正好眉红也是当事人之一，又善解人意，他便将自己跟秀玫的故事从头道来。东辉还是第一次向人如此敞开心扉，他滔滔不绝地讲了许多自己的往事。眉红本来就喜欢跟东辉聊天，再说自从男朋友去了伊州，她一个人也颇寂寞，对于今天的事她也是惊魂未定，她静静地聆听，适时地加上恰如其分的评论，她对于东辉的理解和仰慕，如春风化雨，滋润了东辉今天被羞愤烧得干枯的心田，两个人聊得忘了时间。

暮色四合，窗外路灯次第亮起。东辉便跟眉红说：我们就在这吃晚餐吧。

6

秀玫依旧跟南云一起回家。她也很沉默，今天的意外事件使得她也是心绪难平。

南云劝她：回去跟你老公道个歉，看来你是错怪他了。

秀玫心里也是有几分歉意，嘴上依旧很硬地说：那个女的为什么要找东辉搭车？她不会找个女同事？就像我就会找你，根本不会去找男同事。我看他们之间就是有猫腻。

你啊……南云叹口气说：个性太强！女人该软的时候还是要软下来，男人最不喜欢的是在外面不给他们面子，这两个耳光真是会让男人很介意的。

秀玫听了，沉吟不语。

秀玫到家的时候是下午五点，她在沙发上呆呆地坐了一会，回味着南云的话。她将心中一团乱麻整理一番，果断如她，倒也很快理出了头绪。东辉跟那个女同事关系匪浅，自己今后需要留心，但是今天自己确实错怪东辉了，两个耳光太过分，她需要弥补。她起身便在厨房里忙碌起来。

秀玫从柜子里拿出面粉，又从冰箱里取出肉末和韭菜，记得当年追东辉的时候就常给东辉做韭菜饺子，东辉特别喜欢。结婚之后她很少再包饺子，即便是自己做饺子，也是用现成的皮。东辉有时说起很怀念她的手工饺子，她总是以一句太忙了敷衍过去。今天秀玫为了补偿今天早晨的两个耳光，她大张旗鼓地开始做手工韭菜猪肉饺子。

她一面将肉末解冻，一面整理韭菜，接着和面擀面做馅，足足忙了一个多小时，才做好了两大盘饺子。她又做了两个东辉喜欢的小菜，虾仁豆腐，蒜炒芦笋。她看了看钟点，已经七点半了，可是东辉还是没有回家。

秀玫将厨房收拾了，就坐在沙发上等待。她想了想，又去将门口的两盏挂灯开亮了，橘黄色的光芒在夜色中等待归人。

秀玫等到八点，还是不见东辉人影，她的心里由歉疚又变成气恼。她亲眼看见东辉跟那个女同事四点不到就进了同一辆车子，如今四个小时过去了，他们两个在干什么？

秀玫自己先下了几个饺子，饺子味道鲜美，带着新鲜面香，可她也没有心情来享受。她不停地看墙上的钟，心里的火气越烧越盛。

东辉到家的时候已经是九点多了。秀玫强忍火气，好声好气地问了一句：吃饭了吗？我做了饺子还有几个菜。

我已经吃过了。东辉答了一句，看也没看秀玫一眼，往楼上走去。

你别走！秀玫喝住了他：我们谈谈。

我累了，明天再谈吧。

秀玫本来想道歉的，可是看见东辉这副冷漠的样子，心里的怒气完全按捺不住，她不由得质问道：我看见你四点不到就跟那个女的进了车子，五个小时你们都在一起？

我说了我累了，不想跟你说话。

你逃避什么，心虚什么？！秀玫心里的火气腾腾地往上升，她的声音不由得又高了起来。

东辉嫌恶地皱了皱眉说：又来了，没完没了。

秀玫被东辉的眼神刺痛了，那是一种她从来没有见过的厌恶和嫌弃。她瞥了一眼自己辛辛苦苦做的饺子和菜肴，狠狠地说：我本来还有点歉意，想我大概冤枉了你，现在看来根本没有冤枉你，你们就是一对狗男女！

东辉没有说话又径自往楼上走去，秀玫气得随手抄起一个盘子扔了过去，东辉避了避，盘子落在楼梯上，然而滚落到了地上，碎成好几片。

东辉停住脚步，看了一眼满地狼藉的碎片，又看了一眼叉腰而立的秀玫，声音不高但在秀玫耳朵里却是如炸雷一般：这样的日子你觉得有意思吗？我看我们还是离婚吧。

你……秀玫听见这句话愣住了，这是他们第一次提及"离婚"这两个字，她的心里一阵钻心刺骨的疼痛，一时不知该说什么。

东辉又说：我们都不快乐，还是离婚吧。

秀玫见东辉的样子，也不像是意气用事。原来东辉已经起了离婚之意，他完全将他们七年的感情弃如敝屣，她心痛得说不出话来，过了好一会，她才迸出一句话：我不同意，我不能就这样便宜了你们！

7

东辉和秀玫进入了持续冷战，以前他们也经常这样冷战，只是从来没有时间这么长，而且从来都没有提过离婚。如果说以往的冷战只是天上飘过几朵雪花，这次却是冰冻三尺，坚冰难融。

而东辉和眉红的关系却因为登山事件变得亲密无间，成为无话不说的朋友。纵然东辉女人缘颇好，他还是第一次有如此推心置腹的红颜。

东辉的生活因为这次登山事件改变了，家里是冬天般寒冷的夫妻关系，办公室是春天般温暖的红颜知己。这一个秋天，东辉发觉自己从未像现在这样渴望上班。他跟眉红不仅在办公室里相谈甚欢，他们还几乎天天一起出去午餐，有时午餐后还在附近公园散步。

正是秋日好光景，满目深深浅浅的秋叶，红黄橙褐，色泽斑斓，一湾池塘在阳光下粼粼闪光，五彩缤纷的树木和天空雪白的云彩一起在水中倒影摇曳。

当眉红看见如此美景，忍不住大声赞美：哇，太美了！

东辉随口念道：半亩方塘一鉴开，天光云影共徘徊。

眉红崇拜地看着东辉说：这就是有文化和没文化的差别，没文化的只会不停地说太美了，有文化的随手就扔出两句诗。

东辉哈哈大笑起来说：眉红你说话太好玩了，我不过一时想到这两句诗，觉得特别合适，哪里算是什么文化人。

反正跟我比就是文化。眉红俏皮地皱了下鼻子，她接着又说：你不光是有文化，天文地理，好像没有不懂的。真的，有什么是你不懂的？

不懂的东西太多了。比如，不懂做饭只知道吃，还有……东辉自嘲地说道：不懂女人婚姻失败……

噢，你跟你太太现在怎么样了？眉红想起东辉那个母老虎般的老婆，不由问道。

东辉脸色暗淡下来：就那样，在一个屋檐下，行同路人。

眉红为东辉惋惜：老这样下去也不是一个办法吧？你才三十多岁，人生还长着呢。

东辉也叹息道：我那天跟她提了离婚，她说她不同意。我在网上查了查，如果妻子不同意离婚，手续也挺麻烦的。我一时也懒得再起冲突，慢慢来，就先这么拖着吧。

眉红看了一眼东辉，勾起唇角轻笑着说：你这个人吧，虽然非常优秀，但是其实性格蛮被动的。

东辉也深深地看了眉红一眼说道：你说到我的特点了。你年纪轻轻看人还挺厉害的，我们相处时间不长，你对我好像了解至深。

可能你一直特别优秀，被人仰望，习惯了优雅……眉红又说道。

东辉看着眉红笑了起来说：跟你聊天真是太舒心了。他随即转了话题 不说我的事了，说说你吧，你跟你男朋友是怎么认识的？

我们就是同学。眉红说道：以前读大学的时候他就追我，那时对他完全没感觉。后来到了美国刚好又遇上了，可能一个人在国外，挺寂寞的，他很照顾我，于是两个人就在一起了。听上去挺不浪漫的，还不如你。

　　你这个跟我差不多，我也是一个人在国外挺寂寞的，那时她对我很好很照顾我，所以在一起了。现在想想，个性相投才是重要，女人个性好比容颜好更重要！东辉看着站在一棵银杏树下的眉红，金黄色的树叶斑斓如梦，长发飘飘的眉红巧笑倩兮，一对酒窝给人春风沉醉之感。他感慨地说道：你性格这么好，从没见过你跟谁发脾气，容颜也好，你男朋友好福气啊！

　　眉红脸"唰"地红了，娇羞的样子让东辉的心怦然一动。眉红说：你的性格也很好啊，这么温润儒雅，我原来还想过什么样的女人才配得上你，以为像你这么出色的人，一定有个非常优雅出色的太太，所以那天遇见你太太真是太意外太吃惊了！

　　东辉尴尬地笑了笑说：汝之蜜糖，彼之砒霜。现在才知道互相欣赏、个性相投有多么重要，只有这样才能成为彼此蜜糖。那种因为寂寞，因为她很照顾我，这些全是靠不住的。

　　眉红听着东辉的话，一时没有接话，她想着她跟男朋友孙坚的关系，其实也并没有相互欣赏，只是觉得年纪差不多了，刚好孙坚就在身边，就这样答应了孙坚的追求。要说她喜欢的类型，那是东辉这样的……想到这儿，她看了一眼东辉，阳光透过树叶的缝隙照了下来，落下点点光晕在东辉的俊脸上，他看上去如此儒雅挺拔，令人倾心。

　　一阵秋风吹来，带着几分凉意，东辉咳嗽了几声，眉红便随意地说了句：这两天听见你有点咳嗽，我每次咳嗽就吃枇杷露，明天给你带一瓶过来。

东辉因为在家里没有半点温暖，而眉红善解人意，温柔知心，使他满腹的郁闷有了一个出口。眉红因为男朋友在外州，一个人十分寂寞，再加上本来就对东辉非常仰慕，如今更添一份亲近和心疼。他们两个人，越来越享受彼此相伴的时光，一种特别的情愫在两人之间暗中滋长。

第二天东辉一到办公室，眉红就递给他一瓶枇杷露说：秋天了容易肺燥，喝点这个有好处。

东辉接过枇杷露，转动着瓶子，一面看说明，一面念道：清心降火，滋润脏腑，补肺养颜。他笑了起来：好处还挺多的。

眉红也笑了起来：我秋冬之际常喝这个，看你最近咳嗽上火，你试试吧。

东辉看着笑语盈盈温婉可人的眉红，感动地说：太谢谢你了！这瓶枇杷露我永远都不会忘记。

眉红笑瞋道：就一瓶枇杷露，客气什么。

眉红昨天特地去了一趟中国店给东辉买枇杷露。这两天她听见东辉咳嗽，每一声都仿佛咳在她的心头。她本来对于东辉甚为仰慕，因为登山事件对于东辉有了一份心疼，一份爱怜，随着两人越走越近，她对于东辉生出一种非常特殊的情感。

她从营业员手里拿过枇杷露的时候，莫名地红了红脸，那瓶要送给东辉的枇杷露，似乎带着自己隐秘的情愫，带着自己满腔的心事。她听见东辉说永远不会忘记这样的话，嘴上没说什么，心里却是涌过一股热流。

东辉拿到这瓶枇杷露，心里也是感慨万千。他就着白开水喝了一口，甜甜的，芳香可口，润入心肺，有一种温润妥帖的感觉，就像眉红这个人，说话做事总是这么温柔可人。

相见恨晚，东辉的脑子里一下跳出这个词。

8

感恩节快到了。

东辉和秀玫这一番冷战长达一个多月。他们以往冷战一般三、五天，最多七天，这次因为那两个耳光，冷战漫漫无期。

那天东辉说起离婚，秀玫一夜未曾合眼，一个人落了许多眼泪，后来她跟南云说起这件事，南云问秀玫自己是怎么想的，秀玫说自己并不想离婚，又说东辉跟那个女同事的关系真的很难说，她托了朋友的朋友打听过了，两个人确实走得很近。

南云说：既然不想离婚，那你还是应该争取一下。她停了停又问：如果东辉真的跟那个女的有一腿，你怎么办？

那就离婚！秀玫愤愤地又加了一句：但是他得净身出户！

也许并没什么事呢。南云说：不要急着把人推出去，趁着过节就和好吧。

感恩节前后，眉红休假两周，她到男朋友孙坚那儿过节去了。

办公室里少了眉红，东辉忽然觉得空落落的难受，他望着眉红的座位，伊人不在，空荡荡的座椅显得那么冷清，他的心里像被人挖了一块似的，缺了一角，闷闷作痛。他发觉自己竟是如此思念眉红，他想她，无时无刻不在想她。这是他人生第一次有这样的感觉，以前跟秀玫谈恋爱都不曾有过这样强烈的思念。

我这是怎么啦，都三十多岁的人了，怎么会有这种少男的情感？ Stop it! 他自嘲地想着。可是，感情这种东西不以人的意志为转移，对于眉红的思念不受控制地才下眉头又上心头。他想念她温柔聆听的模样，想念她笑意盈盈的俏皮，想念她心意相通的眼神。他想念她。

我爱上她了？他这么想的时候心里一惊，自己都吓了一大跳。

眉红在的时候，他几乎天天跟眉红出去午餐，顺便也叫了晚餐。眉红不在的时候，他百无聊赖，做什么都没有兴致，对吃也没了兴趣，中午在公司 Cafe 随便吃点三明治，晚上他买了一箱方便面，准备就这么对付过去。

秀玫听了南云的话，决定收敛起自己的性子，跟东辉和好。这事与她并非太难，当初她追东辉的时候也是专心致志地跟东辉示好，现在为了挽救自己的婚姻，她愿意再次付出努力。

东辉扛着一箱方便面回家的时候，秀玫正在厨房里忙碌。他们冷战的这些日子里，两个人各吃各的，厨房不常开火。

秀玫看见东辉手上的方便面，便主动地说：你没有吃饭吗？我今天多做一些，你待会来吃吧。

东辉看见秀玫已经做了他爱吃的酱牛肉，正忙着在烙葱油饼，葱油面香扑鼻而来，实在比起方便面要诱人得多，他就点点头说：好。

这是一个多月后两个人第一次同桌吃饭。葱油饼外脆里酥，酱牛肉松软入味，小米粥黄澄澄的晶莹稀软，另外还有碧翠的腌黄瓜，都是东辉喜欢吃的。东辉心想，眉红再好也是别人家的，秀玫虽然脾气不好，但多数时候对自己还是不错，自己上次提离婚也是太轻率躁急。很久没有吃老婆做的饭菜了，他一面吃一面心里称赞，秀玫这厨艺比店里都好。

秀玫看见东辉吃得津津有味，心中十分高兴，她跟东辉说道：快过节了，南云让我们到她家去过节。

刘平也让我们去他家过节。东辉也说道。

节日期间，海外华人的聚会时节，因为大家在海外都鲜少有亲戚，朋友间的聚会便成了海外华人的过节重头节目。刘平是东辉的大学同学，两家关系甚好。前些日子刘平打电话邀请东辉，东辉也不好意思跟人说夫妻吵架的事，只是支支吾吾地说不一定去，今天看秀玫主动示好，他也就将这事说了出来。

那就去刘平家过节好了，南云没有关系的，我问问她是不是可以改日。秀玫温顺地说。

刘平家的聚会，主要都是东辉的校友。秀玫用心打扮了一番，她穿了一条紧身裤，镂花长靴，上面是 Burberry 乳色羊毛衫，上挑的眉毛修成了柳叶眉，精心描画的眼线使得杏眼更加顾盼生辉，整个人流光溢彩。东辉和秀玫走在一起，两个人都是高挑身材，时尚靓丽，一对璧人。

秀玫这次是给足了东辉面子。聚会基本分成了两个圈子，校友圈和太太圈。秀玫先是跟太太们聚在一起聊天，无论说到什么，她都会说：我要去问问我们家东辉。有人说到国内有个艺术团来访问，国人的太太习惯妇女能顶半边天，当即自作主张地说：我们要去看。秀玫却说：我去问问我们家东辉。正好一名校友看见了，回到男人的圈子说：东辉在家里太有地位了，他老婆什么都要先问他的意见呢。

开饭的时候，秀玫又过来加入了男人的圈子。每次吃到好东西，她就会给东辉端过去说，老公，吃这个，老公，那个好吃。老公，百叶包真好吃，是你们江南的风味吧，以后我也学着做。她完全一副小鸟依人的样子，足实让其他男人羡慕。刘平笑着对东辉说：东辉你真是好福气，老婆这么漂亮，又这么能干，还这么贤惠！

秀玫在公司里已经做到经理，比起东辉的小组长高了一级，而且她伶牙俐齿，很有能力，在公司很受重用，这也是她在结婚后渐渐对东辉失去当初的崇拜的原因之一，不过，现在她一心想跟东辉重修旧好，便是又恢复到当年追求东辉时的殷勤温柔的模样。

她这么做，倒也并不违心，她是真的爱东辉，尽管东辉在她眼里已没有当初的光芒，而且她对于东辉不会哄人的脾气依旧介意，但她并不想失去东辉。

秀玫在人前对于东辉极尽恩爱柔顺之态，东辉是个要面子的男人，秀玫这番做派大大补偿了那天登山事件里他丢失的面子。他由着秀玫挽着他的胳膊走来走去，谈笑风生，妙语连珠，秀玫恰到好处地附和陪衬，他们成为聚会上最为光彩照人又默契融洽的一对。

秀玫不发脾气的时候也是可以这么春风拂面令人舒畅的啊。东辉心里想道，最近吵架太多，他们很久没有这么愉悦的时光了。

回家的路上，两个人的气氛也是无比温馨，东辉在开车，秀玫时不时地侧过头来看他一眼。秀玫从包里取了一颗薄荷糖放到嘴里，这是她的习惯，时刻保持口中气味芬芳。秀玫问东辉要吗？

东辉点点头，秀玫又剥了一颗放到东辉的嘴里。她的手触碰到东辉的唇的时候，不由得停顿了一会，微微抚摸了一下，东辉转过脸来意味深长地看了她一眼。

到了家里，东辉往楼上走去的时候，秀玫也就跟了上去。走到主卧门口，秀玫伸出手去，轻轻拉住了东辉的手说：回来睡觉吧。东辉跟着秀玫走进主卧，他看见妆容精致依旧美丽的妻子柔情地看着自己，她的身上散发着香奈尔梦幻迷人的香水味，她的身体有一种渴望和性感，他伸出手去一把搂住了秀玫，秀玫随后就伸开双臂紧紧抱住了东辉，两片柔软的唇迎了上去。

他们已经一个多月没有同房了，互相之间都有一种欲望，他们相拥着，相吻着，一起落在了家里的双人大床上，衣服一件件地掉落在床上和地毯上。东辉在进入秀玫身体的时候，他的脑海里忽然闪过眉红的身影，他闭上眼睛，想象这是眉红的身体，这种想法使他全身涌上一种从未有过的快感和激情，他一下一下地奋力冲击着，嘴里不停地呼唤着：眉，眉……他在幻想中达到极致的快乐的高潮。

眉与玫是同音，秀玫以为他呼唤的是自己的名字，也是激情荡漾，她随着东辉的节奏配合着他，呼应着他，与他一起冲向云端。

9

这一个感恩节假期，东辉和秀玫过得安然怡乐。

秀玫一直收敛着自己的个性，她只要不发脾气，东辉也不会挑事。尽管东辉发觉自己难以抑制对于眉红的魂牵梦绕，不过他认为他并没有显现出来。他们参加聚会，看电影，做爱，做饭。秀玫下功夫做几个好菜，东辉有时也帮着秀玫做家务，他们似乎又是一对美满的夫妻。

可是秀玫总觉得哪里有点不对劲。夫妻间是非常敏感的，虽然秀玫对于东辉有一种失而复得的喜悦，然而她发现这个重新归来的东辉却是跟以前不大一样了。即便他就在她的身边，即便他就睡在她的枕边，他依然有种遥不可及的疏离感。他的目光有些飘忽，神情有些游离，他身在此处，心却不知在何处。他时常一个人处于冥想之中，还会独自莫名微笑，待到秀玫与他说话，他才一副如梦初醒的样子。

你想什么呢？秀玫是个直接的人，她问东辉。

没……没什么。东辉支吾道，不愿多说。

秀玫还是挺珍惜他们夫妻关系的改善，也就不再追问，可是心里多少存了个疑团。

假期的最后一天，东辉出去保养车子，秀玫在家打扫卫生。她整理东辉书房的时候，忽然就多留了个心，想看看能否找到东辉反常的蛛丝马迹。她翻了翻东辉桌上的书本，未发现任何异常。她知道东辉电脑的密码，试了试，东辉并没有修改密码，她登录查看一番，看见东辉加了几个离婚网站在书签里，她的心不由往下一沉，一股寒意袭上心头。她随即查看浏览记录，发觉最近这些日子东辉并没有再上离婚网站，应该只是前段时间吵架时收藏的，心中又略微回暖。她发觉东辉最近经常看星座网站，今日星运，今周，今月和今年，他似乎很关心自己的星座运程？

他在等什么黄道吉日？要做什么？秀玫一头雾水地关上电脑。

她抹了桌子和书架上的灰尘，将散乱而放的书本放回书架。就在她准备离开书房的时候，她的眼角瞟到墙角的纸篓，纸篓里有几个纸团，鬼使神差地，她走过去将纸团拣了出来，一一打开，她发觉一张纸里写满了两个字：眉红。

眉红，秀玫打听过，就是那天站在东辉身边的那个长发女子！满纸的眉红，仿佛满屋子的眉红站立在秀玫面前，她们全都挑衅地看着她。她忍不住将纸捏成一团，喃喃道：滚，你滚开！

东辉出轨了，他果然出轨了！秀玫的身子不由自主地颤栗起来，原来东辉这些日子魂不守舍的样子全是因为眉红！

眉，眉，那么他在激情中高呼的名字一定是眉不是玫，他以前从不喊他玫，原来是将自己当作了眉红！秀玫这么想的时候，心里一阵恶心，忍不住跑到卫生间去呕吐一番，却也没有吐出什么，只是手捂着胸口，不停地干呕。

完了，我们的婚姻完了……秀玫的泪水从眼角落了下来，她可以为自己的错误挽救婚姻，她可以做任何事来换回自己的错误，但她无法原谅出轨的丈夫。她这么想的时候，两只眼睛空洞地望着天花板，泪水哗哗地滚落下来。

东辉回到家里的时候，发觉秀玫在沙发上正襟危坐，脸上泪痕依稀。看见他回来，她把他叫了过来，随即递给他一张皱巴巴的纸。东辉接过来一看，瞬间脸红到了耳根，那张纸上写满了眉红名字，那是他思念难耐时信手写下的字。

秀玫气愤地说：我多么希望是我错怪你了，我因此一直在努力弥补，可是你……你就这么堂而皇之不知廉耻地出轨了！

东辉脸红耳赤，他对于眉红的一番心意连眉红都不知，不料被妻子率先发现，他窘得无地自容。他嗫嚅道：其实我跟眉红并没有什么事……

秀玫抓过那张纸说：都这样了，还没什么？！你每天心里在想什么以为我不知道？怪不得铁了心要离婚，怪不得身在曹营心在汉。我巴心巴肝地对你好，你却一直在想着另一个女人，连亲热时都想着她，真不要脸！秀玫说到这儿，有一种被侮辱的愤慨，她的声音变得尖锐而短促，她大声地喘着气，一时说不下去了。东辉听秀玫这么说，更是羞愧难当，汗颜无地，他低着头，不知该说什么。

一阵静默之后，秀玫又说：我原先不同意离婚是不想因为自己的错误导致离婚，所以我一直努力在挽救。可是现在你都这样了，我还留着你有什么意思。我同意离婚，你净身出户。

秀玫说出同意离婚，心里像被刀割一般疼痛，泪水又从她脸上无声滑落。

东辉无言以对，他看见秀玫万念俱灰的痛苦的样子，想到这些天她的尽心尽力，心中一阵愧疚。

如果说，最初提出离婚时，东辉理直气壮，认为是秀玫凶蛮无理，到今天秀玫终于同意离婚，他却满怀歉意。其实这些天跟秀玫相处和谐，他都不去想离婚这事了，可是现在秀玫又提出来了，他知道他无法为自己辩解。他爱上眉红，这是一个铁板钉钉的事实，尽管他们并没有任何苟且行为。

东辉想，秀玫是个决断的女人，她说不能原谅就很难挽回，而自己的性格这么被动，完全做不到像秀玫那样能够放下身段来示好，所以此事也很难有回转的余地。

他转念又想，自己既然喜欢眉红，离婚了也好，这样自己也可以光明正大去追求眉红了。一生总要有一次奋不顾身的爱，不是吗？

想到这里，东辉就说：对不起，真的对不起，我净身出户就是。

秀玫什么也没说，任由泪水在脸上流淌。

10

眉红回来上班的第一天，东辉看见眉红的那一刻，他的眼睛完全离不开她。刻骨的思念终于有了释放的时刻，他几乎从上到下把眉红看了个遍。办公室里有了眉红，瞬间一切都变得鲜活生动起来。虽然他心底为了离婚的事犹有烦思，但是看见眉红回来了，他心里的喜悦盖过了一切。

中午他们一起出去午餐。在办公室里他们的办公桌成九十度角，中间还隔了一个同事，东辉也不敢表现得太肆无忌惮。在餐馆他们相对而坐，东辉近乎贪婪地看着她，他感觉到眉红的眼神也是同样的热切和渴望。

这是一家离公司不远的韩国餐馆，天气转凉，他们各自要了热气腾腾的石锅饭。几只小碟装了各式韩国酱菜，先端了上来，微辣爽口。

假期过得怎么样？东辉夹了一颗酱花生问道。

还不错。眉红轻描淡写地说道，她也夹了一颗酱花生，又关切地问：你呢？

我太太同意离婚了。东辉这件事还没有跟别人提起过，但是看到眉红，他第一时刻就想把这个消息告诉她。

真的？眉红眉毛微微挑了挑，接着又说：离婚本来应该是件坏事，但对于你应该算是好消息。你这么出色的人，应该有更好的女人，应该得到幸福。

东辉最近也是为着离婚的事心烦意乱，虽然他们没有小孩，但是离婚依旧是一件伤筋动骨的事，他对于秀玫也并非完全没有感情，看见秀玫悲伤决断的样子，他的心里也有几分痛悔。说到底，他这次离婚主要是因为眉红，那么眉红会是什么态度呢？她跟男朋友的关系到底如何？想到这儿，他便顺着眉红的话问道：你得到幸福了吗？

眉红愣了愣，一时不知怎么回答。她休假的这些日子里，虽然跟孙坚在一起，可是她发觉自己是如此思念东辉，这是一种她从未有过的相思。孙坚搬到外州时，她也想念过他，但那种想念更多是因为寂寞，很快就因为工作、因为东辉的陪伴而化解了。现在她跟孙坚在一起，却依然觉得寂寞，心的寂寞。她是如此想念东辉，想念他温暖含笑的眼神，想念他妙趣横生的言语，想念他玉树临风的风采，想念两个人在一起那种心心相印的默契。东辉是个已婚男士，以前她虽然喜欢东辉，但也不敢有什么非分之想，而且自己也是即将结婚的女人。可是现在东辉真的要离婚了，而且她明显感到东辉对自己的好感，自己应该有所表示吗？那么孙坚又怎么办？她一时不知该怎么回答，就低着头实话实说：我不知道。

东辉两只手不停地摩挲着，紧张地等着眉红的答案，若如眉红说她已经得到幸福，他便只有退却，他本是一个被动的人，做这种夺人之爱的事不是他的风格。现在见眉红给了一个模棱两可的答案,他微微舒了一口气,这么说他还有机会。可是他还有多少时间呢?他接着又问:你们有结婚打算吗?

眉红说:大概明年夏天吧。孙坚刚过去不久,争取终身教授非常辛苦,我这里本来要等公司上市,可是现在这个形势,不知什么时候才会上市呢?

东辉有一种迫切感,他只有半年的时间了,他看着眉红,眼神深深切切地望进了眉红的眸子,声音中有种慎重:眉红,我想问你一件事。

服务员在这时走了过来,打断了他们的谈话。石锅饭上了桌,"滋滋"冒着热气,白饭垫底,上面整整齐齐地码着酱牛肉,黄芽菜,胡萝卜丝,紫菜丝,黄瓜丝。

什么事?眉红一面搅拌着石锅饭,一面问东辉。

东辉忽然犹豫了起来,说什么呢?他从来没有追求过女人,眉红是有男朋友的女人,他自己也只是在讨论离婚之中,还未恢复单身。这个时候跟眉红表白合适吗?这样匆促表白万一不成在一个办公室还怎么工作?也许他应该等到离婚申请递交之后,也许他应该再深思熟虑做些准备……想到这儿,他支支吾吾地说:哦,没什么。那个……你会参加公司的圣诞酒会吗?

眉红期待地望着东辉,却听他只是问圣诞酒会,就点点头说:我会去。

到时你会穿礼服吧,一定很美。东辉憧憬地说道。

大家一定都会穿得好光鲜的。眉红抿嘴笑了笑。

11

节后不久，东辉就从家里搬了出去，他在公司边上租了一个公寓。

他跟秀玫讨论了离婚协议，带走了自己的401K和公司股票、他的车子和衣物，其余房子和积蓄统统留给了秀玫。

他拎着两个大皮箱，开着他的蓝色凌志，就这么独自离开了。

圣诞前夕，股市更加低迷，经济一片萧条。

公司上层一直在和几个大公司洽谈有关收购的事宜，但都没有敲定。公司已经不敢再像以前那么烧钱了，圣诞酒会从最初计划的五星大饭店换作了乡村俱乐部。

宴会大厅还是金碧辉煌。同事们都特意装饰过，男的燕尾服、西服，女的晚礼服，鬓影钗光，焕然一新。眉红一袭红色长裙曳地，无袖镂空，长长的耳坠子垂下来，一头长发高高挽起，露出洁白颈脖，穿六英寸红色高跟鞋，显得袅袅婷婷。东辉惊艳，目光久久不能移开。东辉黑色西服，雪白衬衫，更显玉树临风，气度不凡。

中国人坐在一桌，多是成双成对。孙坚不在，眉红是单独赴宴，正在闹离婚的东辉也是单身一人，两个人便坐在一起，男俊女美煞是好看。

晚会开始，首先领导讲话。公司CEO告诉大家，有一家投资银行已经承诺再投一笔钱，星期一就签约，公司至少可以再维持一年。而这一年里，只要市场形势好转，公司就会上市。

真是风水轮流转，一年前那些投资银行可是抢着给钱，现在却是难找得很了。东辉议论道。

是啊，总算还找到一家，现在外面工作也很难找，不求发财，至少还有工作就好了。李川说道。

领导讲话完毕，大家开吃。

晚餐是自助餐，三文鱼，大虾，橘皮鸡，烤牛肉，蟹糕，烤蔬菜等等，十分美味。香槟，红、白葡萄酒任选，眉红喝了一点红酒，脸色微微酡红。东辉给眉红拿了很多甜点，菠萝蛋糕，奶酪蛋糕，巧克力蛋糕，他知道眉红爱吃甜食。

乐队响起，渲染了气氛，大家开始三三两两地跳舞。

可以吗？东辉转过头来看着眉红，伸出手做了一个请的姿势。

眉红将纤纤玉手放在东辉的手上，两个人起身走向舞池。他们手握着手，眉红的另一只手搭在东辉的肩上，东辉虚搂着她，两个人和着柔曼的乐曲旋舞起来。虽然他们时常出入成双，在想象中已经缠绵缱绻，但事实上他们从未有过肌肤相亲，这还是第一次有肢体接触。两个人有一种无言的融合与默契，他们拥搂着，沉迷于对方的体味和温暖，心里都涌上一种欢喜。

东辉紧握着眉红的手，随着音乐微微摇动着身体，他有一种搂住眉红的冲动，他喜欢这个女人，他想要这个女人，他还是有机会的，不是吗？他应该向眉红告白，他相信眉红对自己也有感觉。可是这个地方不太合适，熙熙攘攘，人声嘈杂，又有众多同事。他要找一个安静的场合，他已经准备好了，事不宜迟，他打算星期一就付诸行动。

东辉就开口说道：星期一我带你去一个法国餐厅。

眉红点点头，她对于东辉的提议一向温柔同意：好。

到时我有事情跟你说。东辉的声音中有种郑重其事。

嗯。眉红柔柔地应了一声，她抬起头看着东辉，眼睛亮晶晶的，如流星滴落。

12

很长一段时间，东辉都忘不了这一天。

这一天，他一早就起床了，他要向眉红告白。

他沐浴剃须，穿上浅蓝色挺括的衬衫，外面是 Ralph Lauren 深蓝色毛线衫。他本来就英俊，又捯饬一下，更是帅气逼人。他到花店买了一束玫瑰花，他记得眉红喜欢红色玫瑰花。

眉红从东辉的神态言语中猜测到一二，那个晚上她辗转反侧想了一番，假若东辉向自己表白，自己能够接受吗？

她听着自己的心声，那个心里的声音说：在一起，跟东辉在一起。哦，她很想跟东辉在一起，她喜欢东辉，她对东辉有种从来没有的感觉，她总是不由自主地想他，但凡有东辉的地方她的目光就不由自主地追随他，这应该就是爱情的感觉吧。

眉红想起自己在大学期间之所以拒绝孙坚，就是因为完全没有这种感觉。她对于孙坚根本不来电，那样一个容貌平平、沉默寡言的书呆子，不是她喜欢的类型。后来在美国又遇到孙坚，孙坚比起大学时期要成熟了，出众的专业能力给他添了几分自信的风采，又时常默默地照顾她，她感觉自己年龄也大了，一个人寂寞得很，这才答应了孙坚。他们在一起的这两年，她对于孙坚更多的也只是一种习惯，一种异国他乡的温暖，一种朝朝暮暮的陪伴。

眉红想到孙坚对于自己的全心付出，心中又起了不忍和歉疚，可是转而又想，孙坚与自己同龄，不过二十八岁，已经是助理教授，前途光明，找个女朋友易如反掌。东辉已经三十四岁，还结过一次婚，虽然以东辉的条件找女朋友也是轻而易举，但是他们相爱，茫茫人海中，遇到一个两情相悦两心相通的人是多么的不容易。

可是东辉真的会向自己表白吗？他真的喜欢自己吗？眉红又有点不确定起来，最后她想，不管怎样，跟自己喜欢的帅哥在浪漫的法国餐厅共进午餐，是件无比享受的事，其他的事到时再说。

眉红这天也精心打扮了。她穿了浅紫色 V 领羊绒衫，眉毛修的淡远细长，远山如黛，肤色晶莹雪白，唇间一抹娇红，整个人妩媚婉约。今天的她跟在圣诞酒会上是不同的，酒会上的她高贵优雅，今天的她温婉如水。

他们坐在办公室里，目光相遇之时，互相交换一个微笑，心里都充满了甜蜜而激动的期待。

上午十点的时候，公司广播里突然通知开会。大家不明所以地走进会议室。一会儿，CEO 走进来，他脸色铁青，神情严肃。

出什么事了？大家的心情开始忐忑。

CEO 开门见山对大家说：那个投资公司在最后一分钟改变主意，他们的签约代表都已经来了，最后一分钟被召回，他们决定不再给钱了。这样……CEO 停顿了一下，沉痛地说：公司已经无法维持下去，只好宣布立即倒闭。请大家在十二点以前离开公司，十二点以后所有的大门都要换锁。

大家为这个突然的消息惊呆了，一阵短暂的寂静之后是一片嗡嗡的嘈杂声，东辉和眉红面面相觑。人事部门的负责人又补充了几句具体事项，会议随即结束。大家吵吵嚷嚷地回到自己的办公室去装箱，抱怨的，叹息的，却都是无可奈何。

东辉和眉红也在办公室丧眉搭眼地默默整理自己的物品，过了一会，李川走了进来说：最后一天了，我们几个中国人想中午一起到福顺楼吃顿饭，你们也来吧？

眉红看了一眼东辉，东辉说：好，散伙饭一定得吃。

眉红也随即点点头说：好。

李川走后，东辉跟眉红说：今天法国餐馆就 Cancel 了，去吃散伙饭吧。

眉红还是温顺地点点头：好。

中午十二点的时候，大家抱着箱子纷纷走了出来。公司有将近一百的员工，此时都集聚在停车场上，有一种虚妄的热闹，大家握手拥抱告别，有的女员工忍不住哭了起来，眉红去安慰，自己也眼圈红了。天气刺骨的冷，他们在寒风中回头瞭望公司大楼，这是一栋二十层的高楼，公司原本占据了二层和三层，现在这个公司再也不存在了。繁华一刹那，所有的一切烟消云散，梦彻底破灭了，大家的心里都无限惆怅。

李川又过来说，我们去福顺楼吧。东辉和眉红便各自上了自己的车。

这是一家离公司不远的中餐馆，门口两只石狮子，公司的中国员工时常在这里聚餐，从当初的踌躇满志、满怀憧憬到今天梦想彻底幻灭，不过是一年的时间，震惊和失望充斥了每个人的心。有个同事急得快要落泪：我们一家三口人，太太不工作，这可怎么办？李川说急也没用，赶快先去申请失业救济金，还有赶快找工作。李川又跟大家说我们可以一起去社会安全办公室申请失业救济金，另外大家都要相帮着找工作。东辉说我来建个雅虎群，大家可以交换一下信息和资源。

这顿饭，大家吃得颇为悲壮，到后来在东辉和李川的带领下，大家击节而唱将进酒：天生我材必有用，千金散尽还复来。

因为不再需要工作，他们尽兴地吃了两个多小时，他们对于前途都是一片迷惘，可是此时他们只想为他们互联网的美梦做最后的纪念，纪念他们人生中曾经辉煌的梦想，纪念他们胼手胝足为这个梦想兢兢业业的日子，也纪念他们在这儿并肩作战而产生的情义。东辉和眉红互相看了一眼，在这儿他们都第一次产生了那种叫作爱情的感觉，可是，在现在这种情况下，这种感觉还会有未来吗？

东辉和眉红走出餐馆时，寒风凛冽，东辉将大衣领子竖了起来，他默默地送眉红到她的车子边上。眉红停住脚，抬起头来问东辉：你有什么打算？

东辉说：找工作呗。

眉红低下头，脚尖在地上转了两圈，随即又抬起头问道：你说今天要跟我说件事？

东辉沉吟不语。他本来打算今天表白，可是现在的他一无所有，没有工作，没有积蓄，他拿什么来追求眉红？她的男朋友是教授，年轻有为，可以给她一个安稳生活，自己一个正在离婚中的失业男人，凭什么向她告白？

他干咳了一声，声音有些喑哑：也没什么事，本来打算跟你说申请晋级的事，现在公司也没了，不必说了。

哦。眉红应了一声，心里有些失落。其实东辉对于自己到底是什么心意，东辉从来也没有说过什么。说到底，他们也只是同事，只是朋友。

东辉的眼睛一直看着眉红，想要记住她今天的模样。也许，今天是他们此生最后一次见面了。他对于这个女人产生了爱情，可是偏偏在他准备表白的时候公司倒闭了。天意，一切都是天意！

东辉心中长叹一声，他伸出手去，紧握住眉红的手说：跟你在一起工作的经历是我人生中最愉快的一段经历，我永生难忘。衷心祝福你！

眉红听东辉这么说，知道她跟东辉之间的一切都将停止在此刻。也许停留在此刻是一件好事，爱在暧昧不明是最美丽，他们的关系停在此处，便是永远的红颜和蓝颜。

眉红也说：谢谢，这也是我最愉快的一段工作经历，我也不会忘记的，也祝福你！

两个人默默地站了一会，然后眉红看着东辉说道：那么，再见了，你多珍重……

东辉点点头说：嗯，再见了，你也珍重……

千言万语，不知怎么开口，只有互道珍重。眉红走进了她的红色佳美，她朝东辉挥了挥手，车子扬尘而去。

东辉走回自己的车子，他看见后座上一束娇艳欲滴的红玫瑰，花儿那么红那么艳，他呆呆地看了很长时间，眼眶里闪过一丝晶莹。

13

东辉开始广发简历。他对于自己的能力还是很有信心，以往他找工作，一个月内肯定可以找到，即便现在市场萧条，两个月内应该没有问题吧。

他掐指算了算，自己除了401K和一些损失惨重的股票，可以调用的钱只有五千左右，公寓是$1500一个月，他自己还需要吃用，就是说，他必须在三个月内找到工作。

一个月过去了。由于经济萧条，到处裁员，找工作的远多于市场需要，东辉的要求过高，结果连个面试机会都没有。

也许只有降低要求试试？东辉修改简历要求时，心境一片凄凉。他从来没有想到，他一个名校高材生，一直春风得意，现在却是离婚，失业，失恋，一连串的打击之下，还面临无家可归的危险。

两个月过去了，东辉终于有了一个面试。他兴致勃勃地前往，志在必得，虽然不是理想职位，但他现在急需一份工作。面试中他器宇轩昂，应付裕如。不料几天后收到一封拒绝的信件，信上说他Over Qualified。

TMD，连降低要求也不行吗？Shit! 很少骂人的东辉中英文一起骂了起来。他怎么办，再找不到工作交不出房租他睡哪去？

他的公寓里已经变得一片狼藉，到处都是方便面的盒子，他的日子过得从未有过的颓废和潦草。

眉红跟他通过几次电话，他知道她已经去了伊州，正在忙于看房买房，为了保险福利，提前登记结婚了。她对东辉说了许多鼓励和安慰的话，可是路途迢迢，无异于隔靴搔痒。这一页翻过去了，东辉对自己说。这是第一个他想追求的女人，现在已经是别人的女人。他并不后悔自己没有对眉红表白，他现在连生存都快成问题，哪还有心风花雪月？

秀玫在跟他商议好离婚协议以后就不愿再理他，东辉看见秀玫受伤的样子也是自觉负疚，一起生活了七年，在一起的点点滴滴已经渗透在他们的生命之中。

东辉感觉饿了，就站起来给自己泡了一碗方便面。单身居住，又不用上班，情绪低落中他每天靠方便面打发度日。吃了太多天的方便面了，他闻着那个味儿忽然有种恶心的感觉。他想起秀玫做的炸酱面和牛肉面，心里不由得无比怀念。怎么办，要不叫外卖？他看了看自己只剩下一千多元钱，省吃俭用还可以应付一个月的房租，否则就要动用401K，他现在必须开源节流。方便面实在难以下咽，他打开冰箱，如获至宝地找到一包冷冻饺子。他一面下饺子，一面又想念起秀玫做的韭菜猪肉饺子，馅香皮韧，不觉就有馋涎欲滴之慨。

就在这时，"叮咚"一声，门铃响起。是谁？东辉自从搬到这儿还从未有人来访。

他打开门，意外地看到是秀玫。秀玫在离婚过程中一直是受伤致深、冷若冰霜的样子，除了必须交流之时，其余时光对他不理不睬，今天怎么会来到这里？

秀玫走进来，用手在鼻子前扇了扇，满屋子凌乱不堪的杂物还有一股难闻的气味。她惊讶地看了东辉一眼，她印象中东辉一直是个爱干净的男人，以前谈恋爱时他也住公寓，收拾得整整齐齐，哪像现在简直像个垃圾堆。

秀玫将沙发上的杂物往一边推了推，坐了下来。她摸了一下沙发，皮质柔软细腻。东辉总是喜欢好东西，买家具大概就花费不少，现在公司倒闭，看他公寓这番脏乱的样子，估计现在的日子并不好过。她便直截了当地说：我正好在附近，给你打电话你没接，就直接过来了。我听说了你们公司的事。

是，公司倒闭了。东辉苦笑一下，他随即拿起手机看了看说：哦，手机没电了，对不起，这两天过得昏头昏脑。说着他随即将手机插上充电线。

找到工作了吗？秀玫问道。

正在找。东辉一副情绪不高的样子。

秀玫听说东辉他们公司倒闭后，又托朋友的朋友打探了眉红的消息，得知眉红去了外州，她忽然就消了气。看来东辉也就是一时意乱情迷，他们并没有实质的关系。今天又看见东辉如此落魄的样子，想到当时东辉慷慨地把所有积蓄都留给了自己，她的心里就原谅了他。

秀玫瞥了一眼屋子里的方便面盒子问道：这些日子你都在吃方便面？

唉，我又不会做饭，又没有工作，而且……东辉将后半句话咽了回去，他是个要面子的人，不愿将自己的窘困说出来。

秀玫看了一眼胡子拉碴的东辉，即便东辉不说，她也知道他现在过得不好。她清了清嗓子说道：我来就是想跟你说，如果需要的话，你可以回家来住。

说到"回家"这个词，她顿了顿又更正说：对你来说不应该再用回家这个词，但是你可以回来。当初你搬走的时候也没有拿什么积蓄，现在公司又倒闭，我怕你有困难，如果有困难就回来住好了。她停了一下又补充说：客房一直空着。

东辉听了有些感动，在他人生最困难的时候，还是前妻伸出援助之手。现在这个时候，回去的话至少可以使他没有租房压力，可是这样回去算什么呢？

你不要有顾虑，我们夫妻一场，你有难帮一帮也是应该，等你找到工作想搬出去随时都可以。

东辉不好意思地问道：谢谢你秀玫，真的很谢谢你。确实现在房租是一个压力，就是我现在回去住，也不能帮你付月供，而且对你会不会有什么不方便？

他们之所以离婚最后也是因为秀玫的坚持，而且东辉知道秀玫公司里也有喜欢她的同事，假如秀玫要开始新的生活，那么自己回去岂不是十分尴尬？

秀玫说：房子月供我一个人的工资也可以应付了，房间空着也是空着，你不要在意这些，我想你也用不了多久就可以找到工作的。然后她两只手下意识地摸了摸肚子，突然说道：我怀孕了。

你怀孕了？！东辉无法置信地睁大了眼睛：多久了？

三个月，感恩节那会怀的孕。

东辉想起他们在感恩节曾经有的温馨恩爱，虽然最终因为他对眉红的思念而使他们的婚姻走向破裂，可是节日期间他们也是过了一段愉悦的好时光。他们想要孩子好久了，一直怀不上，却不料刚刚递交了离婚申请，就发觉怀孕了。真是天意弄人。

东辉忽然觉得自己一点也不想离婚。秀玫虽然脾气暴躁，但她一直是真心对待自己，她对于自己的爱护关怀无时不在，就连现在陷入困境也是只有她来伸出橄榄枝，相比之下，自己给予她的却是寥寥无几。而且秀玫的勇敢果断一直是自己优柔寡断的互补，是他十分欣赏的一种品性。东辉想起秀玫的好处，他想现在他们有了孩子，他想复合。

不过东辉是个自尊心很强的男人，当初是他的错误导致离婚，现在的他一无所有，他无颜此时提复合这件事。他决定先跟秀玫回家，等他找到工作再谈其他的事，但是这个孩子他一定要劝说秀玫生下来。于是他就试探性地问道：这个孩子你准备生下来吗？

秀玫说：我开始也是有些犹豫，今天在附近就是因为看医生，医生建议我最好生下来，因为我子宫结构有些问题，流产对于今后的生育会造成困难。她看了东辉一眼又说：虽然我们离婚了，但你是孩子的父亲，我来也是想听听你的意见。

东辉立刻就说：当然要生下来，我的意见是一定要生下来，而且不管你是否同意复合，我一定会照看这个孩子的！

秀玫听见东辉脱口而出的复合，心里掠过一丝暖意。

14

东辉跟秀玫回家后不久，他们就把离婚申请撤回了。

过了一个月，东辉找到了工作。

又过了几个月，他们有了一个可爱的小女儿。东辉一见到粉妆玉琢的宝宝，心都融化了，爱如掌上明珠。

他们夫妻之间的这一场危机终于化解，他们的个性矛盾也渐渐磨合到一种双方可以接受的平衡。

他们还是会吵架，但是秀玫已经不摔东西。她依旧会情绪化，会唠叨，但是只动嘴不动手。对于东辉来说，只要不动手，也就听之任之了。东辉依旧不会哄女人，依旧会沉默，但是他们冷战的时间大大缩短。东辉，给孩子喂奶去！秀玫不管东辉是不是挂着脸，孩子一哭就是最高命令，东辉马上就乖乖地去喂奶了。

三年后。

东辉的心里有时还会想起那一天。他有时会想，假若那天公司没有倒闭，假若那天我表白了，那么我的人生会不会完全不一样？

想到后来，他也只有喟叹一声：一切都是天意。

现在的日子其实也没有什么不好。东辉抱着三岁的女儿，在大船的泳池里玩水，池水碧绿如玉，不远处海水蔚蓝如缎，女儿晶莹的小脸沾满水花，不时开心得"格格"地笑出声来。秀玫因为头疼病又犯了，躺在泳池边的椅子上。东辉不用回头，都可以感受到妻子身后爱抚的目光。

他们正带着宝宝在游轮度假。碧波万顷，大船宛如一个小岛，船上应有尽有。偏偏秀玫身体不适，于是刚才就又开始情绪化了。

东辉说：我们带宝宝去游泳去好吗？秀玫没好气地说：没看见我头疼啊？东辉就有些讪讪地挂下脸来了。宝宝在边上说：妈妈，我要去玩水！秀玫就说：好吧，你跟爸爸去游泳，我在边上躺着看你们。东辉马上就过来抱起宝宝说：妈妈身体不舒服，我们去玩水，妈妈看我们。

他们到了泳池，秀玫挑了张荫凉处的长椅，铺上浴巾，又嘱咐一番注意安全，涂好防晒霜之类的。东辉给宝宝和自己都涂了防晒霜。秀玫对东辉说：你背上没涂匀，我帮你涂。

东辉坐在长椅边上，他的身材依旧挺拔，秀玫依旧爱他，她涂防晒霜的手势不由自主就多了份柔情，东辉感受到了，也伸出手从背后捏了捏秀玫另一只手。东辉抱着宝宝走下泳池的时候，秀玫目送着他们，虽然她头重如裹，但是看着那一大一小的两个人，那是她最爱的两个人，她的心里充满了爱意。

秀玫是真爱自己，东辉清楚地知道这一点，他抱着宝宝小小软软的身体，心里也是充满了温馨。经过那一场婚姻危机，他们都更加珍惜家庭。东辉已经开始习惯秀玫刀子嘴豆腐心的性格，这些年两个人也是磨合得越来越融洽了。

过了一会，宝宝说要吃冰淇淋，东辉就抱着孩子向泳池边的餐厅走去，他听见后面有一男一女在争吵，因为说的是中文，一字一句格外清晰地落入他的耳中。女人说：叫你带防晒霜你又忘了，自己的游泳裤也忘了，还得去船上的商店买，这儿的东西多贵啊，你就是这么丢三落四的，什么都记不住！男人说：不就是几个钱吗，出来玩要高兴。女人继续说道：你今天忘这个，明天忘那个，除了你的学术其他都记不住，去年把我的生日都忘了……

东辉在心里轻轻地笑了，原来女人都这么爱唠叨爱埋怨呢。他觉得女人的声音有点熟悉，不由得转过头去看了一眼。他一下呆住了，那个女人，不就是眉红吗？虽然她剪短了头发，东辉还是一眼认出她来了。她絮絮叨叨的模样，居然跟秀玫有些相仿。

眉红并没有看见东辉，她侧着脸一直在说话。东辉停住脚，目送着他们渐渐远去的背影，他的心里终于完全释然。

渡　劫

1

春云躺在床上，在一片漆黑中闭上眼睛，心里喃喃道：上帝啊，请让我睡过去吧，最好永远不要醒来。

假若死亡能够是永远不要醒来那么简单，那么这个念头在春云的脑海里已经盘旋过无数次了。

活着太痛。脖子痛，牙痛，失眠……人活在这个世上，受很多罪。

可是人就是那么矛盾，明明有了永远不要醒来的念头，却还是怕死。失眠不就是因为担心脖子上的肿瘤吗？

春云摸了摸自己的脖子，她把手按在颈项的前面，什么也没感觉出来。她问过先生，先生也看不出任何异样。两个月前，她跟母亲微信视频的时候，母亲忽然说：你现在怎么脖子比以前大了？

微信视频，她拿着Ipad跟母亲说话，画面似乎总是落在脖子上。

她当时并没在意，体检的时候，跟医生随意提了下，医生也摸不出什么，便说：你去做个超声波吧。

超声波的结果出来了，她的脖子上有个鹅卵石大小的肿瘤。

人生倒霉的时候，喝凉水也塞牙。两个月前，春云的生活还一片阳光，高薪的工作，无忧无虑的生活。母亲常对她说，你是一个有福之人，儿女双全，父母健在，家庭和睦，是一个"全福人"。

然而生活有时就很脆弱，"全福人"一下遭遇到很多劫难。春云觉得她现在正在渡劫，她不知道还要经受多少苦难和打击，但是一个接着一个的打击，她有点懵了。

2

春云的第一个打击是失业。

其实这份工作本来也就是六个月的合同，因为是特定的专家咨询工作，工资优厚，一天就一千多美刀。

春云开始对于这个六个月的期限也是有点犹豫，可是John说：这个项目至少要做两年，之后还要维护，肯定会续约。

John是一个春云先前就认识的同事，在这个项目工作，他们因为工作曾经有过一点交集，春云的才华给他留下深刻印象，他力荐春云赴任这个新职位。

新工作春云做得也是得心应手，虽然工作难度略高，但对于春云来说游刃有余，最重要的是专家待遇，让她很有成就感。

可惜人算不如天算，因为项目管理混乱，高层在六个月后决定暂停这个项目。其他人又陆续回到他们以前的项目，但是所有高价聘请的专家都不再续约合同。

春云的胖老板告诉她这个消息的时候，还要求她做移交和培训。胖老板是个印度人，脾气暴躁，有着金鱼般鼓出的眼睛，总是一副扑克脸。春云并不喜欢这个胖老板，但她依然优雅地接受了他的要求。

你应付一下就是了，不要认真做培训，这样他们以后还会需要你回去。春云的好朋友秋兰这么跟她说。

这个……春云心里不是没有别扭和抵触的，可她认真思考了一番，还是尽心尽力地做了移交和培训。这是职业素养。春云这么说道。

春云工作的最后十天，全组的第一优先任务就是接受春云的培训，一直到她在岗的最后一天。

下午 3 点之前，你要交还你的电脑和名卡……胖老板依旧一副公事公办的扑克脸。

春云交还电脑和名卡的时候，心里忽然被巨大的失落感笼罩。那是一个秋阳高照的明朗日子，可是她的心里却黯淡无光。

她失业了。

John 有些歉意地看着她。若不是当初他信誓旦旦地跟春云说，一定可以做好多年，春云本来并不会来这个项目。他对春云说：我帮你争取了，可是这个决定来自高层，我也没有办法……

春云笑着说：嗯，我知道，谢谢你一直这么帮忙。她又能说什么呢？谁也无法预知未来，John 当初要她来也是一番好意。

胖老板最后握了握她的手说：你的工作态度和职业素养给我们留下深刻印象。

3

春云回到家里，心里就难过起来，闷闷的、堵堵的，好像一个硬块在心间，郁结，还有点痛。

她的丈夫夏阳过来抱住她说：没关系，家里不缺钱，你就是今后不再工作了也没关系。

春云也抱住丈夫，她靠在他厚实的肩上，此刻的她需要安慰，需要依赖。

你就在家里好好休息，我养你。丈夫又说。

春云暖心地点点头，然后她说：什么你养我啊，我都赚了那么多钱了，这辈子自己养自己的钱也已经赚够了。

丈夫笑了起来：哈哈，你就这样好逞强，说声让我养你有那么难吗？

春云也笑了起来，失落的心境有所舒缓。

第二天一早，先生去上班了，春云呆在家里，第一次不用匆匆忙忙梳妆洗漱去上班，心里忽然又空虚起来。

春云盘腿坐在沙发上，她想，明明可以不工作，可以在家享福，为什么心里还这么难受？她深深地吸了一口气，决定把自己的心境梳理一番。

首先是挫折感。春云这么想着，因为以前一直是她辞职，是她把公司开了，这一次算是公司把她开了。对于工作一向被各种褒奖的她来说，有一种强烈的挫折感。

另外一个是钱，虽然春云是否工作，家里的日常生活不会因为有没有她这份收入而变化，但对于她个人的购买心理还是会有些微妙的影响。

看来她并没有做好退休的准备。

春云心里百无聊赖，便开始给朋友打电话。秋兰是她最好的朋友，她听见春云想退休的想法便说：那你在家里做什么啊？现在孩子们也上大学了，你一个人在家多无聊啊！

春云说：我喜欢在网上写字，还可以学书法、编织和画画……

秋兰说：可是那样你没有社交，上班除了钱，另一个重要原因是一定程度的社交。

秋兰想了想又说：你性格跟我还是有点不一样，你好静，也许呆在家里不会觉得闷。你就先在家休息一段时间，喜欢呆就呆着，不喜欢就找工作，有什么好空虚失落的，先享受不工作的时候吧。

春云喜欢秋兰爽朗的性格，不像她自己，优柔寡断，多思多虑。她想，对啊，我先休整和享受一段时间吧。

春云没有想到的是，她这个享受的想法转眼成空。

4

春云给家庭医生打了电话，预约了以前因为忙碌一直未做的身体检查，接着又预约了眼睛检查，牙齿清洗，她开始构思一篇新小说，她又计划回国一趟。

在家的日子，一下变得充实忙碌起来。

春云给父母视频电话的时候，说到没工作了。母亲说：没工作就休息一段时间，没收入就少给我们寄钱，我们钱足够了。

然后母亲突然说：你的脖子怎么比以前粗了？

这一句话，开启了春云的又一场苦难历程。

那天春云在镜子前左看右看，还把先生拉过来瞧了半天，脖子光洁柔滑，一如以前。

可是当春云拿到甲状腺血象和结节报告的时候，她不得不佩服母亲，真是有穿透力的眼神，简直火眼金睛。

春云开始在网上搜查关于甲状腺的资料，越查心里越慌，一大堆医学名词，各种医学手段，还有状貌可怖的图片，她的心越抽越紧，她感觉到脑子上的一根神经开始绷紧。这是她最害怕的地方，每次脑子上的这根神经绷紧，她就失眠，无法控制地失眠。

春云的家庭医生让她去看专科。她没想到甲状腺专科的医生如此难约，她打了第一个医生的电话，居然只约到三个月后。她说：我有肿瘤，我感觉不好。电话那边说：大家都是如此。

春云不甘心，她觉得自己没法等待三个月，每一天对她都是煎熬，她需要医生的诊断，是死是活，她需要一个痛快话。

春云将所有甲状腺专科医生的电话都打了一遍，最终约到了一个医生。

春云走进这个医生的诊所时，不由暗叹这是她见过的最简陋的诊所。诊所在一栋楼里的地下室，门牌是西方人避讳的 13 号，没有护士，一个前台收银的女子，五十多岁，胖胖的俄国大妈的样子，说一口生硬的英语。

她在等候室坐下来的时候，发觉那椅子咯吱作响，随时会散架的感觉。一会儿，医生走了出来。俄国人，高挑的个子，短发，严肃的面容，她带春云进到检查室。她跟春云说：我跟别的医生不一样，我不是那种说病人想听的话的医生，我会有话直说。

春云后来发现，这真是一个说话直率到粗鲁的医生。

春云担心地问起自己的情况，俄国医生说：你还要做造影实验，还要验许多血象，要等这些报告都出来，我才可以给你正确诊断。她犀利地说：有一点可以肯定，你病了，需要治疗。

春云没有想到，她不必每日跑公司的日子里，她必须每日跑医院。相比之下，每日流连医疗场所的日子比起每天上班要痛苦难熬得多。而且在美国并不是跑医院那么简单，医生办公室、化验室和造影室都在不同地方，她需要一趟趟地来回奔波，心力交瘁。

　　感恩节前夕，春云的化验报告出来了，医生的电话也来了。俄国医生依旧直言道：你病得非常非常严重，你现在有炎症，需要马上吃激素。

　　春云接了这个电话，人虚弱到几乎无法站立。她已经失眠很多日子了，一直靠安眠药勉强睡上几个小时。

　　她本来毫无感觉的脖子开始疼痛，她知道她病得非常严重。

　　正值节日期间，网友要她为网络感恩宴写说明词，她推脱了一下没推掉，想想也许她也上不了几天的网了，便也就勉强答应了，算是薄尽绵力报答网友。上大学的孩子们也都回家过节了，她撑着病体为孩子们做美食，为全家做感恩节家宴。这是她最爱的人，趁她还做得动，她想为他们多做一点。

　　感恩节的夜晚，她又是无法入眠，安眠药的作用越来越弱。明月不谙失眠苦，斜光到晓穿朱户，春云看着月光又透过窗帘在墙上落下惨白而熟悉的一缕光线，脑子上的那根神经依旧绷得比小时的棕绷床还紧。因为吃激素的缘故，她身上的不适更多，除了脖子痛，又引发牙痛、肚子痛，乏力失眠也益发严重。

　　她平躺在床上，做放松练习，一、二、三……她数了几千，依旧无法入睡。

　　她在黑暗中睁着眼睛，忍受着身体各处的疼痛，生不如死，这是她唯一的感觉。

最后她闭上眼睛，心中默念道：上帝啊，让我死了吧，让我睡着再也不要醒过来。

5

春云终于在凌晨五点多的时候迷迷糊糊地睡着了，她醒过来的时候是早晨九点。

春云躺在床上，随手拿起 Ipad，进入她熟悉的网站。她看见首页有一篇文章，《春云，一路走好！》

哦，上帝果然让她睡着了再也没有醒过来？她已经死过一次了？

春云点开文章，文章上说她昨晚去世，作者很有感情地写道：

"……回顾着她的旧作，这英年陨落曾经都是有伏笔的，她从今年已经几次三番在博客中申明，自己身体各方面有恙，但是她还是选择生如夏花般灿烂，直至终了。她是一个全方位开花的博主。她的写作是令人赞叹的，她的事业是拼命出色的，她的家庭儿女是令人羡慕的，她的能干是令人嫉妒的，她的人生几近完美，是不是这就算传说中的天妒英才……我是晚她一年的文友，她的才华，妙笔，友善，美好，无不让我高山仰止……然而，佼佼者易折，我说她实在是对生命毫不吝啬地提前挥霍了。我对她的仙逝至今不能适应，总觉得不是真的，总觉得是我弄错人了；十二年的网络生涯，她的名字已经印入我的生命，今天听到她的噩耗，我恍惚看见一堆春天的云彩飘忽不定，世间好物不坚牢，彩云易散琉璃脆。人生竟然如此无常，让我说什么呢？……"

文章下面许多网友在留言悼念：震惊……好可惜……英年早逝……喜欢她的文字……一路走好……等等。

春云有种恍恍惚惚的感觉，原来看见自己去世后的样子也是很有意思的。

她收到很多私信，很快她就明白了，是一个网名春云子的网友突然去世了。她们年龄相近，网名相仿，难怪网友搞错了。

春云第一次感觉到死亡离自己如此之近，仿佛触手可及。

原来死亡不过如此，又有什么可怕的呢？

这一天春云想了很久，关于生命，关于疾病，关于黑夜，这些都是人生不可避免的路程，她一定要学会面对，学会与之和平相处。

她写下这么几句：

给黑夜花的名字，失眠是与花的缠绵。

给疾病宠物的名字，学会与它愉快相处。

给死亡天堂的名字，那是我们所有人的归处，或早或迟。

不怕，我们都不怕。

愿逝者安息，活着的人坚强。

不怕，我们都不怕。一整天，她都念这句话，这一个晚上，她念着这句话，居然睡着了。

6

过了节，春云去看了第一个预约在三个月后的专科医生。这个诊所在一个医疗中心里面，宽敞明亮，来来往往的护士医生，干净舒适的等候室，井然有序的电脑化管理。跟前一个俄国医生的诊所天壤之别。

一个胖胖的美国女医生，虽然看上去面相平和，却也是一张严肃冰山脸，她查看了春云的病情记录，便对春云说：你不用吃激素，马上停下来，如果脖子痛就吃止痛药。

春云将激素停下来后，各种副作用立刻减缓。她又做了血象化验，甲状腺所有指标都回归正常。医生又说：你需要去医院做穿刺检查。

先生陪春云一起去城里的大医院做穿刺检查。早春二月，几处早樱已经开花，扑面一片云霞般的香雪海。生命依旧是如此美好。春云坐在车子里，望着窗外盛开的早樱，心里这么感叹。

这些日子，春云一直在修"不怕"这一课。不怕，我们都不怕。这是人生必修的一课。不惧怕将来可能的苦难，珍惜每一个依旧可以日常活动的当下。

春云知道，若是两个月前，她对于做活检这事一定会高度紧张，现在她终于可以坦然面对了。

医院大的无边无际的感觉，春云他们找放射科就走了 15 分钟。而做活检的过程却是出人意料的快速。

春云躺在检查床上。每次她躺在医院的床上，她都有一种任人宰割的虚弱感。可是有什么办法呢？以后这种时候只会越来越多，该做的还得去做。

超声波医生先测量位置，麻药医生在脖子打上一针，然后用一根细细的长针抽出活体。另一个医生负责检查抽出的样本是否合格。

前后不过 15 分钟，传说中可怕的穿刺活检就完成了。

等待结果的日子让人忐忑不安。一个星期后，当春云又出现在胖胖的美国女医生办公室时，她看见女医生冰山般的脸上露出春风般的笑容，她说：结果良性，而且你的结节缩小了，所有血象也正常。这种良性甲状腺结节很普遍，以后只要每年随访就行。

接着她真诚地握着春云的手说：我真是为你高兴。原来她当初也是有过担忧的。

春云如释重负。

春云回到家里，惊讶地发觉几个月没有联系的 John 给她留了信息：我们组有一个新职位，你快申请吧。

要再去工作吗？春云问先生，先生说：一切随你，你觉得怎么好就怎么做。

春云几乎立即做出了决定，她还是重返职场吧，否则她似乎不断地要跟医生打交道。也许她就是工作的命，不能歇下来。

春云给她以前的印度胖老板递交了简历，因为大家对她的职业素养印象颇深，第二天她就收到了新的聘书。

春暖花开的日子，春云又恢复到以前朝九晚五的样子。

这一场劫难似乎终于过去了。但是春云知道，人生的路上会面对越来越多的劫难。渡劫，要修的是不怕和面对。

朱 丽

1

在同乡会的聚会上见到朱丽时，我大吃一惊。才两年没见，她仿佛老了十岁。不过四十多岁的人，头发已经花白，形容瘦削，眼神呆滞，一双本来略往上挑的细长眼睛变得向下耷拉，显出几分苦相。她一个人坐在一个角落里，看见我，她叫了一声我的名字。

我愣了下才认出她来，一时也不好意思问什么，便寒暄道："你女儿呢，没来吗？"

朱丽有个洋娃娃般可爱的女儿，人见人爱，花见花开，往日里每次来聚会她都会带着女儿，寸步不离地跟着女儿，看着女儿的眼神是满满的爱、满满的骄傲。

"莎拉……"朱丽说着女儿的名字，眼睛里马上就蓄满了泪水："莎拉，被她爸爸抢走了……"

我在朱丽的身边坐了下来。我跟她虽然算不上朋友，可在同乡会上见过好几次，看着她难受的样子，不由握住她的手问道："出什么事了？"

眼泪如同断了线的珠子从朱丽的脸上落下来，她抽泣着说："戴维有了外遇，他跟我离婚了，还带走了莎拉……"她顿了顿，又哀伤地说："莎拉，我不能没有莎拉……"

我们都知道莎拉是朱丽的心肝宝贝。"戴维怎么这么绝情？！"我有些愤愤地评论道。

"他欺负我英语不好，身体不好，说我不能承担抚养小孩的任务，法庭最后把莎拉判给了戴维，我当时听见判决，在法庭就晕倒了……"朱丽流着泪说道："莎拉一直是我带大的，现在没有妈妈陪着，跟后妈在一起肯定要吃苦的……"

我抚慰地摩挲着朱丽的手，从她微微颤抖的身上，可以感受到这个女人的深切的伤痛。十年，不过十年的时间，曾经带给这个女人巨大幸福的男人给了她人生最痛的伤害。人生若只如初见，可惜等闲变却了故人心！

2

十年前，朱丽第一次来参加同乡会聚会，就是跟戴维一起来的，那时他们新婚不久，眉梢眼角都是浓得化不开的甜蜜。戴维是个高大的美国白人，高鼻深目，薄唇仿佛一条线。朱丽有着江南女子白皙的皮肤，短发，身材匀称，有着老外喜欢的狭长丹凤眼。

戴维一到就活泼地跟大家打招呼，他骄傲地说："我老婆是大名人，是世界冠军的教练！"

朱丽笑了起来，眼睛更显细长了，她不好意思地说："他每次见到任何人第一句话就是这样介绍我。"

不过这句话成功地引起了大家的兴趣。同乡会里多是国内大专院校出来的科技人士，一看来了位体育界名人，便都围了过来。

朱丽说了两个如雷贯耳的乒乓球冠军的名字，然后淡淡地但又带着几分自豪地说："我是她们的教练。"

哇，大家一阵惊呼，围着朱丽七嘴八舌地问了许多问题。

朱丽虽然是南方人，但是性子直爽，又都是老乡，很快就跟大家熟悉起来。她说她因为培养出一个世界冠军，一个奥运冠军，在乒坛声名大噪，美国俱乐部邀请她到美国做教练，所以来到美国，其后结识了戴维。

戴维看着自己的妻子，眼神里是毫不掩饰的爱意和欣赏，他绅士又浪漫，一会儿给朱丽拉凳子，一会儿给她倒水，还时不时亲昵地吻她的脸颊。

"老外就是浪漫，你们好好学一点。"一位心直口快的同乡跟她的先生说道。

朱丽连连点头说："是啊，太浪漫了，根本挡不住啊。"她一脸陶醉地说："求婚是跪下来求的，递上一枚钻石戒指说，请你嫁给我。这都是电影里才有的镜头啊，我也没有读过多少书，这种场景跟做梦似的。新婚的第一天，他是抱着我进门的。"她停了停无比幸福地说："这辈子也算是没有白活了。"

我想起当初先生匆匆忙忙回国结婚，连个像样的婚礼都没有，不由得羡慕地望着朱丽。

那天朱丽是聚会的中心，她跟大家说着乒乓名人的轶事，又说起很多戴维对她的浪漫追求。"他每天给我送花，带我做很多人生第一次做的事情，法国大餐，滑雪，冲浪……"她接着又幸福地叹了一口气说："那浪漫攻势，真是挡不住啊……"

那天朱丽的眼神一直闪动着兴奋的光芒，直到我儿子过来。儿子跑到我面前跟我撒娇说："妈妈，我想喝那个可口可乐，好不好？"因为我们限制小孩子喝碳酸饮料，所以他特意过来询问，我爱抚地摸了摸儿子的头说："好吧，只许喝一杯。"

朱丽若有所思地看着我的儿子，眼神微微黯淡下来，她问我："你儿子几岁？"

我答："十岁。"

朱丽伤感地说："我儿子也十岁了。"我有些惊讶地看着她，她接着又说："跟前夫生的，留在了国内。"

我恍然大悟地点点头，心想，朱丽是个有故事的女人。

3

朱丽几乎每年都来参加同乡会聚会。因为先生是同乡会会长，我也相帮着招待会员，老乡见老乡，本来话就多，朱丽又是一个心直口快之人，渐渐地，她把自己的故事大致跟我说了一遍。

朱丽小时候并不起眼，姐姐聪明，妹妹漂亮，她是个被父母忽视的老二，然而在小学四年级的时候，她成功地引起了大家的注意。

朱丽喜欢打乒乓球，在被父母忽略的日子里，她在乒乓球中找到许多乐趣。她家的院子里有一块洗衣服的青石板，没人用的时候她就和小伙伴们在那打乒乓球，她读书没有姐姐出色，唱歌没有妹妹动听，可是对那只小小银球，她却有一种别人没有的天赋，那只球在她的手上，服服帖帖，来去自如，渐渐地，她在院子里已经无敌，在一次全校乒乓球比赛中，她获得了女子冠军。

朱丽被选拔进了少体校，一时被许多小伙伴羡慕，父母也是很为她骄傲了一番。朱丽从此开始了作为乒乓球运动员的专业训练，之后成为省队成员。朱丽的运动员生涯中，在各种比赛中也得了不少名次，可是中国人乒乓奇才太多，朱丽终究也没有太骄人的成绩。春去秋来，朱丽的年龄也不小了，就退下来做了省队的教练。

男大当婚，女大当嫁。朱丽到了谈婚论嫁的年龄，经人介绍，她认识了许经文。

朱丽和许经文第一次见面是在家乡有名的六公园茶室。朱丽说到六公园茶室，望着远方微微眯了下眼睛，仿佛在回忆故乡的模样，又仿佛是在回想自己第一次相亲的场景。她略做停顿，又继续说了下去。

许经文是一个工厂质检科的工人，看上去白净清秀，性格温和，家里有婚房，朱丽对他第一印象不错。他们随意聊了一会，虽然说的是些琐碎的事，但是两人都有着春风拂面的舒心。

他们约会了几次后便定下了关系，不久就结了婚，日子过得平平淡淡，但也十分温馨，婚后第二年，朱丽生下一个大胖小子，许经文的父母喜不自胜。许经文有两个妹妹，他是唯一的儿子。他父母有孙万事足，对于朱丽这个媳妇颇为满意，许经文虽然不是浪漫之人，但对于老婆嘘寒问暖关怀体贴，朱丽对于自己的生活也是心满意足。

日子本来过得安然静好，然而在儿子八岁的时候，毫无征兆地，她成了名人。

应该说是一件大好事。朱丽虽然自己在乒乓球事业上没什么建树，可是做教练培养出两个出名的冠军，一时间她被誉为"乒坛伯乐"，"冠军教练"，在乒坛炙手可热。她的名声也传到了海外，不久，她收到美国一个俱乐部的邀约。

那是九十年代，出国是人人心向往之的事情，更何况有俱乐部丰厚的酬薪。俱乐部最初签约一年，朱丽和许经文一起憧憬着一年后可以带回来的四大件，大彩电，大冰箱，录像机，音响……

一家人激动地把朱丽送上飞机，唯有她的儿子依依不舍地拉着她的衣角说："妈妈，早点回来！"

儿子是爷爷奶奶带大的，平时跟她也不是很亲，可是有时候有好吃的东西，却会悄悄省下来，留着给妈妈吃。

"他是爱我的……"朱丽的叙述一直很平静，只有说到儿子的时候她的情绪有些波动起来。

朱丽一到美国，就喜欢上这片神奇的国土，不久她就遇见了戴维，尽管她告诉戴维她已经结婚生子，但是戴维还是对她展开了强大的浪漫攻势。

一个人在美国很寂寞，有戴维带着出去游玩自是一件求之不得的事，开始也只是一般朋友的关系，慢慢地戴维开始暧昧，接着越来越直白热烈。

"我也没读过多少书，跟许经文结婚也就是因为该结婚了就结婚，哪里经历过这样的追求，每天就是夸我，对我好，表白，其实当时就开始心动了，只是想到老公儿子，还在努力抵挡中。"

朱丽给许经文写信，跟他说美国的天有多蓝，月亮有多圆，空气有多清新，超市里如何琳琅满目，街上如何一尘不染。她希望他能带着孩子来美国，可是许经文一点不为所动，他说他在国内过得挺好的，他喜欢现在的生活。而且他不会英语，三十多岁的人了，他不想丢了好好的日子，到美国去打工受苦。

一年很快过去了，俱乐部对于朱丽的工作非常满意，又续约了两年。朱丽的心在戴维和许经文两个人之间摇摆，其实她的心已经被戴维俘虏，她用残存的理智对自己说，回国一趟，如果经文愿意出来，那么就继续做夫妻，否则就离婚。

朱丽此番回国只呆了很短的时间。他们两个一个不想去美国，一个不想回国，南辕北辙完全谈不拢，一对夫妻就这样走到了头。他们协议离婚，儿子毫无争议地归了父亲，他是他们家唯一的孙子，爷爷奶奶的命根子，许经文是一定要儿子的，而朱丽要去美国开始新生活，带个孩子也不方便。

朱丽跟儿子告别的时候，儿子一句话也不说。她这次回来，儿子就没有跟她说一句话，别人让他叫妈妈，儿子一脸倔强，不发一言……

"他恨我，一定是恨我离开他……"朱丽的眼睛里泛起一抹晶莹。

4

朱丽嫁给戴维的时候，已经三十六岁了。她一直想要个孩子，却又一直怀不上。每次聚会的时候，总会听到她在跟人打听医生的信息。她也不知看了多少医生，吃了多少药，在三十九岁那年，终于如愿以偿地怀孕了。

虽然是高龄产妇，可是朱丽激动得全身全心都洋溢着喜悦。记得那年的同乡会聚会，她挺着七个月的身孕，细长的眼睛笑成一条缝，兴高采烈地逢人就说："超声波做过了，是个女孩，都说混血儿漂亮，希望这个女儿会好看。"

朱丽生完孩子后，有两年没有来参加聚会，她再次出现时，女儿已经快三岁了。果然如她所愿，女儿是个小美人胚子，栗色的微卷的头发，精致而挺直的鼻子，扑闪的长睫毛下一双黑亮的大眼睛。"真是美的杰作啊！"我夸赞道。

"是啊是啊，我常常自己看着就看呆了，世界上居然有这么美的杰作，而这个杰作还是我自己的作品，我真是怎么爱她都不够啊……"朱丽毫不掩饰自己对于女儿的爱意和赞美，可是她自己看上去却有些憔悴。

"你还好吗？"我关切地询问道。

"哎，生这个孩子，半条命都没有了。"她叹了口气说："因为是高龄产妇，出现很多并发症，糖尿病，静脉曲张，子宫脱垂，本来我身体挺好的，现在是整个不行了，工作也只有辞了……"

"不容易，女人不容易。"我感叹道。

"可不是，我觉得我把我身体最好的部分都给了这个小女儿了，留下的就是一个破壳子。"她看着女儿，又无怨无悔地说："可能就是这个女儿太好了，所以我才要亏损这么多，不过只要女儿好就都值了！"

朱丽对于这个女儿真是爱得毫无保留，她所有的话几乎都围绕着女儿莎拉。

"莎拉好聪明，前些天她画了一个房子，又画了三个人，然后涂上了颜色。她指着黄头发的男人说，这是爸爸。又指着黑头发的女人说，这是妈妈。最后指着中间的一个小人儿说，这是莎拉。

她真是太懂事可爱了……"

"莎拉喜欢帮我做烘焙，每次都喜欢帮我把材料一样一样放进去，然后跟我一起搅拌，一面做一面笑，做家务时都变得好开心……"

"莎拉喜欢芭比娃娃，可是我看她自己就是一个芭比娃娃，比芭比娃娃还漂亮……"

朱丽再也没有提起儿子，她几乎连戴维都有些冷落，她的眼里只有莎拉。

5

我递了一张纸巾给朱丽。她看上去失魂落魄，一直在落泪，一直在念叨："莎拉，自从莎拉出生后，我分分秒秒围着她转，真是受不了没有她的日子……"

她将莎拉看得比她生命更重要，可以想象她撕心裂肺的痛楚。

"戴维确实做得太绝了，照理他出轨，是他理亏，怎么还把孩子抢走了？"我不解地问道。

"我是太相信他了，结婚后家里都是他管账，尤其是我生完孩子后身体不好，也不工作了，心里只有莎拉，其他都很少关心，所以开始闹离婚我是懵的，闹到法庭上时，我英语不好，身体虚弱到不行，也没钱请律师，全让他骗了，他为了少付赡养费，坚决不肯相让莎拉。我那时一直哭，哭得神思都有些恍惚了。他说我没有工作，身体多病，精神状态不稳定，不能承担抚养小孩的任务……"朱丽说着，又泣不成声。

"你和戴维怎么会闹成这样？"我实在无法将那个温柔深情的戴维跟朱丽口中这个冷酷无情的男人连在一起。

"老外就这样，爱你的时候甜言蜜语，整天发誓说永远爱你，你是唯一，不爱的时候就这么绝情，我特别气愤地问他那些誓言是怎么回事，他还理直气壮地说当时说那些誓言的时候心里真的是这么想的，可是现在真的就是不爱了，因为我已经完全不是那个他当初爱上的女人了，以前的我充满活力自信可爱，现在的我整天没精打采除了女儿其他都不关心。他说是我变了，所以他已经不爱了，他现在爱的是苏姗，就是那个狐狸精。"

"人生的道路上，谁不会经历些坎坷病痛，所以婚誓中才说，无论是好是坏、富裕或贫穷、疾病还是健康都彼此相爱、珍惜……"我感慨地说道，接着又问："那么你们离婚是谁提出来的？"

"开始是我，当时就是生气，气得不行，所以这么嚷嚷，可是我其实心里并不想离，他一听我这么说，就说好吧，我们离婚，然后就开始着手办理离婚了。唉，早知道我会失去莎拉，我无论如何不会提出离婚的。其实如果我当初假装不在意也许我们也不会离婚……"朱丽流露出几分悔意和无奈。

"那是你发现他外遇的还是他自己告诉你的？"

"其实他开始是偷偷摸摸的，可是我给他洗衣服时好几次发现衬衣上有红色的头发，我这个人特直，你知道的，就直接质问他，他马上就承认了，然后事情就闹到了离婚那一步……也许我不该这么直接，我认识一个女人，发现老公外遇后，就一声不吭，慢慢地把老公拉回家庭。可是我不是这样的性格，我忍不住要生气，要发火的……"

我不知该怎么说，发现丈夫外遇，是宁为玉碎的离婚，还是委曲求全的沉默，从来都没有哪个更正确的答案，一切都是以当事人的性格、底线、感情基础等来决定。我沉吟片刻，就说："现在事情已经到了这一步，你打算今后怎么办呢？"

朱丽蹙起眉尖为难地说："我想回国去休整一下，可是想到现在这个样子回去，肯定要被国内的人笑话……"

"唉，你到这时还管别人是不是笑话呢，别人想什么，说什么，你管它呢！做你自己想做的事，做对你自己有益的选择，才是最重要的。"

朱丽听见我这句话，停止了哭泣，她用纸巾擦了擦泪水，又说道："我这次来同乡会也想问问这里有没有当律师的同乡，我想要再打官司，把莎拉的抚养权夺回来。"

我微微思索一下说："这个我也不知道，但我可以帮你打听一下，你自己也可以问问。不过，"我停顿了一下，认真地说："我觉得你应该好好调整自己的状态，将身体养好，这样不仅对你自己好，对再打官司也有益。"

"我知道。"朱丽点点头说："我现在这个样子，是很难赢官司的，我也想将身体养好，再去找一份工作，请个好律师，这样再打官司就会对自己有益，可是我现在一想到莎拉就忍不住想哭，吃不下睡不好……"她说着，眼泪又扑簌簌地落下来。

我只有再递纸巾给她。

这次聚会后，我再没有在同乡会聚会中见过朱丽，不过偶尔还有听说她的消息。

有人说，她还是精神恍惚，跟祥林嫂一般逢人就说，莎拉，没有她的日子真是过不下去……

有人说，她回国了，跟儿子的关系有所改善，从另一个方面弥补了母爱的出口，身体也在恢复之中……

也有人说，她还在美国，在一个大仓库里教孩子们打乒乓球，而且重新打了官司，把女儿的抚养权要了回来……

我不知道哪个消息更准确，不过哪种消息似乎都有可能，或者，这些是朱丽经历的人生中不同的状态？

神秘师兄

何晓寒和江川谈了八个月的恋爱，江川就出国了。

出国前，江川说：我们去登记吧，到时你出国容易些。

当时晓寒二十二岁，大学毕业刚一年，在国内读研究生。结婚，她感觉这件事情离她有点遥远，就没有同意。

江川说：陈茂的女朋友跟他才认识了两个月，都已经领证了。

那个年代，人人都向往出国，留学生是婚姻市场的宠儿，女孩子为了出国匆匆忙忙嫁给留学生的大有人在。

可是晓寒有点浪漫的性格，她还想恋爱，还没有做好结婚的准备。

江川也就没有说什么。不久，他去了美国。他们开始通信。

那时没有微信，没有网聊，连 Email 都没有。一封信，从大洋此岸到彼岸，跋山涉水，要走上十天。

他们在信里说着他们生活的点点滴滴，都是很平常的事。江川到了美国，先是睡在客厅，后来终于有房间了，但是两个人共享。同房间的是个新疆人，体味好重，后来陈茂给了他一瓶花露水，每天要在房间洒花露水来抵御室友的体味……

晓寒在读研究生，一个宿舍住四个人，好在大家相处融洽。她跟于兰是闺蜜，她们经常在宿舍聊天，有时一起出去看电影……

航空信封，蓝红交织的四边，左上角或者左下角有个蓝色印记，写着"航空"或者"By Air"，像一只蓝色的鸟，带着翘首引颈的期盼、心心念念的等待，在天长水阔的大洋两岸来回翻飞。他们一个字一个字地在信笺上写着他们的岁月和心情，十天，对方收到信了，再过上十天，回信又如约而至。

十天复十天，日子悠悠而过。两年过去了。

江川终于有了一个人的房间，还买了二手车。晓寒毕业了，留校了。她的闺蜜于兰结婚了，晓寒开始感到孤独。她二十四岁了，也想结婚。

然而形势常常瞬息万变，计划不如变化快。当时"六四"刚过，留学生回国顾虑重重，怕回去被扣下就出不来了。另外一个担忧是国家突然有了新政策，留学生回来有可能被要求归还四年大学教育的费用。

在这样的形势下，江川一时不想回国。而晓寒想要出国，也被单位重重设卡，希望渺茫。

两个人只有继续通信。

他们还是如以往那样一封接着一封地写着信，说些自己的事，身边的事。渐渐地，晓寒的信里开始提到一个叫晓伟的人。晓伟是她的师兄，比她早三年毕业，也留在系里做教师，他们一起跟导师做一个项目。

晓伟师兄非常聪明，晓寒遇到难题了，他马上就能指出光明之路。

晓伟师兄讲课非常吸引人，晓寒去旁听了一次，受益非浅。

慢慢地，晓寒信中对于晓伟师兄的描写越来越多，而且越来越感性。晓伟师兄很帅，他在讲台上的时候脸上会放光，他的声音温润低沉糯糯的南方普通话好听得耳朵会怀孕，他的眼睛细细长长的像一汪深邃的湖水……

于是江川有点呆不住了，寒假的时候，他突然说，他要回国来结婚。

十二月的江南，阴冷的天气，晓寒到上海去接了江川。两年半不见了，晓寒在机场初见江川时有几分羞涩和陌生，不过江川一把就把她抱住了。她依在江川的怀里，立刻找到了熟悉的温暖的感觉。那个晚上，他们第一次做爱。

因为是圣诞期间，领事馆停办签证，他们就先回到家乡。寒假很短，他们马上去办了结婚证。

江川一个人再去上海办签证的时候，晓寒独自去烫了头发。没有什么原因，她只是觉得结婚的女人都烫头发。

江川回来一看，便一直说，这乱蓬蓬的鸡窝一样，太难看了，原来那样长长的直发多好看。

他说的次数多了，晓寒也有些不高兴了。有一天她就说：晓伟师兄的妻子长得好土的，一点也不好看，可他总是说他妻子好看。

你见过他妻子？

是啊，他一直说他妻子好看，有一次他妻子到系里来，长得真是好普通。

他妻子是不是也烫发？江川对于晓伟这个名字还是很敏感，他这么问道。

没有啊，是特别土的短头发，跟刘胡兰那样的，还用那种黑色的发卡。

江川听见刘胡兰，就笑了起来。他摸了摸晓寒的头发，之后就没有再说什么。

江川很快就回了美国。有了结婚证的晓寒办理出国手续就顺利多了，不久也到了美国。

江川和晓寒跟许多海华夫妻一样，在异国他乡读书、工作、生孩子，日子过得琐琐碎碎，有温馨，也有争吵，总的来说还算是幸福。晓寒偶尔还是会提起晓伟师兄。

晓伟师兄升职了，晓伟师兄得奖了，晓伟师兄什么都让着老婆，晓伟师兄对孩子可好了……

江川问：你跟晓伟师兄有通信？

晓寒说：没有啊，可是我跟于兰还有我的导师有通信，他们常常有说起。

白驹过隙，许多年一晃而过，大洋两岸的通讯日渐方便。晓寒跟于兰依然联系频繁，有时江川听到她们两个通电话，隐隐约约地听见她们不断地提起晓伟的名字。

江川四十五岁的那一年，去做了一个全身检查。他本来觉得自己身体很棒，没有这个必要。晓寒说：四十五岁了，去做一次吧。

检查结果出来了，意外地发现一项肿瘤指标很高。江川立即紧张不安起来。

我会不会……

不会，你不会的。晓寒连忙打断江川的话：你这么壮实，又每天锻炼，怎么会有事？我们不是已经说好了，我要先走的。

他们有时会开玩笑地说这个事。江川把晓寒照顾得太好，她连给汽车加油都不会。好多事情，晓寒只要说，老公我不会，老公我不想做，江川就乐呵呵地帮她做了。江川一面做一面会笑话晓寒，要是我不在，你可怎么办？晓寒就会说，要是你不在，我也不活了，我们两个一定要我先走。

江川突然把晓寒抱了起来，抱的比任何时候都紧，然后转了一个圈，才把晓寒放了下来。他说：我现在多抱抱你，要是真生病了，以后可再也抱不动了。

晓寒眼中闪过一丝晶莹水光，她说：晓伟师兄有一次也是体检项目不好，可是后来就没事了，你也不会有事的。

江川只是紧紧地搂着晓寒，没说什么。

江川后来又做了一系列的检查，果然只是一场虚惊。晓寒长舒一口气说道：我说没事的嘛，晓伟师兄也没事……

江川转过脸看着晓寒，他的细长深邃的眼睛望进晓寒的眼眸，他突然说：其实并没有晓伟师兄这个人，是吧？

晓寒吃了一惊，她看着江川，没有回答。

我托认识的人去打听过，你们学校、你们系里根本没有叫晓伟的人，而且比你早三年留校的是师姐。江川说道。接着他又蹙起眉头好奇地问：那么，晓伟师兄到底是谁？

晓寒轻轻地笑了起来，她说：你不是打听过了吗？没有这个人。

可是我听见你跟于兰一直在说晓伟。

晓寒大笑起来。

晓寒笑了很久，然后她说道：晓伟就是你啊。因为我们寝室的人都觉得你长得像演员马晓伟，就是跟龚雪演《快乐的单身汉》的那个演员，所以她们在背后都叫你江晓伟，还说跟何晓寒名字好配。嘿嘿，后来我们就以晓伟代称了。

原来如此。江川也大笑起来。

晓寒又说：我觉得我们中间有个晓伟师兄，是件很幸福的事，不是吗？

江川想起这个一直存在于他们生活之中而且总是帮助他们解决问题的晓伟师兄，温暖地点了点头。

重相见

1

窗外的梨树开满了白色的锦簇的花，阳光从百叶窗照进来，落下一格格倾斜的光影。大房子里窗明几净，两个女人坐在客厅里蓝色帆布的沙发上，闲闲地说着话。

"人的一生真是不能预测。"说这话的是一个三十多岁的女子，极瘦，憔悴的脸上依稀可见昔日的秀气。她斜靠在临窗而放的大单人沙发上，阳光落在她苍白的脸上，腿上盖着一块保暖的绒毯。她叫朱琴，是这个家的女主人。

"谁说不是呢。"坐在边上的女子应着，她看上去四十多岁，白皙的皮肤泛着红润的光泽，苗条的身材玲珑有致。她叫姚静，是这个家的保姆。

"我本来觉得自己拥有一切，爱情，事业，家庭，一切都是那么完美，谁知就生病了，病成这个样子……"朱琴蹙着眉尖，幽幽地说。

"太完美了，你是太完美了，有才有貌，先生女儿都那么好，唉，上天大概也嫉妒了……"姚静惋惜地说。

朱琴本是一个拥有一切的女子。容颜秀丽，才华出众，最让她知足的是有一个帅气体贴、感情笃深的丈夫张磊。张磊是她高中的青梅竹马，他们考上同一个大学，是初恋成功这样概率很低的幸福例子。结婚后，他们相继出国留学，毕业后又都找到高薪白领工作，买了大房子，生下聪明可爱的女儿。爱情，事业，家庭，她的一切都那么令人艳羡，谁知天有不测，病魔便是这般无情又残忍地摧残了她。她刚刚做了大手术，虚弱到无法自己行走。姚静是张磊为她请的保姆。

"像我这样，除了有个好身体，可是其他一无所有……"姚静也幽婉地说。

姚静自从来到这个家，看见朱琴年纪轻轻就生大病，心生怜惜，对朱琴照顾得也是尽心尽力。人心换人心，她的这番努力朱琴也是感觉到了。两人虽然相差八岁，却相处得甚是投契。她起初称呼朱琴为张太太，后来朱琴让她改唤名字，如同朋友一般。

姚静时常推着朱琴的轮椅在社区里散步，让病中的朱琴也能沐浴阳光，享受清风，或者扶她到家里朝南的客厅晒太阳，陪她一起说会话。这天她们聊着聊着，姚静也跟朱琴说起自己的故事。

"当年我也是跟高中同学结的婚，可是我的运气显然比你差远了，张先生人真是好，对你真是好。"姚静感慨地说。

"是啊，他是真好，我们从高中就相恋，这么多年感情一直都特别好，可惜现在我病成这个样子……"朱琴伤感地说道，接着她又问："你丈夫怎么了？"

"我丈夫……"姚静苦笑一声说："是我前夫了……"

姚静读高中时，有个学习出色的同学李春波喜欢她，可她偏偏喜欢长相酷帅的高明。

"我们在一个小县城里，高明有一辆摩托车，我坐在后面，双手抱着他的腰，那个风呼呼地把头发吹起来，那时真是好拉风啊……"

姚静跟高明二十岁就结了婚，第二年就生下女儿。

"哇，那么你女儿今年已经二十岁了？"朱琴算了算，略显惊讶地问道。

"是的。"姚静脸色黯然地说："我已经十年没有见到她了。"

在他们结婚的第四年，姚静就发现高明出轨了，而且是很认真地出轨了。姚静吵过，闹过，最后他们离婚了。那一年，她才二十四岁，女儿小霞才三岁。

"那个时候，我做了这一生中最后悔最愚蠢的一个决定，因为自己才二十四岁，为了以后再嫁方便，我居然没有要孩子。"

"怎么可以不要孩子……"朱琴一脸不可思议的神情。

"是啊，我那时太年轻太愚蠢太自私，上天因此惩罚了我。"姚静一脸懊悔地说："其实我很快就意识到自己的错误，可是已经来不及了。高明马上就跟那个狐狸精结了婚，那个狐狸精到处跟人说我是一个多么自私恶毒的母亲，连自己的小孩都不要。我们在一个小县城，风言风语都快把我吞没了。而最难受的是，我想孩子，想得快发疯了，可是我去看孩子，那个狐狸精总是不愿让我见孩子，还跟孩子说我不要她了……"

姚静停顿了一下又说："那时我也想过再把孩子要回来，可是高明一定不肯。孩子上学后，我常常在校门口看孩子，给她送吃的、穿的，可是那孩子听多了她父亲和继母关于我的坏话，看见我总是很冷淡……"姚静说到这里，眼中已经泪光闪烁。

姚静后来也处过一次对象，双方不合适，就不了了之。小城很小，机会不多，流言不少，她的日子过得太压抑了，便想换个环境。正好她有一个舅舅在美国，主要也是她的同学刘春波鼎力相助，她就来到了美国。

"那么李春波怎么样了？"朱琴问道。

"李春波成绩好，高中毕业就上了交大，大学毕业就出国了。他也早就结婚了，生了一儿一女，过得很幸福。当年是我眼光不好，错过了这么好的一个人。现在人家还拿我当朋友，愿意帮我，是我的幸运。但我不能去打扰他，我需要自立。只是我一个国内县城的小学音乐老师，到美国也不知可以做什么，看了看，只有做保姆了。唉，所以我就是除了身体好其他什么也没有。"

"也不能这么说，你有那么多爱好，英文进步也很大，内心很丰富，怎么会是除了身体好其他什么也没有。"朱琴安慰姚静道。

朱琴接着又感叹道："我看见过一句话，就是人这一生，健康是1，事业、爱情、家庭等等都是后面的0，比如，一个拥有健康、事业、爱情、家庭的人是1000分，可是一旦没有了健康，就只剩下0了，而你不管怎么，至少都有一个1。"

"你会好起来的。"姚静看见朱琴又感伤了，便劝慰道："而且你的先生和女儿都那么爱你，真是让人羡慕。"

两个人说着话的时候，姚静一直注意地看着墙上的挂钟，过了一会她站起来说，娜娜要回来了，我去接一下她。

娜娜是朱琴五岁的女儿，上学前班。校车站离家很近，姚静出去一会，就牵着娜娜的手回到了家里。娜娜一回家，就跑到妈妈跟前，像个小燕子似的叽叽喳喳说个不停。姚静羡慕地看着她们母女，转过身忙着做午饭去了。

姚静做了面条。朱琴是鸡汤面，她胃口不好，又需要营养，鸡汤面里放了青菜和鸡肉，边上加了一小碟开胃的拍黄瓜。娜娜不喜欢汤面，喜欢炒面，又喜欢海鲜，所以姚静给她做了虾捞面。

吃罢午饭，姚静收拾完厨房，就扶着朱琴去楼上卧室休息。她给朱琴放了舒缓安宁的音乐，音量低微，如山泉细流在屋子里轻轻流淌。她又捧起一本《平凡的世界》，开始给朱琴读书。作为曾经是小学音乐老师的她，一直喜欢文学和音乐，到了美国，虽然只能做保姆，也没有放弃这些爱好，她一直是一个有追求有思想的女人，这也是朱琴喜欢她的原因之一。姚静的声音清亮柔润，在她抑扬顿挫的读书声中，朱琴渐渐进入睡眠。

张磊晚上回到家里的时候，已经是快八点了。他是金融分析师，虽然收入颇高，但是工作繁重。他看见桌上给他留了饭菜，姚静正在灯下帮助娜娜写作业。妻子重病，家里还这样整齐有序。每次他回家，都对姚静充满了感激。

姚静一见张磊就站起来说："张先生回来了。朱琴在房里休息，我去给你热菜。"

张磊先上卧室去看朱琴。朱琴闭着眼在听音乐，乐声低柔轻缓。看着曾经充满活力的妻子，如今消瘦苍白的模样，张磊的心里一阵难受。朱琴听见声音，微微睁开眼，看见是丈夫回来了，眼睛亮了亮。张磊握住朱琴的手，那本是白润的纤纤玉手，如今瘦骨嶙峋。他温和地问了朱琴今天怎么样。朱琴说晒太阳了，吃了点，吐了点，他们说了会话，朱琴就体贴地让张磊快去吃饭。

张磊从楼上下来的时候，姚静已经给他热好饭菜。他看见有他喜欢的油焖笋，素烧鹅还有一盘白斩鸡，心里一阵温暖。姚静在这个家做了半年，便将他们几个的口味都了如指掌。

姚静跟张磊说："最近刚上市的春笋，这里买到笋的日子不多。这只鸡一半给朱琴熬汤，一半做了白斩鸡。"

"好吃，做得真好！"张磊一面吃一面赞叹。

姚静满足地笑了："你慢慢吃，我再去看看娜娜作业写的怎么样了。"

姚静坐在客厅跟娜娜一起写作业，这件事其实并不在姚静的工作范围内，只是她因为自己的女儿跟她冷漠，所以对于娜娜有一份特别的疼爱。她自己又曾经是小学老师，喜欢孩子，所以有空的时候就会陪娜娜，娜娜也很喜欢她。这个家里，每一个人都喜欢她。

病妻在房间里安睡，女儿在灯下写作业，自己在享受美味佳肴，张磊看了一眼姚静，感慨地想，这个家真是都靠着她才能依然这么温馨。

2

三年过去了。

尽管朱琴一直很努力地与疾病抗争，病魔还是夺取了她的生命。红颜早逝，年仅三十六岁。

朱琴最后的岁月，一直卧病在床，瘦得只剩一把骨头，生活也无法自理。幸亏姚静在病榻前悉心照料，每日里给朱琴喂饭擦身，端屎端尿，让她还能留有一点尊严。

张磊看着日渐消瘦虚弱的妻子，也是暗暗垂泪。朱琴临终前，拉着张磊的手说："我有一事相求。"

"你说，你尽管说，我一定尽力。"

"我希望我死后，你可以娶姚静为妻。"

张磊听见这句话，吃了一惊。虽然他对姚静很有好感，偶尔看见姚静浑圆玲珑的身材还会想要是朱琴身体这么健康就好了，但并没有往这方面多想。

朱琴接着说："我最放不下心的就是你和娜娜，有姚静在你们身边，我就放心了。她会对你们好的，她真是一个非常善良的好人，你们也相处这么久了，相处得都很好，娜娜也喜欢她。另外她孤苦伶仃一个人，如果你们成为一家人，那我也就心安了。"

"这个……姚静是怎么想的？"张磊一时不知该说什么，便这么问道。

"她自然是愿意的，只是担心配不上你。我看她虽然大你八岁，但是长相年轻秀丽，你这些年工作太辛苦，又为我的病担忧，看上去见老，真是需要有个人照顾你。另外她虽然做保姆，但是英语很不错，热爱文学和音乐，气质也知性，我觉得跟你挺配的。"

张磊有时跟姚静聊天，也很欣赏姚静文学和音乐方面的修养。他喜欢听姚静轻轻哼歌时的那份清柔婉转，也喜欢看她夜晚一个人挑灯读书的那份静美知性。张磊年轻时也喜欢文学，只是到美国忙于生存，忙于工作，将这份爱好束之高阁了。偶尔他听见姚静给朱琴读路遥、沈从文等作家的作品，他在边上听一会，也很享受。

"我也不是要你一定答应这件事，只是希望你答应试试看，好不好？"朱琴看张磊犹豫便这么说。

"好。"张磊点头答应。

朱琴去世后，全家都陷入巨大的悲痛，姚静也是悲伤不已，但还是很尽力地照顾着张磊和娜娜。这样过了几个月，大家的心情渐渐平缓。这天姚静就跟张磊说："现在我照顾你们两个人，事情少了很多，你的工资给得有点多了。再说，你们两个也并不一定需要保姆，不知你怎么打算？"

张磊就笑了起来说："哪有员工跟老板说自己工资太高的，你是第一个。"他的心里也是感叹姚静的善良，想起朱琴的临终嘱托，他又说："你一直很辛苦，现在就稍微轻松轻松，这个家需要你。要不周末我们全家一起去看电影？"

娜娜听见看电影，就很高兴地说："好，我们去看电影！"

姚静一直做住家保姆，自己也没买房，吃住都在主人家，有时她周末也帮着干活，朱琴病重的时候更是一天也离不了她。他们一家对她都很尊重，并非只将她当保姆看待，不过，一起出去看电影，还是头一次。

姚静平时在家干活，穿着简朴，这次为了出去看电影，稍微打扮了一下。她穿了一件浅蓝色的薄羊毛衫，露出雪白锁骨，牛仔裤，脸上仔细地施了脂粉，唇膏的一抹红色更显肌肤胜雪。张磊第一次看见这样明媚性感的姚静，心中不由一动。

他们在外面吃了午餐，然后去看了电影。三个人一路行来，默契和谐，旁人也都当他们是一家人。因为有娜娜在，他们就看了个儿童电影《冰雪奇缘》，然后其乐融融地回家了。张磊从电影院出来的时候，春风拂面而来，他看着暮色中的娇红柔绿，身边笑意盈盈、满脸春色的姚静，他的心里感叹道，许久不曾有这么轻松愉快的日子了……春天来了……

晚上的时候，张磊对姚静说："不好意思，好不容易让你出去看了个电影，还是儿童片，要不晚上我们一起在家里看个电影？"

姚静看见这两天张磊一直向自己示好，心里一阵小鹿乱撞，她点点头说："好，我喜欢看电影！"她接着又说："《冰雪奇缘》也很好看，我也喜欢。"

晚上娜娜睡下之后，张磊就跟姚静一起坐在沙发上看电影，是张磊租来的 DVD《Anna Karenina》。姚静欣喜地说："安娜卡列尼娜，看过书，看过电视剧，一直都很喜欢！"

张磊便笑着说："你喜欢就好。"

随着剧情的发展，张磊跟姚静越坐越近。姚静的心越跳越快，双颊绯红。朱琴临终前也跟她提起过她跟张磊的事，那时她只觉得这一切完全不可能。张磊简直是她的男神，年轻帅气，专业人士，忠诚负责。他在她心里是完美的年轻的男主人，她愿意为他做事，她喜欢看他高兴，但她根本不敢有任何非分之想。

当荧屏上的男女相拥而吻的时候，张磊的呼吸变得粗重起来，他握住姚静的手，温柔地说："朱琴希望我们在一起，我们试试，好不好？"

那一份温柔，即刻让姚静心折得全身都酥软了，她羞涩地点点头，然后张磊的唇就覆盖在她的唇上。姚静已经很多年没有过男人了，而这个男人，这个年轻的男人，是她黯淡的命运中突然出现的一道极其明亮的光，她即刻热烈地回应着张磊的吻。

他们相拥着进了卧室。姚静的心里感动和激动交织在一起，她本以为这辈子没有起色的苦闷命运，突然就有了转机。她简直不敢相信，上天居然把如此优秀帅气、比自己年轻八岁的男人送到了她的身边。这是她的男主人，她习惯于取悦他，习惯于听从他，她对他有崇拜和仰慕，又因着他的年轻，她对他有一种女人的喜欢和母性的爱怜。当他们赤裸相呈时，她整个人激动得不由自主地微微颤抖。张磊也是好几年没有性生活了，他对于女人也有一种渴望，他发觉姚静虽然年纪大八岁，但是肌肤依然光滑，身体温软如绵。他看得出姚静想取悦他。她开始有点生疏和羞涩，渐渐地，动作越来越大胆，越来越热烈，张磊全身涌过一阵激动的痉挛，他有一种此生从未有过的满足的快感。

这一夜，他们两个人，在床上翻滚了很久。

3

张磊和姚静的恋情进展很快。他们本来就住在一个屋檐下，现在住进了一个屋子。姚静对于张磊和娜娜的照顾自是更加尽心尽力，娜娜也喜欢姚静。除了生活上的知冷知热，性生活的愉悦和谐，她也会跟张磊聊新闻、聊文学。一时间，他们感情迅速升温。

过了几个月，姚静发觉自己怀孕了。她已是四十四岁的高龄产妇，但是她很想跟张磊有一个孩子，张磊也喜欢孩子，他们便决定生下来。

他们立即去领了结婚证。因为朱琴去世不久，他们只是邀请了几个朋友，办了简单的仪式。

这个消息依然在朋友圈引起不小的震动。

张磊丧妻不久，他和朱琴是朋友圈里出名的恩爱夫妻，大家多少觉得有点突然。不过张磊只有三十六岁，专业人士，一表人才，虽然匆促些，但再度婚娶也不是什么奇怪之事，只是新娘姚静比他大八岁。这年头虽然姐弟恋不少，普通人中这样相差八岁的还是十分稀罕，何况姚静虽然风韵犹存，本来却只是张磊家的保姆。

不过有知情人士说了出来，张磊和姚静的结合，是朱琴的撮合。朱琴临终前，除了跟张磊和姚静说了这个意思，也跟自己的密友提过。

既然是朱琴的意思，大家除了感慨一番，也完全接受了他们。再说在美国，本来就是自家管自家的事。

又过了几个月，姚静的肚子开始凸显。姚静每次摸着自己滚圆的肚皮，搂着可爱的娜娜，心里总是欣慰夹杂着遗憾，她的大女儿依然是她的心病，可是上天还算眷顾她，又给她送来了两个孩子。

这天，张磊收到舅舅的一封信，说他想到美国来旅游。

张磊从小跟舅舅很亲，舅舅只大他十岁，小时候常带他玩。张磊的舅舅也是中年丧妻，他们难免同命相怜。不过舅舅比起张磊略好一些，张磊的舅母是四十多岁去世的。舅舅在信里说，他最近又结婚了，想带新妻到美国来旅游，顺便来看看他们。

张磊去机场接了舅舅和新舅母。他跟舅舅几年不见，发觉舅舅更显年轻了，容光焕发，衣饰也时尚光鲜，他喊了一声舅舅，可是对于站在舅舅身边的舅母，那声舅母是怎么都叫不出口了，他都不知道该称呼什么才合适。

那是一个二十多岁的年轻秀丽的女子，一头微卷的披肩长发，窈窕的身姿玉立亭亭。舅舅提到过新舅母很年轻，可是他没想到这么年轻。张磊尴尬地对她颔首一笑，女子也回了个微笑。

舅舅看出两人的尴尬，便笑着对张磊说："你们年龄差不多，就互相称呼名字吧。她叫高晓霞。"

舅舅在一家公司任老总，高晓霞是舅舅两年前新招的助理。舅舅男人四十一枝花，依旧帅气挺拔。高晓霞因为从小父母离异，父亲和继母又专宠他们后来生下的弟弟，成长环境缺乏关爱，渴望一份如兄似父的爱情。两个人在工作中朝夕相处，渐渐生出感情，于是结为夫妻。高晓霞二十三岁，舅舅四十六岁，虽然有二十三年的年龄差，但是男的仪表堂堂，女的娇柔秀气，看上去也算等对。

姚静挺着七个月的大肚子，就没有去机场。她将家里收拾整洁，给客卧换上干净的床上用品。姚静的心里也有几分忐忑，他们结婚匆匆忙忙，她还是第一次见张磊家的亲戚。她知道这个舅舅跟张磊很亲，跟张磊的母亲更是关系密切，自己比张磊大八岁，以前又是做保姆的，不知这个舅舅会怎么看她。

一会儿，张磊他们回来了。姚静见到张磊的舅舅、舅母的时候，跟张磊几乎是同样的反应。她叫了一声"舅舅"，然后非常勉强地叫了一声"舅母"。她是一个守规矩的女人，对于张家的一切都有一份恭顺，该怎么称呼就怎么称呼，再叫不出口也得叫上一声。

这一声"舅母"叫得那个年轻女子也是满脸通红。舅舅看着这个新外甥媳妇，虽然年纪大一些，但规矩贤惠，也有几分风韵。他便说："你们以后可以互相称呼名字，她叫高晓霞。"

张磊也介绍说："她叫姚静。"

张磊以前一直称呼姚静为姚姐，结婚后有时会称姚静，有时还是叫姚姐。

可是姚静听见高晓霞这个名字，瞬间脸色大变，她直愣愣地看着高晓霞。高晓霞也是怔怔地望着姚静。姚静伸过手去，拂开高晓霞耳边的头发，看到一块小小的胎记。她失声叫了起来："你是小霞！"

"你们认识？"舅舅和张磊惊讶地问道。

"她是我的女儿，亲女儿……"姚静说道。

大家都呆住了。

祸福相连

1

春梅很小的时候，就懂得了祸福相连这个道理。

她理解的祸福相连，跟这个词的本义也许略有差异，可是她知道，每当她有什么好事发生的时候，祸事也会随之降临。

她记得那一年，她意外地考上了重点中学。说是意外，因为她并没有把握，她在班上的学习成绩并不突出，父母也没有能力辅导她，就是很多同学有的参考书她也没有。她只是去试试而已。可是意外地，她成了班上唯一一个被重点中学录取的学生。

那一天风和日丽，天蓝得水洗过一般，树木在阳光下闪着金光，她拿着第一中学的录取通知书，兴冲冲地跑到外婆家里，嘴里嚷着：外婆，我考上重点中学了。

家里那么多人里，春梅最喜欢的就是外婆。她从小跟着外婆长大，后来她有了弟弟，父母的心更是偏在了弟弟身上，只有外婆依旧最疼爱她。

外婆家离父母家不远，两站路。春梅有时放学了会先到外婆家呆一会再回去。她喜欢外婆家斑驳的墙壁，陈旧的家具，还有外婆穿青色平布斜襟褂子、笑眯眯地看着她的模样，一切都洋溢着温暖的色调。

春梅生下来不久，就寄养在外婆家，一直到上初中。春梅上初中的时候已经恢复高考了，父母把她接了回去，说是要抓一下她的学习。刚回父母家的时候，春梅是一千个不习惯、一万个不自在。家具太亮，房间太整洁，她坐也不是，站也不是，母亲又老是唠叨她，嫌她东西乱放，嫌她不会说话。春梅变得越来越沉默。

母亲对于弟弟的宠爱是毫无顾忌、毫不掩饰的。母亲去参加一个丝绸展销会，买回来两床红色的绸缎被面，喜气洋洋地说要留着给儿子结婚用。虽然结婚还是很久远的事，可是看见母亲心里只有弟弟的样子，春梅心里还是有一种很深的寂寞和感伤。

夏天的时候，家里买了西瓜，母亲会给弟弟留半个，然后父母和春梅分半个。春梅喜欢拿着半个西瓜，用勺子一勺一勺挖着吃，尤其是最中心的那一勺，吃起来满满的幸福感。外婆每次都这样给她吃。可是到了父母家，只有弟弟可以这样吃，她和父母一样，吃切成一片片的西瓜。她不喜欢这样吃西瓜，一点也不喜欢，吃得满脸满手一片狼藉。夏天的西瓜本是她的最爱之一，自从回到父母家，她变得讨厌西瓜。她讨厌只能看着弟弟一勺一勺地吃，讨厌父母这样明显的不公平，甚至讨厌吃一片片的西瓜。

春梅有好消息第一个想到的就是外婆，外婆有什么好东西也总是第一个想到春梅。春梅喜滋滋地跑到外婆家，不料门口却是铁将军把门。邻居张大嫂看见春梅，就急忙地过来跟她说：你外婆今天突然中风，送进医院里去了。

春梅心中一惊，飞一般地奔到医院。父母已经到了，外婆在昏迷之中。春梅考上重点中学的喜悦完全被抛到九霄云外，她焦急地守护在外婆身边。

外婆最后只醒过来一次，说的唯一一句话是对春梅说的：一碗馄饨，两个生煎包……她看着春梅这么说了一句，然后就永远闭上了眼睛。

那是春梅最喜欢的早餐。春梅哭得天昏地暗，世界上最爱自己的那个人走了，她的心里一片悲凉。

从此春梅心里有个奇怪的念头，如果自己遇到什么好事了，必然会有坏事发生。虽然她并没有把这想法告诉任何人，可是这个念头却留在了心里。

过了两年，春梅拿到重点大学录取通知书的时候，她的心里是又喜又怕。她连忙先打电话给父母，得知他们一切安好才放下心来。然后她说了一句：今天小心点。

小心什么？母亲奇怪地问。春梅什么也没说，母亲又唠叨她几句：这么大了，还是这么不会说话。

春梅回到家后，却得知弟弟打球时摔断了腿被送进医院。春梅对于弟弟的关系并不亲近，因为父母过于偏宠弟弟，她对于弟弟一直有点排斥。当她看见腿上打着石膏的弟弟，心里突然有种愧疚，好像是自己害了弟弟似的。弟弟这一次骨折有好长一段日子行动不便，春梅端茶送饭特别殷勤，一反以往对弟弟冷漠的态度。家里人都感觉十分奇怪，不过心里都非常高兴，尤其是弟弟，看见姐姐突然对自己这么好，受宠若惊，姐弟关系一下亲密许多。

2

春梅上了大学以后，一切都似乎很顺利。

临近毕业的时候，她开始谈恋爱。沉浸在爱情中的春梅，每天心里都美得冒泡。她在甜蜜之余也曾有过一丝隐约的担忧，是不是家里会有其他坏事发生？

但是什么坏事也没有发生。好事倒是一件接着一件，结婚，生孩子，出国。春梅不断地接受着人们的恭喜，渐渐地，她也就把自己命中祸福相连的这个念头忘记了。她想，这一定是巧合，刚巧就是两件事碰上了。

春梅在大四的时候，跟顾路确定了关系。顾路是她的高中同学，从高中最后一年就开始追求她，一直追了她四年，最终春梅在追求自己的男生中，选择了顾路。

很多女人会这样，最后嫁给那个追求自己追得最有耐心的男人。

当然她也很喜欢顾路。顾路聪明活泼，北京大学的高材生。最主要的是，顾路一直这么坚持不懈地追求自己，一定是很爱我吧。春梅心里这么想。

他们结婚后，有一天春梅这么问顾路，顾路笑着说：是因为追你一直追不上，所以就来劲了，一定要追上为止。

春梅心里有一丝失望。不过她并不是个多愁善感的人，也没把这事放心上。

春梅的高中班主任许老师非常喜欢春梅，她知道春梅跟顾路交往的消息后，思忖了一下，斟词酌句地对她说：顾路这个人太活，你镇不住。

当时沉浸在热恋中的春梅笑得一脸烂漫地说：我干吗要镇他呀？

许老师也就没有多说。但是很多年后春梅发觉，许老师说得太对了。

很多年后她终于明白，她谈恋爱，结婚，那么好的事却没有坏事发生，是因为她生命中的这个男人，是她遇到的一件最大的坏事。

3

春梅和顾路也有过一段幸福日子。

顾路是个爱玩的人，他拉着春梅去泡咖啡馆，去登山，去旅游，春梅跟顾路在一起的时候，日子好像是首欢快的歌儿，每一个音符都是愉悦的。他们毕业不久结了婚，然后生下女儿青青，接着顾路就出了国，随后春梅也带着青青陪读到了美国。一切是如此的顺风顺水，春梅对于自己的人生非常满意。

初到美国的时候，日子也算温馨。物质不丰富，又在奋斗阶段，忙忙碌碌中，日子因为简单倒也平和。到了九十年代后期，因为顾路的公司跟中国有贸易来往，顾路时常被派往中国，于是一切都开始变样了。

资本主义初期的中国，灯红酒绿，而顾路一开始接触到这样的生活，就沉溺其中，不能自拔，或者说，他根本不想自拔，他太喜欢这样的生活了。他喜欢征服女人，喜欢留恋花丛，喜欢不同的女人带来的激情、快感和新鲜感。

当时他们到美国已经七年。前四年顾路在读书，春梅因为专业不好找工作，女儿又小，就一直在家相夫教女。待到顾路开始工作，家里宽裕些，其时电脑也开始热门，她便自费去学校读了个电脑硕士，而且还顺利地找到了一份工作。

那天春梅从图画班接了女儿回家，打开信箱，赫然看见 A 公司的一封信。她一面走一面就急不可耐地打了开来：We are pleased to inform you... 那是一份聘书。我找到工作了！春梅心里的喜悦快要溢出胸膛。

正是美丽的初春的下午，家门口的玫瑰花开得娇艳欲滴。春梅兴冲冲地走进家门，直奔顾路的书房去告诉他这个好消息。

顾路这些日子常常中美两边跑，此番又回来小住。春梅走到书房门口的时候，他正压低着声音在打电话。

宝贝，我也想你。他的声音甜得发腻。

春梅一愣，停在了门口。过了会又听见顾路说：等我回国我们就一起去，想死你了。

春梅的身子忍不住地发抖，手中的信像一片羽毛一样掉落在了地上。她的脸也白得跟信纸一样。

顾路听见声响转过身来，他看见脸色苍白的春梅，微微一怔。在春梅的诘问下，他略一沉吟，便毫无保留地跟春梅和盘托出。他本来也没想着要瞒春梅。

结婚于我是一个错误，我根本不该结婚。以前年轻不懂，现在我知道了，我喜欢自由，喜欢跟不同的女人交往，那才是我想要的生活。顾路直截了当地对春梅说。

那些女人的风情真很销魂，哪像你，在床上木头一般……顾路后来居然说出这样的话。

这样的一个男人，他的字典里没有责任和家庭，只有赤裸裸的自私和享乐。

他们离婚了。这场婚姻完全没有挽回的必要和余地。

4

离婚是痛苦的，可是这一场痛苦却主要落在了春梅一人身上。顾路得到了他想要的自由。春梅带着女儿回国去疗伤。

春梅来到外婆的坟前，坐着，跟外婆说了很久的话。她想起小时候外婆跟她说的话：每个人一生中的苦水和甜水是注定的。有先甜后苦，有先苦后甜，有甜苦交错，也有人把别人的甜水喝了，把自己的苦水留给别人……风呼呼地吹过她的面颊，她脸上的泪水止不住地成串往下滚落。她想起当初恋爱时踩在云朵般的甜蜜和快乐，心想，原来所有快乐都是有代价的。当初有多甜，现在就有多苦。

春梅住在父母家里，母亲还是像她小时候那样爱唠叨她。青青已经十岁了，也不习惯中国的教育。春梅最终决定还是回美国。

日子还是要过下去的。春梅收拾下心境，渐渐开始振作起来。她卖了房子，换了一个小 Townhouse，独自带着女儿，开始了单身母亲辛苦而寂寞的生活。

那个给她聘书的公司，她因为离婚的事也没心情去上班，就歉意地回复说家里有些重大变故，要回国一趟。此时已经过了半年，她在几乎不抱什么希望的心情下，打了个电话去询问。

现在的她什么都要靠自己，再微小的希望都要去争取。

当初去面试的时候，一个叫 Tim 的经理对她印象很好，临走还给了一张他的名片。春梅拿出名片，打了个电话过去。她不好意思地问道：我从国内回来了，现在特别需要一份工作，不知这个职位是否还在？

Tim 说：你当时应试的职位已经招了人了，但是我们马上有一个新的职位，到时我再联系你。

非常幸运的是，春梅不久就得到了这份工作。春梅想，祸福相连，她的人生遇到了好事，会有坏事接连发生，那么她遇到了坏事，接着也该有些好事发生。如今她遭遇了离婚这么大的不幸，上天是给她一份工作这样的幸运来补偿吧。

春梅没有想到的是，她接下来的人生，冥冥中跟这一份工作有着很大的关联。

其实不过是份普通的 IT 工作。因为是在美国的第一份工作，开始时春梅做得不免生涩，好在她的直接上司 Tim 也是一个中国人，而且对她照顾有加。而这一番照顾，却是照顾出了一段情缘。

单身母亲，又是初入职场，春梅总会遇到一些难事。比如技术上的难题，跟其他同事的矛盾，需要请假照看孩子，Tim 总是春风化雨润物无声地帮助春梅化解所有的难事。春梅正在孤独无助的低潮，有这样一个及时雨一般的人来帮助，自是十分温暖和感激。

他们很快就熟悉起来。办公室是个容易产生恋情的地方，白领男女每天打扮得清爽光鲜，朝夕相处，如果恰好说得来的，心里就开始长出小萌芽来了。Tim 从开始就对春梅很好。他们时常一起午餐，一起散步，言谈甚为投契。如此愉悦的相处，便如春风细雨吹拂着两人心里的小萌芽，渐渐地，两个人的心里的草越长越高，对于对方都有一种异样的感觉。Tim 的办公间在春梅的前面，他打字的速度特别快，"劈劈拍拍"的有一种特殊的韵律。春梅每次听着 Tim 敲打键盘的声音，心里有种莫名的快乐的感觉。

周末，春梅送青青上中文学校。因为搬了家，她们去了一个新的中文学校。

这一天风和日丽，在中文学校长长的走廊里，她意外地遇见了 Tim。原来 Tim 的儿子也在同一所中文学校，比青青高一级。

中文学校三个小时的课程，家长们在外面三三两两各自等待。有的打太极拳，有的参加投资讲座，有的出去逛街，也有的在读书看报。

Tim 一见到春梅，清秀的脸上便满是温柔的笑意。他问春梅要不要一起出去转转，春梅笑着点点头。春梅搬到这个地方不久，对于周围还陌生得很。Tim 带着她熟悉了一下附近的商场，然后他们到了一处公园。

正是大地回春之时，满目春色。Tim 开着车，在一个湖边停了下来。湖的四周是深深浅浅的新绿，夹杂着粉色的、白色的、紫色的花树，花团锦簇，云蒸霞蔚，一眼望去，仙境一般。湖面上又是一片绚丽多姿的花影，交相辉映，美得让人心动。

春梅离婚后一直心情郁卒，很久没有心情欣赏风景。今天猛然看见这样令人震撼的新春美景，心中忽然有了一种软软的感动。

湖边很静，两个人坐在车里，默默地欣赏了一会。Tim 说道：这么美的景，这么美的你，真希望这一刻永恒。

他的声音浑厚低沉，有种意味深长的暧昧。春梅转过脸去，看了他一眼。她看见 Tim 正炯炯有神地望着她，不由得脸上飞起一片桃红。

5

春梅和 Tim 的关系越来越暧昧。他们不仅平时在办公室相处八小时，周末还会在一起共度三小时的闲暇时光。这样的相处频率，对于两个本来就心里长草的人来说，他们的关系必然会走向亲密。

一个周末，春梅说起家里的水管坏了，要找人修，Tim 自告奋勇地说，我帮你去看看。

这是 Tim 第一次到春梅家里。他察看了下水龙头漏水的地方，打开水龙头下面的橱柜，伸头进去检查了一番。然后他坐在了地上，半个身子仰面探进了橱柜里面，腿伸在外面。他穿了一条半旧的牛仔裤，两条大长腿斜斜地叉开着，显得特别的性感。春梅看了，莫名地脸上一红。

一会儿，Tim 便将水管修好了。春梅看见他背后有点脏，便很过意不去地说，衣服后面脏了，我帮你擦擦。

春梅拿了一块毛巾给他掸去衣服后面的灰尘。他们站得很近，彼此可以感觉到对方的呼吸。房子里很静，只有他们两个人，一种无言的浓得化不开的暧昧瞬间弥漫开来。Tim 转过身来，轻轻抓住了春梅的手，他的目光温柔又专注，春梅在这样的目光笼罩下仿佛被催眠了一般，她无法动弹，只是任由 Tim 握住她的手。紧接着，Tim 的唇压了上来，春梅依旧没有反应。也许她早就盼望这一刻，可是心里又觉得这样不对。Tim 有力地舔开春梅的牙齿，他的吻越来越热烈，终于，春梅开始回应。她是如此寂寞，如此渴望，她根本没有办法抗拒。

有了第一次，之后他们的幽会便成了常事。每个星期日的上午他们必在春梅的家里翻云覆雨激情一番。对于这段关系，春梅的心里一直很矛盾，Tim 给了她很多，工作上的帮助，生活上的关怀，身体上的滋润，心灵上的支撑，她觉得自己已经无法离开Tim。她很喜欢 Tim，甚至可以说，她爱上了他。可是 Tim 是有妇之夫，这毕竟是无法长久的不伦之恋。

春梅也想过另外再找个男人，而且还试了几次，可是一直也没合适的人。日子就这么一天天地过去了，春梅在这样的状态下，居然一晃又是七年过去了。

此时青青已经十七岁，长成了一个亭亭玉立的大姑娘。她白皙的肌肤，一双眼睛带着几分忧郁，喜欢画画，喜欢艺术。也许是因为在单亲家庭长大，她是一个非常纤细敏感的孩子，甚至有点强迫症。期末考试的时候，她紧张到一直失眠，小小年纪就开始用安眠药。

放假了，青青说想回国去。春梅见青青考试辛苦，也愿意她出去旅游放松一下。青青便回国跟父亲相处了一段时间。顾路虽然对于家庭没有责任感，而且一直桃花不断，女人一个接一个，也没有再婚，不过对于唯一的女儿还是十分大方。赡养费一分不少，女儿要什么都会买给她，所以父女感情倒也不错。

女儿不在家，偌大的房子只有春梅一个人，Tim 就来得更勤更无顾忌了。美国人不太关注别人的隐私，他们的关系维持了七年，居然也没有被人发现。不过，那一日，他们云雨完毕，春梅躺在 Tim 的身上，心有所感，便幽幽地说道：都七年了，我跟你从三十五岁到四十二岁，人生的好时光都这么过去了，却是什么也没有留下……

Tim 对于春梅也是有一份歉意。他对于自己的妻子没有什么感情，当初是因为出国而匆匆结的婚，妻子到了美国没有工作，他们共同语言也不多。但是妻子相夫教子，也没什么错误，他也无法开口提出离婚。可是春梅跟了自己这么多年，这么好的女人，自己却也不能给她一个名分，实在也是对不住她。

他听见春梅这么说，便抚摸着她的秀发说：本来想着儿子大了就离婚，现在儿子过了夏天就上大学了，到时我就提出离婚，然后我们就结婚吧。

春梅把头深深地埋进了 Tim 的胸膛，紧紧地抱着他，心想，终于听见他说这句话了。七年了，他终于要成为自己的男人了！

接下来的日子，春梅快活得像只小鸟，她想，Tim 是个好男人，自己能够有一个这样的结局，命运对自己还不算太坏。这一个夏天，她和 Tim 纵情欢愉，还谈婚论嫁，春梅度过了离婚后最幸福的一个夏天。

然而她的幸福快乐似乎总是伴随着意外的坏事降临。这一次的坏事却是发生在了春梅最爱的女儿青青身上。

6

夏天即将结束的时候，青青从国内回来了。

春梅问青青：在你爸哪儿怎么样？

青青说：不好。

顾路现在跟一个女人同居，那个女人年轻娇媚又任性，青青很不喜欢她。而且因为顾路风流债太多，还时有其他女的上门来争风吃醋扭打一团的场景。

青青说这些事的时候，一副鄙夷又带着几分惊慌的模样，她说：那个吵闹的场面，真是太恐怖了，拉头发，砸东西……最后她说：还是妈妈这儿好，清静，干净。

春梅想起自己和Tim的事，便试探着问：妈妈如果再婚，你怎么看？

青青看了母亲一眼，淡淡地说：有合适的你就再婚呗，就是千万别像爸爸找的那样。

可是接下来的日子，青青开始变得极其奇怪。她整天呆在家里，不出大门一步。学校开学以后，她说她不能去上学。

春梅问她怎么啦？

青青说她一去学校就紧张，一身冷汗，喘不过气来。

生病啦？春梅摸一下青青的额头，没有发烧，看上去很正常。

想逃课？春梅问道。

青青摇摇头说：不是，我没有办法控制，就是紧张和害怕。

春梅跟朋友们聊起青青的情况，大家都说，从没听说过这种事，都是你把她宠坏了。

春梅确实宠青青，离婚后她在青青的身上倾注了几乎全部的爱。

也许，她对于你说的再婚的事有抵触？Tim沉默了很久，这么说了一句。

春梅想，这也有可能。青青见到父亲和别的女人在一起的生活，心里会抵触母亲跟别的男人在一起的生活。不管怎样，她跟 Tim 的事就先耽搁下来了，她必须以青青为重。

春梅陪着青青一起去上学。一到人多的地方，她发觉青青眼睛里流露出极其恐慌的神色，全身出汗，呼吸局促，仿佛立刻要晕厥的样子。

春梅相信了。她开始带着青青去看医生。

医生说：不要紧张，学校里没什么可怕的事，不是吗？

青青说：我都知道，我都明白，可是我没有办法。

终于，有一个医生给了诊断，她说青青得了广场恐怖症（Agoraphobia）。这是焦虑症的一种，患者对于在公共场合停留会有极端的恐惧。这种现象可能会持续很多年，也可能自己就好了。

广场恐怖症，春梅第一次听说这种病。她开始查阅大量的文献资料，这是一种心理疾病，好发在 17 岁到 36 岁的女性，一般为性格敏感、羞怯，有强迫症的女性。

春梅不知道青青为什么会得这么一个怪病，不过青青一直细腻敏感，跟春梅大大咧咧的性格很是不同。春梅本以为喜欢艺术又在单亲家庭长大可能性格会这样，却不料她生起这么严重的病，

本是 17 岁花季少女，青青却只能呆在家中。她的病情越来越严重，变得完全无法迈出家门一步。

也可能自己就好了。春梅的心里一直记着医生这句话。祸福相连，一定会有一件什么事发生，然后青青会好起来。她的心里这么坚信着。

那么，与 Tim 分手吧。也许是因为想要跟 Tim 结婚这件事才引发青青生病的，也许是上天在惩罚自己介入 Tim 的婚姻。跟

Tim 分手，也许青青就会好起来吧。

春梅这么想着，就跟 Tim 提出了分手。本来因为青青现在一直呆在家里，他们也没了可以亲热的场所，再加上春梅忧心忡忡，无心再风花雪月。而 Tim 在那天跟春梅承诺之后，也一直犹豫着怎么跟妻子提出离婚。

Tim 开始以为春梅是因为他迟迟没有提出离婚生气了。春梅说：不是，真的不是。你没有提出离婚更好，否则我会觉得很对不起你妻子。

Tim 一番挽留之后，见春梅心意已决，便也就尊重春梅的意愿放手了。为了今后不尴尬，Tim 不久还换了公司。

露水鸳鸯，终究还是各奔东西。如果说，春梅跟顾路离婚，还留下一个女儿。她跟 Tim 的七年，却是什么也没有留下。春梅的心里不是没有伤感的。

可是，青青的病情依旧没有丝毫好转。

7

日子一天天过去了，青青呆在家里，无法出去，无法见人。母亲是她唯一能见的人。

春梅为了女儿，去学习高中课程，帮助女儿完成高中的学业。青青从小就喜欢画画，她为青青购买了各种网上画画的软件和课程。青青一个人在家里，潜心学画，渐渐地倒也画出一点小小的名气，而且开始接活。

春梅忧郁沉重的心里多少有了一丝欣慰。她觉得上天对她太不公平了。她找到工作便遭遇离婚。她正打算再婚又遭遇女儿生病。现在的她已经奔五而去，除了一个生病的女儿，她一无所有。

青青患病的日子里，春梅最害怕的就是青青又生其他的病。因为病了青青也无法出门去看医生。人生便是怕什么就来什么，青青的眼角长了一个红疖疮。来势汹汹，状貌可怖。

青青，我们必须去看医生。春梅说道。

我……不能出去。青青嚅嗫道，眼里饱含泪水，她的一只手护着另一只手臂，神色痛苦。

你手臂又怎么啦？春梅拉过青青的手，将衣袖褪上去，却见青青的手臂上伤痕累累，触目惊心的是一道道红色的刀印。

这是怎么啦？春梅大惊失色。

我……恨我自己，为什么会这样……青青哭着说，纤细的身子梨花带雨。

春梅紧紧地抱住了青青，泪水止不住奔涌而下。

春梅给青青的疖疮拍了一些照片，然后便带着照片去看医生。开始医生不愿看，说必须病人亲自前来。春梅声泪俱下地说了很久，说她们也不想这样，可是没有办法，女儿有广场恐怖症，她都已经自残了，可就是无法见人。她想起这些年命运的坎坷和辛酸，悲从中来，哭得泣不成声。最终医生心软了，他研究了一下照片，开了处方药膏。医生说，如果一个星期还不好的话，就必须来做一个小手术。

春梅千恩万谢地谢过医生，心里依旧无比担忧。她一直暗暗地祷告，暗暗地发愁，千万千万好起来……否则要做手术可怎么办？

春梅每日里都在祷告。庆幸的是，青青用了药膏一周后，渐渐好起来了。春梅总算心里松了一口气。

只是眼看着青青的同龄人上了大学，然后毕业工作，可是青青却依然如故，无法出去。春梅每每想起来就心如刀割，泪湿双襟。不过她依然相信，青青一定会好起来的，一定会有一件事来触发青青好起来。一定一定。她靠着这个信念坚强地生活着。

8

一年又一年，又是七年过去了。这是春梅人生中最为艰难的七年。青青二十四岁了，春梅也马上就五十岁了。岁月，便是如此无情地流逝。

这天春梅去上班，发觉公司的气氛有些诡异。到了中午，许多人被通知去开会。春梅坐在会议室，看见自己部门的大多数人都在，她问身边的同事：开什么会？

同事摇摇头说：不知道呢。

开会的原因很快揭晓。公司副总裁走了进来，面色沉重地说：公司最近效益不好，他们这个部门裁员三分之二，所有在会议室的人都于今天被裁员，必须在晚上 5 点前离开公司。

恍如晴天霹雳，春梅脸色煞白。她抱着盒子走出公司的时候，心中一片茫然，十四年了，她在这个公司十四年了，就这样被扫地出门。今后她和青青的生活该怎么办？

春梅回到家里，没有如往日那样先去看望青青，而是无力地瘫在了床上。她太累了，身心俱疲，心力交瘁。过了一会，青青过来了，看见母亲这般悲伤落寞的神情，便问：怎么啦？

青青，妈妈没工作了。今后我们怎么办？春梅忧伤地说道。

这一个晚上，春梅随便吃了方便面就睡下了。她睡得天昏地暗，她真希望就这样一直睡下去，她不愿醒来。她要面对的世界太残忍了，离婚，失业，女儿生病，为什么命运要给她这样一个接一个的打击？

清晨的时候她意外地闻到食物诱人的香味。春梅睁开眼睛，看见阳光已经透过窗帘的缝隙在雪白的墙壁上投下一道亮亮的光影。她起身走出房间，看见餐桌上摆了一桌丰盛的早餐，青青围着围裙，一面唱歌一面在忙碌。

妈，你起来了，我给你做好早餐了。青青体贴地说道。

春梅看见桌子上有烤好的培根，涂了黄油的面包片，煎鸡蛋，还有新鲜欲滴的草莓。

咦，这盘草莓哪来的？春梅不记得家中有草莓。

我早晨骑车去 7-Eleven 买的，我在网上看到吃草莓心情会好一些。青青说道。

你……春梅不可置信地睁大眼睛。

是的，妈妈，我好了，我可以出去了！青青大声地说。

真的？春梅抱住女儿，喜极而泣。

这个奇怪的病便是如此神奇地就好了。也许青青看见失意疲倦跌入谷底的母亲，终于觉得自己应该独立一些，应该为母亲分担一些忧愁？

春梅不知道究竟是什么原因青青的病就一下好了，就如她不确定究竟是什么原因青青会生这个怪病。她想，祸福相连，也许她的命运就是如此。

春梅一直紧紧地拥抱住女儿。她想，今后的日子，她再也不害怕了。黑暗苦难的时候无须灰心丧气，也许光明就在下一个时刻。快乐成功的时候也无须得意忘形，谁知会有什么坏事又即将发生。祸兮福所倚，福兮祸所伏，有苦有甜，有福有祸，这就是人生。

危 机

1

沈洁云有时候会想，假若她没有去这家公司工作，那么，她的人生是不是就不会遇到这个坎？

她这么想的时候，眉毛就会紧蹙，紧接着心底里一声叹息。

生活没有假若。

事实是，她去了这家公司，作为她在家六年后重返职场的第一份工作。

当初她也没有太多的选择，找工作的时候，因为在家呆了近六年，许多技术已经跟不上了，一时也不好找。可是 Tony 看见她，一看她是清华出来的，马上说，名校来的，智商够高，做这样的工作小菜一碟。他都没怎么问她问题，就表示了要录取她的意向。

Tony 是她的组长。

其实开始的时候一切都很好，她很喜欢这份工作。她上班不久，就有了很好的朋友。她的朋友是 Kate。

她和 Kate 成为好朋友是件非常自然的事，因为两个人共享一个双人格子间，而且她们的工作互相牵连。

沈洁云做数据库，Kate 做系统。虽然中国人到了美国做码工的很多，其实码工也有不同的领域，并非都写代码。

女生做系统的人不多，要管理 CPU，Memory 等，这些名字听上去就十分的男性化，女孩子大多会避而远之。Kate 一头短发，烈焰红唇，眉黑如漆，看上去既利索干脆，又性感诱惑。

那一年，沈洁云三十五岁，Kate 三十岁。她们每天午饭后会一起出去散步，偶尔，还会溜出去逛街。

"Jenny，我觉得你穿这件也会好看。"Kate 拿了一条低胸紧身的连衣裙，一面自己比试着，一面跟沈洁云说道。

沈洁云的英文名字是 Jenny。在美国公司，大多数中国人会给自己取一个英文名字，而且这个英文名字跟自己的中文名往往会有些相似之处。同事之间大家都称呼英文名字，反而中文名都不清楚了，就像沈洁云完全不知道 Kate 的中文名字。

沈洁云长发披肩，文静秀雅，细细的柳眉，白皙的肌肤，笑起来一弯眼睛如新月。她看了一眼裙子说："这个衣服不是我的 Style，还是你穿吧。"

"你这么大胸，老是藏起来可惜了。"Kate 开玩笑道。她们两个已经好到口无遮拦。

洁云挑了一条圆领无袖的裙子说："我露胳膊就行。"说着，她们一起走进了商店后面的试衣区。

这个周末，公司有个家庭野餐活动，她们为活动挑选一件夏装。不是没有其他衣服，只是女人就是喜欢逛街，喜欢找一个借口买衫。

一会儿，洁云听见自己的试衣间外面有人敲门，打开门，看见 Kate，穿了那条低胸紧身的裙子，身材火爆，呼之欲出。哇，洁云作惊叹赞许状。

Kate 笑嘻嘻地说道："John 看见了一定喜欢。"

John 是 Kate 的未婚夫，他们打算明年春天结婚，Kate 话没几句就会扯到 John 的身上。

午间休息的时间不长，她们赶紧付钱，回去工作。一路 Kate 开车，外面夏日炎炎。

"那时我很喜欢 John，公司里还有其他女的也喜欢他，没想到他喜欢我。知道他也喜欢我的时候真是太幸福了！" Kate 性格直爽，正在甜蜜爱情之中，这段故事洁云已经听过许多遍。

"哈哈，你不是说你很容易 Have a crush on 同事吗，以前也喜欢过一个同事，可惜他有家了。" 洁云调侃 Kate 道。她们关于各自感情的故事交流过许多次。女人嘛，爱情、婚姻、孩子，都是乐此不疲的话题，何况她们两个甚为投契。

"是啊，那是五年前了，在另一个公司，我喜欢我们组长，他特别出色，对我也很好，我一直喜欢他。我们一起出差的时候我忍不住表白了，然后就上了床。哈哈。不过后来组长说他有家，然后他就换工作了，从此没有再见过他。好在两年前又遇到 John，他又高又帅又聪明，是上帝为我准备的那个他。"

"恭喜你啊！" 每次她们说到这儿，洁云总是真诚恭喜 Kate。

"我觉得我们组长 Tony 喜欢你啊，他对你特别好，看见你脸上就放光。" Kate 又转了话题。

"这个不好乱说的，我有丈夫有孩子。Tony 跟我只是同事关系。" 洁云正色道。

"我知道，我知道，开个玩笑嘛……" Kate 又补充说道："你和你家先生，都是各自的第一次和唯一一次爱情，你们的眼里只有对方。我知道。"

两个女人说说笑笑就回到了办公室。在公司门口她们刷了一下门卡，记录了一下时间。

"今天又得呆迟一点才能回去了。"洁云看着墙上的大钟蹙眉道。每天上工八小时，中午出去的时间要扣掉。

"反正你老公会接孩子会做饭，你怕什么。"Kate 跟洁云一面说着，一面回到了她们的格子间。

她们坐下不久，组长 Tony 就来到了她们的格子间。Tony 是一个四十岁左右的男人，中等个子，清秀的脸上戴着一副黑色圆框的眼镜，也是中国人。因为公司的老板是台湾人，所以这个公司中国人很多。

Tony 斜依在格子间的隔离板上，跟她们交代工作说，有个新的项目，Kate 要准备系统，洁云要准备数据库。

"Jenny，明天我要去见客户，你跟我一起去，我们要讨论客户要求。"Tony 对洁云说道。

"客户在哪里？"

"在 Downtown。"Tony 说道，接着又提议："你可以坐我的车去。"Tony 有辆红色跑车，当初自说自话地买了回家，都没跟老婆商量一下，老婆为此大为生气，从此拒绝坐他的红车。Tony 有机会就会建议洁云坐他的车。

洁云思忖道，Downtown 车不好开，坐地铁又比较费时间，便点头谢过。

Tony 走了之后，Kate 调皮而暧昧地跟洁云眨眨眼。洁云知道她又想说 Tony 喜欢自己了，便笑着瞪了她一眼。

其实 Tony 喜欢自己，洁云自己也有感觉。当初若不是 Tony

一见到她就决定招她，她找工作还得费一番劲。Tony 自己也是复旦毕业的，有名校情结，看简历第一件事是看毕业的院校。自从洁云上班以后，他一直对她照顾有加，半年过去了，洁云已经对工作游刃有余。

因为中午出去了一趟要补时间，洁云在办公室一直做到六点半。Kate 比她来得早，六点不到就先走了。她笑着跟洁云说：亲爱的，明天见了。说罢，戴上一副大墨镜，又酷又性感地招摇而去。

Kate 走后不久，Tony 来到了洁云的格子间。傍晚时分，办公室里变得空寂，Tony 常常喜欢在这个时候跟洁云聊天。他在洁云边上坐了下来，跟她说了明天会议的事情，又跟她闲聊了一会组里的事情。

他们这个组，一个印度人，一个黑人，一个韩国人，一个俄国人，Kate 是台湾人，只有 Tony 和洁云是大陆来的，又都是名校毕业，Tony 很喜欢跟洁云说话。

"跟你说话真是愉快，一、两句话你就明白了。今天跟 Liana 解释一件事，说了半天也说不清，唉，跟这样的人说话，简直是侮辱我的智商。"Tony 跟洁云抱怨道。Liana 是组里的俄国人，反应比较慢，但是待人热情。

"你要赶紧再爬高一点，就可以只和高智商的人打交道了。"洁云跟 Tony 已经相熟，她开玩笑道。Tony 是个雄心勃勃的男人，经常跟洁云流露出不甘此位的想法。

Tony 哈哈大笑了起来，他笑起来的样子十分爽朗可爱。他们聊了一会，最后 Tony 又以这样一句话结束了他们的谈话："Jenny，要是大家都像你这样就好了。"

2

沈洁云开车回家的时候，心情十分愉快。夏令时，天黑得晚，一路上夕阳如火，晚霞满天。

大约三十分钟的路程，她进了家里的小区。她看见儿子Kevin 一个人在门口吹肥皂泡，五颜六色地在空中飘。Kevin 一看见洁云的车子，就马上跑了过来。洁云从车子里出来，抱起六岁的儿子。

"妈妈，我在等你呢。" Kevin 跟洁云很亲，洁云曾经为了他在家呆了将近六年。

洁云亲了下Kevin 的小脸，笑着说："我知道，妈妈也很想你。"

洁云和 Kevin 从车库走进房子，一股菜香扑鼻而来。老公陈思南正在厨房忙活，看见她回来了，转过身来笑了笑说："回来啦。晚餐马上就好。"他长得高大帅气，单眼皮，小平头，笑起来朴实阳光，跟洁云年龄相仿。

洁云看着丈夫的背影，宽厚的肩膀，长长的腿，腰上扎了个围裙，厨房里油烟四起，香味弥漫。每天下班回家看见这样的场景，她的心里就充满了幸福的感觉。

洁云每天早晨送儿子，丈夫负责下午接儿子。自从洁云回到职场，两个人这么分工合作，倒也井然有序。

洁云上楼去换了衣服，脱下短裙套装，换上宽松舒适纯棉的T恤短裤。Kevin 也跟了上来。他一头浓密黑发，圆鼓鼓的脸蛋，黑溜溜的眼睛，特别可爱。

"妈妈，我以后要做 Rock Star。" Kevin 认真地说道。

"为什么？你不是一直说要做消防队员吗?"洁云奇怪地问道。Kevin 从小就爱车，尤其喜欢消防车。带他去消防站参观，他在消防车上爬上爬下兴奋得小脸通红。怎么现在改了？

"Tom 说消防队员赚不到很多钱，Rock Star 会赚很多钱。我要赚很多钱，那么妈妈你就可以不去上班了，可以在家陪我了。" Tom 是 Kevin 一个班的小朋友。

洁云忍不住又抱住儿子亲了一口。刚开始上班的时候，Kevin 特别不舍得她，她也很想念 Kevin。那时她跟儿子说，妈妈要回去上班，要赚钱养家。没想到儿子就记心上了。

儿子刚刚出生的时候，洁云并没有打算做全职妈妈的。那时他们一心一意地为儿子找住家保姆，可是找个好的住家保姆也不是件容易的事。

他们在经历了一个趾高气昂、心里颇不平衡的北大毕业的保姆后，又换了一个原来做主任教授的男保姆。洁云也有名校高学历情结，可是她找的保姆显然不合适。Kevin 不知是因为不适应还是正好因为冬天，突然接连生病，而且病势凶猛，高烧不退，有一次竟然烧到抽搐。洁云心疼儿子，看着儿子烧得通红的小脸，她在心里做了一个决定。

"我想把工作辞了，在家看孩子。"当洁云跟思南说出这个决定的时候，思南吃了一惊。因为洁云一直都很优秀，是个很有事业心的女人。

"我觉得世界上没有什么比孩子更重要的。"洁云坚定地说道。他们两个小夫妻商量了一下，思南一个人的工资养家虽不富裕，但也可以应付。为了孩子，牺牲一点个人享受又算什么。

就这样，名校毕业的高材生沈洁云成了一名家庭妇女，一直到 Kevin 上学为止。

晚上，洁云把儿子哄睡着后，就跟思南说："我今天买了一条新裙子，我穿给你看。"

洁云对着卧室里的大衣镜穿上新买的裙子，问思南："好看吗？"

思南正在上网，抬起头来，眼前一亮。洁云穿了一条无袖的连衣裙，露出雪白的手臂，紫底白花衬得肤色更加白皙，中间掐腰，亭亭玉立，高耸的胸脯，浑圆的小腿。"老婆真是美。"思南由衷地赞道，他走过去从背后环抱住洁云。

"老婆比十八年前还要美。"思南看着镜子中的洁云说道。

"十八年前比较土吧？哈哈。"洁云笑了起来，两只眼睛弯弯如同月牙。

"十八年前清纯，现在优雅。"思南说。

十八年前思南第一次见到洁云，洁云还是一个扎着两根辫子的羞涩的小女孩。她和思南是大学同学，也是各自的初恋。

洁云现在都记得思南站在食堂门口，手里拿了球拍，在阳光下等她的样子。阳光照在他的脸上，那么青春洋溢，却又带着几分羞涩局促。一见到她，思南就走过来，问她去不去打球。她看着他帅气期待的脸，点了点头。从此思南几乎天天都在食堂门口等她，邀她去打球。一来而去，他们渐渐相熟，不久，洁云发觉常常在自己需要什么的时候，思南就神奇地出现了。

寒假到了，洁云突然发觉自己很不习惯身边没有思南的日子，她很想念他。就在她暗自思念之时，思南的信翩然而至。洁云永远都记得她收到信的那一刻，心里仿佛有无数蝴蝶在翻飞。

表达感情时，似乎总是写比说容易，英语比用中文容易。洁云的初恋就是这样从通信、从羞羞答答的英文开始了。

一开学，思南就开始单独约会洁云。虽然信里的话大胆又热情，见了面两个人羞怯又慌乱。他们说些东拉西扯的话，寒冬腊月，他们丝毫不觉得寒冷，不知不觉中走了几公里。洁云瞄一眼思南，看见他的眼睛亮晶晶的，仿佛有流星滴落在眼里。

他们第二次约会的时候，思南就吻了洁云。他们站在校园里的一棵大树下聊天，洁云比思南矮一头，她说话的时候微微仰着脸，她看见天上的月亮特别皎洁，然后她看见思南微微俯下身子，他的唇盖住了她的唇。洁云那时还不会接吻，她闭着眼睛，闭着嘴唇，她的唇却是紧紧地碰住了思南的唇。思南也是初吻，他一样吻得热烈又笨拙。他伸出舌头，舔了舔洁云柔软的唇。洁云只觉得唇上酥酥麻麻的，她的心里也是酥酥麻麻的。

他们的爱情似乎一帆风顺。他们相配，他们相爱，他们的父母和朋友都愉快地接受了他们的恋情。大学一毕业，思南就出国了。思南出国前，他们结了婚。洁云记得他们的新婚之夜，第一次做爱的两个人，手忙脚乱了半天思南才进入洁云的身体。那一夜，他们笑着，抱着，爱着，幸福着。不久，洁云也到了美国。

初到美国的日子是清贫而艰苦的。他们租了一个 Efficiency 小公寓，直通通一个房间，加上一个小厨房和一个小卫生间。床垫放在地毯上，唯一的家具是一张桌子，两张椅子，是 Yard Sale 买来的。可是洁云很喜欢那段日子，那是他们第一次有了自己的家。

他们手拉着手去买菜，一起在厨房做饭，一起吃饭聊天，一起坐在地上的垫子上看电视，一起散步看花树看星星。有爱人的地方就是家，那是他们共同的感觉。

他们同年，虽然思南只比洁云大两个月，但他总是像个哥哥一样照顾洁云。散步的时候，他总让洁云走在里面。如果洁云说冷，他二话不说脱下自己的外衣。洁云刚到美国，闲在家里没事，就去找了份餐馆的工作。思南心疼得不得了，每次一有空就代替妻子去打工。有了孩子以后，晚上都是思南带。他让洁云睡觉前用吸奶器准备好奶，他半夜起来，从冰箱中取奶加热，给孩子喂奶换尿布。跟朋友们出去登山的时候，思南不仅把所有的包都自己背了，还一会儿给洁云系鞋带，一会儿给洁云递水。思南在朋友圈里是出了名的宠老婆。别人这么说他的时候，他会笑着说：老婆娶回家就是用来疼的。

一晃十多年过去了。洁云看着大衣柜镜子里的自己和站在自己身后的思南，三十五岁的他们依然显得年轻。思南比以前成熟更显男人魅力了，他看着自己的目光还是那么温柔，充满爱意，洁云的心里满满的都是幸福的感觉。

"我穿这件衣服去周末的野餐，怎么样？"洁云问道。

"好啊，很漂亮，非常漂亮！"思南赞美道。

"Kate今天买了件低胸的裙子，还说我不应该老是把我的大胸藏起来……哈哈哈。"洁云大笑着说道。

思南也哈哈地笑了起来，他忍不住将手移到洁云丰满的胸脯上说："我老婆是波大有脑，特别难得。不过，就只给我一个人看。"

洁云咯咯地笑着说："可不是，这辈子就只跟过你这么一个男人，连妇科医生都找的是女的。"

思南的手伸进了洁云新买的裙子里，他的身体某个部位不可抑制地硬了起来。他侧过脸，咬住了洁云的唇。

"刷过牙了吗？"洁云笑着推开思南。洁云最近有点洁癖，每次做爱前都要求丈夫刷牙洗澡。她自己也是同房前后都要洗澡。

"我这就刷牙去。"思南接着又报告说："我已经洗过澡了，你闻闻，香喷喷的。"

浴室的水哗哗地响着。洁云从浴室走出来的时候，头发湿漉漉的，穿了一件垂到大腿的睡衣。思南帮着洁云擦干头发，他的手忍不住伸进洁云的睡衣里，里面空荡荡的什么也没穿，他忍不住又血脉偾张。他的唇压在了洁云的唇上，他的舌尖舔开她的牙齿，洁云开始回吻，两个人的唇热烈地吸吮着翻卷着。

洁云想起他们在恋爱很久之后才学会舌吻，她在心里不由得温暖地笑了。他们都是彼此的第一次也是彼此的唯一。他们共同学习，共同成长，这么多年，他们依旧如此相爱。她是多么幸运。她这么想着，紧紧地抱住思南。两个人拥吻着缠绕着滚落到了卧室的大床上。

3

周末的中午，阳光灿烂，天空蓝得一尘不染。洁云一家来到一个公园。公司每年都会在这里举办家庭野餐，洁云是新员工，还是第一次来。

一进公园的门，就闻到一股肉香，一排烤炉烟雾腾腾地在烤鸡腿。公园里草木葳蕤，夏花旖旎。不远处，有几个四角亭子，里面放着木制的桌子和长椅。洁云一家便走了过去，各自取了饮料和食物，可乐，雪碧，柠檬汁，鸡腿，色拉，汉堡等。洁云看见有人在向她招手，放眼望去，发现 Tony 坐在亭子的后面。

洁云带着一家在 Tony 对面坐了下来。Tony 的边上是一个女人和一个男孩。

"这是 Sandy，我太太。"Tony 介绍道，又向太太介绍了 Jenny。他介绍的时候，打量了一眼洁云的新裙子。

Sandy 看上去也是三十多岁的样子，比洁云年长些，长得圆润秀美，长发盘在脑后，笑起来十分温柔："哦，你就是 Jenny，Tony 回家常有提到你。"

洁云也给思南和 Tony 互相作了介绍。思南听见 Tony 的名字也笑着说："哦，你是 Jenny 的组长，她也有说起过你。"

"希望不是坏话。"Tony 笑着说，露出雪白牙齿。

他们坐着一面聊天一面享用了午餐。Tony 的儿子 David 比 Kevin 大两岁，孩子们很快玩在了一起。边上有个穿着小丑衣饰的人在给小朋友用气球做成各种形状的玩具。Kevin 说，我想要气球。David 说，我也想要。

大人们便带着孩子们去排队。公园里有不少活动，每个活动都有不长不短的队伍。孩子们先是拿了气球，接着又去排队拿棉花糖，一大捧的握在手上，形如一大朵棉花，甜甜的，含在嘴里就化了。转身他们看见五颜六色的滑滑梯，又兴奋地跑过去。大人们跟着孩子，从一处走到另一处。孩子们开心了，大家都快乐。

"Jenny！"洁云听见有人叫她，不用转头，听着那热情爽朗又带着一点嗲音的喊声，她知道准是 Kate。

洁云转过头来，看见 Kate 穿着那件低胸紧身裙子，衬出姣好身材。边上是一个高大的美国白人，没有 Kate 说的那么英俊，但也算是帅气。

"This is Jenny，this is Tony。"Kate 介绍着她的同事，又转过去骄傲地介绍道："This is my fiance，John。"

洁云也为他们介绍思南。她刚刚说出："This is Steven"，就听见 Kate 惊喜地叫了一声："是你啊，Steven！"然后思南也叫了一声："啊，可丽，好久不见了！"

"你们认识？"洁云迷惑地看着两人。

"我们以前是同事，在 TriStar 公司做事的时候。"思南解释道，又说："那时她叫可丽，原来你常说起的 Kate 就是可丽啊。"

"我都不知道她叫可丽。"洁云笑着说。

Kate 也笑了笑说："在 TriStar 是在美国的第一份工作，那时还没起英文名字。"

"哇，好巧，你跟 Jenny 现在是同事，以前跟 Jenny 的先生是同事。"John 评论道。

Tony 和太太 Sandy 也在边上说好巧。

Kate 也笑着说好巧，不知为什么，洁云觉得 Kate 的神色有一丝不自然，然后 Kate 说："我们要去坐缆索滑行，先走了。"说着，就拉着 John 离开了。

看着 Kate 匆匆离去的背影，还有那个不太自然的笑容，洁云的心里忽然浮起一个疑团。思南在 TriStar 公司做事，正是五年前，那时也是做组长，而且也是在五年前忽然换了个工作。难道他会是 Kate 说的那个有过一夜情的组长？洁云被这个念头吓了一跳。不会吧，思南一直是那么的爱家庭爱自己，朋友圈公认的忠诚可靠好丈夫，而且他们的爱情是那么的完美纯洁，他们的婚姻是那么琴瑟相合，一定不会。

不过，她还是不放心地问了思南一句："你跟 Kate 做同事的时候，她是在你的组里吗？"她外表显得很随意，可是一颗心却揪了起来。她紧张地等待思南的回答。

"是。"思南简短地说道，他似乎并不想多说这件事。他随即岔开话题说："Kevin 在滑滑梯上了，我给他去拍个照。"

然而这简短一声"是"，在洁云心里绝不亚于晴天霹雳五雷轰顶，她的脸变得煞白。Kate 说过的那个有过一夜情的组长，真的就是思南！她的心里翻江倒海地开始难受，原来她心目里的完美爱情，早已有了瑕疵，有了缺口，有了污点，有了背叛。她心爱的丈夫，居然与她的好朋友有过一夜情，让她情何以堪！

洁云喃喃说了一句："我不舒服，我去亭子里坐一会儿。"

思南看见洁云面容苍白，神色痛苦，便着急地问："你怎么啦？病了吗？"

Tony 也关心地看着她。

"没事，大概天太热了，有点头晕。我去阴凉地方坐会就好。"洁云说着就一个人走进亭子里。

洁云倒了一杯冰水，咕咚咕咚地仰头喝了下去。她想让自己冷静一下。她的胸脯一起一伏，这个阳光灿烂的世界瞬间在她的眼里变得冷酷，白花花的阳光是那么刺眼，公园里的一切仿佛都变得空旷缥缈，一阵尖锐的疼痛在心底猛地划过，痛到她弯下腰来，泪珠从眼角滑落。她以为忠诚朴实的丈夫五年前就出轨了，而且出轨的对象是她现在的同事和朋友！她的世界在一刹那轰然倒塌，那个她刚刚还以为完美的幸福的世界轰然倒塌，无数碎片向她砸将下来，她从一个幸福的小女人一下掉落到被背叛的痛苦深渊。她完全无法接受这个事实。

她一个人呆呆地坐着，她不知道她该怎么办，但是她知道这个世界再也不一样了，她的生活再也不一样了。

思南过来看了她几次。这个一直让她觉得温暖可靠的身影，瞬间变得如此陌生疏远。

她淡然地说对思南说："带Kevin把活动都玩一遍，就回家吧。"

4

洁云回到家。思南说："你上去休息，今天晚饭和洗碗都我做了。"

他们本来分工合作，一个烧饭，另一个洗碗。思南看见洁云一副很难受的样子，便自告奋勇把家务活都包了。他的手在洁云的额上按了下，想看看洁云是否有发烧。洁云随即把头避开了，一个人一声不吭地上了楼。

洁云走进主卧，把思南的枕头、毯子放到了客卧，接着她又检查了壁橱和抽屉，把思南的衣服也通通放到了客卧。她依然不知道自己该怎么办，但是有一点她很清楚，她不能再跟这个男人同床共眠。

"Mom，吃饭了！"一会儿，Kevin清脆的童音响了起来。

他在楼下叫了几声，便走了上来，站在洁云的床边，嘟着小嘴说："Mom，吃饭了。"

洁云亲了亲 Kevin 圆鼓鼓的小脸蛋说道："妈妈不舒服，你先去吃饭，好不好？"

Kevin 点点头，便走了下去。过了一会，思南走了进来说："老婆怎么啦，人还是不舒服吗？我专门给你做了绿豆汤，可以解暑，下去喝点吧。"

洁云一见到思南，心里就有一种深深的被伤害的感觉，她沉着脸说道："以后你不要再到这个房间来了。我把你的东西都搬到 Guest Room 了。"

思南大惊失色。他去客卧看了一眼，不解地问道："为什么？洁云你怎么啦？"

洁云抿着嘴唇，冷冷地说道："你五年前跟 Kate 做了什么，你自己明白。"

思南脸色大变，他不安地说："Kate 说什么了？我跟她也没什么事。"

"她说你们上床了。"

思南一副无法置信的神色："她告诉你这个……"

"她告诉我的时候，并不知道你是我丈夫。我还傻乎乎地一直那么相信你，一直以为我们都是彼此此生的唯一，没想到你早就做下这等背叛的事情！"洁云悲愤地说道，眼圈开始泛红。

"对不起，洁云，可是事情并不是你想的那样，而且我马上告诉她我有家，我爱我的妻子，而且我马上就换了工作，从此都没见过她，直到今天。"思南辩解道。

"我知道，她都跟我说过这些。可是，五年前，你们上床了，不是吗？"

思南锁着眉头，面带惭色地解释道："当时我们一起出差，晚上一起吃饭，我们都喝了不少酒，回到旅馆后，可丽敲门说有问题要问我，就进了我的房间。因为那时我们一起做 Pre-Sale，第二天要做 Demo。她问了我一些工作上的问题，然后她就跟我聊些其他的事。聊着聊着，她说起这一年来对我的感情，她说得很真诚，说到后来都落泪了……然后……"

"够了，我不想听这些事！"洁云打断了思南的话："Kate 都已经跟我说过了，你不必再说了，我不想听。"这些细节每一个字都深深地刺痛洁云。

思南沉吟了一下，又诚恳地说道："都是五年前的事了，我当时确实是错了，可是我马上意识到错了，之后也立刻跟她说明了，并且立刻换了工作，后来我都很少出差，完全不再跟女的单独出差了，之后再没有发生过这样的事。而且最重要的，洁云，我是真的爱你，一直都是只爱你。"

洁云听到思南说到"爱"这个字，眼泪忍不住扑簌簌地落了下来，她悲痛地说："我一直以为我们有着最干净最完美的爱情，可是你……你破坏了这份干净和完美……"

思南眼睛里也泛出泪光，他恳求道："洁云，这件事是我的错，我对不起你，我向你道歉，我自己也很后悔，可是我真的希望你能够原谅。告诉我，我要怎样做你才能够原谅？"

洁云紧紧地咬着唇角，一面流泪一面说："我也不知道要怎么做，我也不知道自己是否能够原谅，这个家……再也不一样了，我们……再也不一样了。是你破坏了所有的一切……"

"对不起，洁云，对不起。"思南说了好几个对不起，他跪在床头前的地毯上，看着躺在床上的洁云，眼睛里闪着泪光说道："洁云，请你一定要原谅，你和这个家对我真的很重要……"

洁云泪流满面。

这一个晚上，他们各自睡在不同的房间，却都是辗转反侧无法入眠。这是他们婚姻的第一个大坎，洁云真是不知道自己是否还能够走过去。

洁云周一去上班的时候，带着一个大大的黑眼圈，心情低落到谷底。以前她每天都高高兴兴地上班，快快乐乐地下班。办公室有 Kate、Tony 这样的朋友，家里有思南、Kevin 这样她爱的人，她一直觉得自己很幸运，上班下班都被喜欢的人围绕。可是现在，她无论是见到思南还是 Kate 都有一种受伤害的感觉，无论是家还是办公室都有她不想面对的人物，她无处可避。

洁云走进自己的格子间时，Kate 已经在了。Kate 像往日那样热情地打招呼："Good Morning, Jenny!"

洁云一反常态地理都不理，板着脸坐了下来。

Kate 看着洁云的脸色，小心翼翼地凑上去问："Jenny 你怎么啦？"

"你五年前做的事你自己知道……"洁云看都不看 Kate 一眼，冷若冰霜地说了一句。

Kate 的脸色一下非常尴尬，她看着洁云嗫嚅道："可是那时我根本不认识你，只知道他妻子是个家庭妇女，我也是昨天才知道……"

"够了，别说了，我不想再听这件事！"洁云打断道。

Kate 快快地回到自己的座位。洁云也坐下来，身子微微侧着，肩膀对着 Kate 开始工作。她眼睛的余角还是会扫到 Kate 的身影，她有一种芒刺在背的难受。她站了起来，走到 Tony 的格子间。

Tony 因为是组长，有着一个人一间的靠窗的大格子间。他看见洁云，便露出关切的笑容说："Jenny 你来了，我还担心你昨天生病了呢。"

洁云直截了当地说："Tony，我想要换个格子间。"

Tony 惊讶地问道："为什么？你不是整天喜欢跟 Kate 粘在一起嘛。"

洁云的心里一阵伤感，她在失去婚姻幸福的同时又失去最好的朋友。她微微思索了下，就说："我过敏，对 Kate 的香水过敏。"

"不会吧，你都跟 Kate 一起坐了半年了，怎么突然就过敏了？"Tony 不相信地说。

"可是……情况是会变化的，身体也是会变化的……"洁云辩解道，泪水忍不住盈出了眼眶。

Tony 一见洁云的神色，口气即刻软了下来，他四周看了看，便说："前面有个很小的单人格子间，要不你换到这儿？"

Tony 领着洁云走了两步，角落里有个很小的单人格子间，只有 Tony 的格子间的半个那么大，而且边上就是打印机。

洁云毫不犹豫地点点头说："好！"

洁云在中午的时候就换了格子间。虽然是一个很小的格子间，但也是她自己一方小小的世界，最重要的是她可以避开 Kate 了。就如她不想见到思南，她也不想见到 Kate。

傍晚的时候，Tony 回家前路过她的格子间，惊讶地说道："Jenny，你怎么还没回家？"

Tony 做组长也不仅仅是个名号，他比组里其他人都付出得多，工作时间也是最长。平常他往往是最晚一个离开，除非有人中午出去太久要补时间。今天洁云中午没有出去，应该早就可以下班了，可是她似乎并没有要走的意思。

这个公司没有加班工资，洁云往日做满八个小时，就归心似箭地往家赶。家里有她最爱的两个人，她的可爱的儿子，她的心爱的丈夫。那时洁云只要想到家，心里就是一片温暖融融，可是现在，这个家，在她的心里变得冷漠疏离，她不愿回去，不愿再见到那个让她伤心的人。

洁云抬起头，淡淡地说："这个新项目事情挺多的，我多做一点。"

Tony 感慨地说："你是组里最聪明的人，还这么不计报酬加班加点，要是大家都像你这样就好了！"

洁云听到 Tony 又说起那句"要是大家都像你这样就好了"，不由得微微笑了笑。她的世界里本来有思南、Kate 和 Tony 这样三个她喜欢的人在身边，而且顺序也依次这样排列。现在思南和 Kate 是如此深地伤害了她，好在还有 Tony，依旧跟以前一样。她的心里略感欣慰。

Tony 走后，洁云又在办公室磨蹭了一会，才开车回家。

她回到家的时候，比以前任何时候都要晚。她看见 Kevin，在暮色中孤独地站在门口，不停地向路口张望，看见她的车，激动地跑了过来。

洁云把车停了下来，她走过去，紧紧地抱住 Kevin。

"妈妈，你今天怎么回来这么晚，我在门口都等了好久了！"

"对不起，妈妈今天有点事。"洁云抱着 Kevin，心里满是心疼和心酸。

洁云跟 Kevin 走进家门的时候，思南已经做好晚饭了，正在等着她。他看见洁云便说："回来了，我们吃饭吧。"

洁云却是视若无睹地走上楼去，换了衣服。一会儿，Kevin 又上来唤妈妈吃饭。洁云想了想，便牵着 Kevin 的手下了楼。

这一顿晚饭，洁云只是跟 Kevin 说话，完全视思南不存在一般。

这个家再也不一样了。往日的欢笑和幸福刹那间荡然无存。幸福原来就是如此脆弱！

只是日子还是得过下去，即便这日子再也不一样了。

洁云近乎麻木地按部就班地过着每天的日子。她依旧早晨送 Kevin，思南下午接 Kevin。但是洁云几乎不跟思南说话，除了必须要交代的事情，其余时间她都是避开思南。

思南很努力地在讨好洁云，他巴结地拖地板、给地板吸尘。往日里洁云见思南这么主动，会笑得如花灿烂，还时不时地会将两只手挂在思南的脖子上，温存一番。可是现在只要她看见思南，她的身体本能地变得僵硬，脸色也随之暗沉下来，低头避过。他们睡在不同的房间，关系完全不似夫妻，而是 Roommate 一般，而且还是关系不好的 Roommate。

洁云有时也想，总不能一直这样下去，可是又该如何来解决这个问题？

她在网上查阅，很多人说，男人有了一次一夜情，必然还会有第二次、第三次……所以，不能原谅。

洁云想，思南说过他只有一次，这一点她倒是相信他。思南当年立即就换了工作，新工作也很少出差，每天下班亦早回家，对于家里的事都是尽心尽力。她相信他只有一次，可是即便这一次也足以毁了他们的婚姻。她是如此深受伤害，她觉得这伤害完全无法弥补，就像一块完美无瑕的玉，因为这一次便有了一道裂痕，一道无法愈合的裂痕。

洁云也知道这种事情也就两种解决方法，分手或者原谅。洁云下不了分手的决心，他们这么多年深厚的感情，还有那么可爱的 Kevin，她不想这个家庭破裂。可是原谅吗？即便她愿意原谅，她的心理还是别扭。她是一个有洁癖的女人，她的身体本能地对思南有了排斥，她无法再接受他。

洁云在两难的困惑中，给素娟打了电话。素娟是她大学时的好朋友，现在在美国另一个州。

素娟听了洁云的话，大吃一惊。她无法置信地说："你们在我眼里就是金童玉女，就是纯洁完美爱情的象征，思南就是理想丈夫的楷模。怎么……也会遇到这样的事情？"

洁云幽幽地说："我也没有想到。"

素娟想了想又叹息道："人生这么长，现在这个时代诱惑又这么多，也难保不出点岔子。好在思南也算是及时更正。你打算怎么办？"

洁云纠结地说："我也不知道，分手舍不得，不分手又没法再接受他。真是不知该怎么办？"

素娟说："思南这个还算比较轻微的出轨，而且也是悔过改正了，要不你还是原谅他吧？我看着你们一路走来，真挺不容易的，这么好的一个家。"

洁云说："我也想过原谅他。可是原谅和接受是两回事，即便原谅了可还是没法接受，心理上完全就是转不过来。"

素娟说："这样啊。是不是心里不平衡？"接着她笑着说："要不你也一夜情一次，会不会心理上容易接受了？"

"你说什么呢？"洁云嗔怪道："是因为我现在有洁癖。"

素娟连忙说："我开玩笑的。"她略微思索了一下又说："有洁癖就比较麻烦了，我也不知道该怎么疏导你，要不，你去看看心理医生？"

洁云不确定地说："还从来没有去看过心理医生，会有用吗？"她长叹一声："唉，还是交给时间吧，都说时间会愈合一切，我也不知道自己能不能走出这件事。"

素娟说："对，慢慢来，不要急，一定不要着急做出决定。交给时间是对的。"

6

自从洁云搬到单人小格子间，Tony 来得就更勤快了。洁云现在也很喜欢跟 Tony 聊天，Tony 风趣聪明，是她苦闷生活中的一道星光。

黄昏的时候，办公室里变得空寂，Tony 又如约而至。他跟洁云说了会工作上的事，就又开始吹嘘自己的事。

"我以前开过一个 Startup 公司，结果倒闭了。"他们聊到开公司的事，Tony 这么说。

"真的，怎么会倒闭的？"洁云好奇地问道。

"本来有很多投资商说好了给钱，后来突然风向就转了，风险投资的钱拿不到就只好关门了。"Tony 说道，接着他又踌躇满志地说："等等机会吧，我还是会想东山再起的。"

"你想怎么做？"洁云饶有兴趣地问道。

"有几个想法，或者回国去看看，国内有几个机会正在谈。或者在这儿跟客户关系搞好的话，把项目自己带出去，以此为基础，做自己的公司。或者跟公司的大老板合作，到国内找人帮他去做，国内毕竟劳力便宜。"Tony 说得意气风发。

"想法还挺多。"洁云赞许地点点头，她欣赏地看着 Tony，接着又打趣道："以后发了可别忘了我们这些同甘共苦的兄弟姐妹。"

"那自然，到时像你洁云这样的人才，至少也得给你一个 CXO。"Tony 笑贫道。

"你还挺会贫。"洁云笑着评价一句。

"不像上海人，是不是？有点像北京人吧？"有时候说上海人不像上海人是一种夸奖。

"那儿呀，看你那头发油亮西装笔挺的样儿，整个儿一个上海小开。"

"嘿，这叫美化环境。你不也穿得很职业的嘛。让人看着就是赏心悦目。"Tony笑着说："最烦和那穿得邋邋遢遢的人在一起做事了。"

"让你来工作的，谁让你看人来着。"洁云忍不住乐了。

两人都笑了。他们的聊天就是这么轻松愉快，就像一只没有目的、没有方向的小船，随风飘荡。

说到衣服，Tony又来了兴致："这附近有一个厂家直销商场，有许多专卖店，什么时候我带你去看看。你看我的风衣，Burberry的，原价\$1000，我\$300就买来了。"

洁云笑笑，到底是上海男人。

"我家里有本优惠券，明天我带来，我们去转转。"Tony接着说。

洁云欣然答应。她很喜欢逛店，如今没有Kate的陪伴，有Tony也不错。

从此，陪洁云中午散步和逛街的人，由Kate换成了Tony。而且洁云很快就发觉，Tony对于衣服相当有研究。

"Jenny，你穿这件衣服会很好看。"Tony指着一件藕荷色的短风衣对洁云说："这个料子感觉很不错，品牌也好，而且在打折。"

洁云拿起来一看，果然漂亮合算。她看见Tony对于逛街乐此不疲又精通此道，想起思南每次一逛街就兴味索然，坐在Mall

里的椅子上不愿多走一步。她不由得说道："你对于服装很懂嘛。"

"小时候母亲逛街总带着我，所以我对衣服料子特别有研究。"Tony 说："Sandy 也爱逛街，所以我对女装还挺熟。"

Sandy 是 Tony 的太太，洁云见过一面。

Tony 看见洁云穿上藕荷色的短风衣，风采翩然，不由得赞美道："Jenny 你长得跟 Sandy 有点像，不过身材比她好，所以买衣服容易。"

"我可没有 Sandy 漂亮。"洁云连忙说。

听人夸老婆漂亮，Tony 还是很满足，他得意地说："Sandy 年轻的时候很漂亮的，在大学里非常 Popular，追她可是费了好大的劲。"

"你们也是同学吗？"

"我们同级不同系，Sandy 文工团的，经常表演，长得又好，追她的人一大堆，我是过关斩将才追上她。"

"那你还是很有本事的。"

"那是。"Tony 点点头，他对于赞扬从来都不谦虚。

"你们也是初恋吗？"

"嗯，我这辈子只爱过一个女人，就是 Sandy。"Tony 肯定地说，接着他又有些困惑地说："我们当年也是爱得死去活来，浪漫得不得了。不过这么多年过去了，尤其是到美国以后，Sandy 因为专业不对，所以一直呆在家里，生了 David 之后，更是一心扑在儿子身上，完全成了家庭妇女，有时也会觉得共同语言越来越少了。"

洁云听 Tony 这么说，便开始为 Sandy 抱不平："女人在家带孩子，也是需要很大勇气的。家庭妇女怎么啦，对家庭的贡献很大的。"

Tony笑了笑说："Jenny我知道你也做了六年的家庭妇女，可是你不一样，你一回职场，马上就Pick up。你是我工作过的最聪明、最有默契的人。"

听到赞扬，洁云心里还是有一丝开心，想到Tony也是她一起工作过最有默契的人，她同感地点点头说："谢谢。"

洁云拿了风衣到柜台付账后，他们就从商场走了出去。正是秋天，秋日当空普照，街上的红叶在阳光下有种透明的光泽，亮得眩目，浓彩重墨如画，斑斓迷离如梦。

Tony眯缝着眼睛看着秋叶，若有所思地说道："今年真是很有意思的一年。我今年四十岁了，也是到了中年，到了人生的秋天。我这辈子只爱过一个女人，可是现在忽然好像又爱上另一个女人。是不是这就是中年危机啊？"

洁云没有接话。她知道Tony很可能在意指自己，可是她既不想失去Tony这个好朋友好同事，又不想跟Tony牵涉到情爱之中。

她装着没听懂，没听见。

7

关于男女之间是否有友谊，是否有单纯的喜欢，洁云对于这个问题一直很迷惑。交往浅了，便也称不上知己好友。交往深了，却难免会生出些依恋和牵挂。

当年她跟思南在一起，明明不过是纯洁的友谊，可是流言四起，她苦恼过，辩解过，可是最终，他们也如流言所说一般，恋爱了。

现在她跟 Tony 的关系，她一直觉得只是同事间单纯的欣赏喜欢，可是 Tony 的言行举止，越来越暧昧，而且似乎是动了真情。

有时候洁云在开会的时候，无意间瞥见 Tony 注视自己的目光，会发觉他目光中似乎多了层含义，那种眼神，很像当初思南看自己的眼神，一种近乎深情的凝望。而且她发现她遇到这样的眼神的时候似乎越来越多。当洁云跟他目光相遇的时候，Tony 却瞬间换了一种眼神，笑贫着说些无关紧要的跟工作有关的话。等到傍晚他来到洁云的格子间聊天时，他跟洁云笑着说："今天开会的时候你的眼睛望过来，真是激光一般，我全身一震。"

洁云想明明是你的眼神像激光一样专注，怎么说到我身上了。不过，她并不想挑破这个话题，便只是笑笑。

"Jenny，你的中文名字怎么写？"Tony 的思维一向很跳跃。

"沈洁云。"洁云给 Tony 写了下来。

"沈洁云。"Tony 慢慢地念道，又说："真好听，跟你很配。比我的名字好多了，我叫张涛，这名字国内估计一大把，我假若海归一定要改个名字。"

"你打算海归？"

"有这个想法。"

洁云想到若是 Tony 离开了，那她生活中的星光也没有了，她的日子将会更加黯然郁闷。她的心里忽然有了一种不舍。

Tony 又自说自话地说道："我在名字中加个锦字怎么样，这名字在国内应该很响亮吧。"

"张锦涛。"洁云一面念着一面忍不住笑了起来："张锦涛，太好笑了。"

Tony 看见洁云笑得两眼弯弯的样子，也跟着笑起来，他继续说："要不张近涛，小习同志看来要接班。对，张近涛，这名字还不错吧。"

洁云好不容易止住笑，点点头说："张近涛，还可以。"

"要不叫张云涛，这名字很不错。"Tony 的思维又飞了。

敏感的洁云一下又感觉到 Tony 的暧昧了，她没有接话。

Tony 在纸上写了"张云涛"三个字，满意地看了一阵，然后又把纸揉了。他抬起头来，忽然又换了话题："Jenny，下个月你要过生日了，三十六岁本命年，打算怎么过？"

以往洁云的生日是家里的节日。思南虽然并非浪漫之人，但也会买一束玫瑰花和一个蛋糕，有时他下厨做一桌菜给洁云庆生，有时由洁云挑个餐馆全家出去庆生。重头戏是晚上，这一夜思南会送一个礼物给洁云，他常常买的是香水或者睡衣，他们会有一个缱绻缠绵之夜，如新婚之夜那般，抱着，笑着，爱着，幸福着。

可是现在，他们再也不一样了。洁云想到此，脸色随即黯淡下来，随口说了一句："没什么计划。"

"这个生日很重要，要好好过。"Tony 认真地说道。

一个人的生日，只有对于爱她的人才是重要的。洁云没有吭声。

洁云回到家里的时候，思南也开始问她："洁云，你生日想去哪里？我们去吃法国大餐好不好？"

洁云意兴阑珊地说了句："不必了。"

"妈妈你生日我有礼物给你。"Kevin 插嘴道。

"是吧？"洁云瞬间满脸都是温柔的笑容，她抱着 Kevin 问：

"什么礼物啊？"

"到时再告诉你。是 Surprise Gift。"

"哇，儿子这么大了会送礼物了，妈妈真是高兴。"洁云摸着儿子的头说。现在在家里，她基本就是跟Kevin说话，很少理思南。

"是爸爸跟我一起准备的。爸爸今天还带我去滑滑梯，还给妈妈买了加湿器，他说看见妈妈的皮肤和嘴唇干燥了。"

洁云没有说话。思南一直是好丈夫好父亲，对她、对 Kevin 都是无微不至任劳任怨，而且他们这么多年的感情，两个人的生命几乎已经是连在一起了。她虽然表面上不爱搭理他，可是心里也是知道他的好，也是舍不得他的。

她也很想原谅他，从某种意义上来说，她也已经原谅他了，可是心里就还是过不去，一看见思南就本能地不想理睬他。也许是因为还在生他的气，恨他玷污了他们感情的纯洁，也许是因为一想到他和别的女人上过床就觉得脏，也许是兼而有之。

"我会尽我的努力等到你走出来。"思南轻轻地但是坚定地说了这么一句。

她能走出来吗？洁云对此很困惑。她知道思南这些日子也不容易，在家里低眉顺眼地讨好她，却常常碰得一鼻子灰。她看了一眼思南，这还是她自从知道思南一夜情后第一次认真地看思南，还是高高的个子，阳光帅气的脸，眼神那么诚恳地望着自己。这是一个曾经让她爱到深处的男人，他们一起有过那么多的快乐和美好，她的心里掠过一丝微微的暖意，眼神中的寒意骤然退却。

随即，洁云移开了目光。

8

洁云的生日很快到来。两个爱着她的男人都做了充分的准备。

Tony 在中午的时候带洁云去了法国餐馆。Tony 是个兴趣广泛享受生活的人，对于周围餐馆和商店都特别清楚，他们平时经常一起吃饭或者逛店。

这家法国餐馆不大，但十分精致和安静，在一个街的拐角。他们面对面靠窗而坐。

Tony 拿出一个包装漂亮的小盒子，递给洁云说："生日快乐！"

洁云打开一看，是一个 Coach 皮夹，里面有一张卡，卡上简单写着生日快乐，但是卡本身却印有 Soulmate 这样的字。

洁云心里一惊，Soulmate，灵魂伴侣，他们是灵魂伴侣吗？他们确实谈话默契互相理解，享受各自的陪伴，这就是灵魂伴侣吗？

她并不想涉及这样的话题，便笑着说："这个隆重的礼物，太不好意思了。你什么时候生日，我一定得还礼。"

"我要到明年春天。"Tony 又说："大家是朋友，应该的，你别客气。"

他们随意地聊了一会，然后 Tony 说道："Jenny，我大概要回国去发展了。在美国实在太闷了，我只能做个小组长，最多做到部门总管，中国人升上去非常难。现在有个不错的机会，我有心想试试。"

洁云知道 Tony 是一个很有野心的人，而且思维开阔颇有能力，虽然心有不舍，但还是鼓励他："对我们中国人来说，在美国发展的机会要少一些。现在国内的机会很好，舞台也大，你很有能力，你应该去。"

Tony 便深有感触地说："Jenny，你真是知音啊。"他接着脸色一暗说："可是 Sandy 不愿意，说我不顾家。"

"过半年把家接回去不就成了。"

"她根本不想回国。"

"这就麻烦了。"

"如果你是她，你会怎么做？"

"我不是她，我不知道。"

Tony 的眼睛望进洁云的眼眸，认真地说："如果你叫我留下，我就留下。"

洁云连忙说："你们的家务事，我不插手。"

Tony 看着洁云，沉吟了一会，他看见洁云放在桌子上的手机，便问道："Jenny 你的手机计划是什么？"

洁云愣了愣，心想 Tony 的思维真是跳跃，她回答道："通话 unlimited，流量每月 1GB。"

"1GB 够用吗？"

"还行。"

Tony 于是对洁云说："Jenny，我给你讲个故事。"他停顿一下说道："有一个手机计划，叫作 Jenny_Tony。它的流量初始值是朋友，然而这个流量计划很快就不够用了，完全不够用了。这个时候你就想要改变计划，这个计划有两个选择，unlimited 或者 limited 但是更大的一个值。那么，这个 limited 的就是情人，这个 unlimited 的就是夫妻。你说你会怎么改？"

洁云听了一阵眩晕，一时说不出话来。虽然 Tony 暧昧了很久，这还是第一次用比喻明显地挑明这个话题。虽然她很喜欢跟 Tony 在一起，而且尽管她不愿承认，她知道她被 Tony 吸引，她对他有感觉。这还是她人生中第一次对除思南之外的男性有这种感觉。也许是以前她从没有遇到过这么聊得来的朋友，也许是以前她的心里装满了思南，而现在她与思南之间有了嫌隙。但是她非常明确一点，就是她和 Tony 绝对不可能，他们不可能做情人也不可能做夫妻。

　　想到这里，洁云淡淡地笑着说道："我选择不改。"

　　"这不在选择中，因为完全不够用了。" Tony 说道。

　　"嘿，我开始就会选有足够大的值。"洁云继续玩笑，一脸无辜。

　　"你明明只选了 1GB。" Tony 笑着白了洁云一眼。洁云也笑了起来。

　　"平常时候跟你玩笑开多了，也许你会以为我是一个随便的人。" Tony 正色道："其实我这辈子除了我太太之外，从没有过其他女人。我对女人要求很高，要有智商，教育，外貌，Sandy 本来也是名校毕业，外貌出众，我和她从二十岁开始恋爱在一起，快二十年了。结婚以后却发现我们的志趣性格其实很不同。和你在一起的这种快乐和默契，是我从来没有过的。我这辈子一共只爱上过两个女人，你就是其中一个。"

　　洁云听了，心里有点感动起来。Tony 是一个非常优秀的男人，被这样优秀而且自己也喜欢的男人表白，洁云多少有点满足和激动。不过洁云却依然嬉笑着说："有了第二个，就会有第三个、第四个。"她想，你有你二十年的情义，我有我十八年的情义，尽管我的婚姻出了问题，但我还是不想陷进别的麻烦之中。

Tony 无可奈何地笑了笑，随即又笑着转了话题。洁云想，跟Tony 在一起的好处就是从来不会尴尬，不会冷场，即便是这样敏感的话题。他们的谈话一向是行云流水，轻松默契。

洁云晚上回到家里的时候，Kevin 立刻跑了过来说："妈妈，我们给你买了玫瑰花还有蛋糕。"

洁云看见一束猩红娇艳的玫瑰花，还有一个奶油蛋糕。蛋糕上用粉蓝色的奶油写着几个字。

"Happy Birthday，My forever love。" Kevin 用童稚的声音一个字一个字地念着，然后说："是爸爸让店里的人写的。"

思南走过来说："你不愿上外面吃饭，我给你做了一桌庆生。"

洁云瞟了一眼桌上的菜，都是她爱吃的。栗子炒鸡，煎鲑鱼，红烧鸭舌头，蒜炒芦笋还有一个莲藕排骨汤。她最喜欢吃栗子和莲藕，思南总是记在心上。记得以前上学的时候，思南常常会买了糖炒栗子，一颗颗地剥给她吃。还有莲藕，洁云说想念家乡的糯米糖藕，他就会学着做出来。洁云这么想着，仿佛一根羽毛拂过心房，她的心里瞬间柔软起来。

这一顿庆生家宴，洁云的脸不再像以前那样乌云密布，而是有了和缓的迹象，仿佛有丝丝阳光从云层中透露出来，饭桌上的气氛明显就愉悦多了。她并没有像以前那样完全不理睬思南，而是有了简短的对话。

"好吃吗？"思南这么问的时候，她会简单地说："嗯，不错。"

收拾的时候，两个人一起做。一个擦桌子，一个洗碗，默契温馨，仿佛以前的日子又回来一般。

吃蛋糕的时候，大家唱歌，洁云闭眼祈祷，她在心里说："请让我走过婚姻的这个坎吧。"

　　以往每次洁云吹灭蜡烛，思南都会给洁云一个深吻。这次他走过来，洁云迟疑地微微后退了一步，思南犹豫了一下，只是轻轻地碰了碰洁云的额头说："生日快乐。"

　　晚上，洁云靠在床上，心里却是乱纷纷的：思南会进来吗？自己可以接受他吗？是不是应该就此和好？

　　过了一会，她听见思南走过来的脚步声，她的心居然怦怦地跳了起来。

　　思南走进主卧，递给她一瓶香乃儿的香水说："你一直想买没舍得买的。"

　　洁云心里涌过一阵暖意，思南确实是花了心思，想弥补他们的关系。已经三个月了，也许她应该就此将此事翻篇？她随手洒了点香水，是她喜欢的轻盈纯净的味道。

　　"喜欢吗？"思南问道。

　　"嗯。"洁云点点头。

　　思南坐在洁云的身边，他的身上有着一种好闻的体香，是香皂和剃须水的味道。洁云知道他已经洗了澡刷了牙。思南搂过洁云的肩膀，微微俯身，将唇压在了洁云的唇上。洁云接住了思南的唇，她没有推开他，却是本能地闭上嘴唇。

　　他们以往平均一个星期同房两次，这次已经三个多月没有做爱了。思南抱着洁云，吻着她的脸、她的眼、她的脖子，洁云感觉到思南身体下面已经急不可待地硬了起来，她听见思南喃喃道："洁云，我想死你了。"

思南解开洁云的衣服，洁云躺着，像块木头一样一动不动，思南试图用舌尖挑开她的嘴唇，她却顽强地紧闭着。她完全没有办法像以前那样全身心地迎接思南。当她的肌肤感受到思南的肌肤时，她忽然有种很不适应的感觉，她想到这个身体曾经这么赤身跟另一个女人相拥，她整个人就不舒服起来。这种不舒服从心底蔓延到整个身体，她猛地坐了起来，一把推开兴致正高的思南。思南愣了一下。洁云低下头，用手指挑了一下垂下来的发丝，咬着嘴唇说道："我……还是没法接受。"

　　思南本来憋得通红的脸一下变得发青，他默默地审视了洁云一会，突然说："你是不是喜欢上了别人？"

　　洁云的眼前忽然就出现 Tony 的脸，不过她立刻否认说："明明是你出轨，怎么怪到我身上了。"

　　思南什么也没说，沉着脸，拿了自己的衣服就走了。紧接着，客卧的门砰地关上了。

　　洁云的心里一阵难受。以前他们每次做爱，两个人都会尽量地满足对方，那时他们两个心里和身体都充满了爱。何曾想到，他们做爱会做成这样，一个中途喊停，一个黑脸离开。

　　洁云生气地将卧室的门锁上了。然后她又去卫生间洗澡。水哗哗地淋在身上，她的泪水也忍不住和着莲蓬头里的水在脸上流淌。这是她的生日，可是她一点也不快乐。她到底该怎么办？这样下去，他们会分开吗？想到分开她的心里一阵锥心的刺痛，她不想分开，她舍不得思南，舍不得他们这么多年的感情，舍不得她的这个家，可是，她要如何能够再全身心地接受思南呢？

　　临睡前，洁云在一个论坛上打进一句话：有洁癖无法原谅一夜情怎么办？

第二天，她看见三个读者写了答案。

读者 1：你也去一夜情。

读者 2：男人都是吃荤的。

读者 3：他会一夜情就是不够爱你。

她怔怔地看着这三个回答。她想，思南的一夜情到底是因为男人不能抵制诱惑还是因为他不够爱自己？

也许，也是兼而有之吧。

从这天起，思南也变了。他不再像前些日子那样总是积极地说话和做事，他也开始变得沉默。

家，冷得像个冰窖。

9

又一个周末，组里要加班。

他们平时很少加班，只是这一个新项目，客户要的比较急，Tony 让大家加班。

洁云早晨简单地跟思南说了一句，我今天要加班。

思南又是默默地审视了洁云一眼，然后应了一声。

洁云到了办公室不久，就跟大家忙着做事。期间思南来了一个电话，说他出去买菜，她有没有特别的东西要买？洁云想了想，让他买一袋全麦面包。思南说，知道了。之后，思南又打过来一个电话。

中午的时候，计划的工作就完成了。主要是洁云和 Kate 的功劳，将一个客户抱怨的资源和性能的问题解决了。洁云现在跟 Kate 也是只说必须要说的话，或者电邮交流，好在两人都很敬业，倒也不影响工作。

Tony 一个个感谢大家，并说大家可以轮流调休半天。同事们一个个告辞而走，洁云也收拾完毕，准备回家。

Tony 走了过来说："Jenny，Great Job！谢谢你。今天结束得早，外面天气不错，我们一起吃饭去，然后我带你去一个公园，最近刚刚发现，附近有个公园特别美，你一定喜欢。"

洁云想到回家去又是跟思南相对无言，家里那么压抑，不如跟 Tony 在一起快乐，便点点头。

Tony 给洁云拉开车门，他笑嘻嘻地说："如果一个男人给一个女人开车门，不是新车就是新女人。"

他们说话已经越来越随便，洁云听了笑了笑，上了 Tony 的红色新跑车。不远处，Kate 目送着他们的背影。

他们去了附近的一家墨西哥餐馆，依旧面对面坐着。

他们平时也经常一起午餐，因为是上班时间，所以只是工作午餐的感觉。今天虽然也算是工作午餐，但因为是周末，餐馆里多是恋人或者一家人。突然间，就有了一种微妙的感觉。

Tony 要了一杯 Margarita。因为是周末，他们吃得比较从容。他问洁云要不要尝尝，洁云本来说不要的，她完全不会喝酒。Tony 说这个甜甜的，不算酒。

洁云喝了一口，确实有一种甜味，很好喝。她又喝了几口，感觉到辛辣的酒味，随即她觉得身上血液也开始沸腾。她放下杯子说："我不喝了，我都要晕了。"

Tony 说："看来你真不会喝，那你吃 Chips。给我喝吧。"

Tony 接过洁云的酒杯，凑着酒杯上洁云的唇印，喝了下去。他们以前也常常分享食物，所以洁云也没多想。她用手支颐，两颊绯红，看着 Tony。今天 Tony 似乎看上去特别英俊。

Tony 说："Jenny 你不要这样看着我，我挡不住了。"

洁云白他一眼，笑了笑。

一会儿，食物端上来了，两个人说说笑笑，一如既往温情愉悦。

因为喝了点酒，这顿饭他们吃得比较久。待到他们结账时，外面突然下起雨来了。雨点很大，啪啪地打在窗子上，溅起一个个水点，一会儿，又汇成一注注小水流在窗上蜿蜒而下。

Tony 和洁云走到门口，仰天望雨。Tony 说："看来今天公园去不成了。附近有个宾馆，我们去那儿吧。"

洁云对于 Tony 的提议习惯性地顺从，他们上了 Tony 的红车。

上车后不久，洁云发觉 Tony 不同寻常地紧张，他好像变得沉默而小心。过了一会，他给宾馆打了个电话，询问是否有房间。

洁云猛然意识到，他们去宾馆不是去喝咖啡，而是去开房间。

她从来没有做过这样的事，她甚至认为这样的事离自己很远，可是，忽然，她坐在一个男人的车上，准备去宾馆开房间。

她能去吗？不，她不能去，她不应该去，她怎么可能做这种事？

然而这时，她的心里忽然想起网上的那句话，也许你也应该去一夜情。她记得连素娟也说过类似的话。

也许，她应该试试，也许，这是她能够重新接受思南的方法。

她看了一眼 Tony，对于这个男人，她也是有感觉的，她喜欢他，喜欢和他在一起，甚至很羞耻地对他有过性幻想。

去，还是不去？

她的身上有些燥热，刚才虽然只喝了几口酒，但对于从不喝酒的她来说，还留下一点酒意。她觉得人有点晕，想不明白。她看着车窗外面，大雨如注，仿佛注定今天是个不平常的日子。

就在洁云犹豫的时候，她的手机突然响了，是思南。

思南问她在哪里，他要给她送雨伞，雨下得好大，没见她带伞，而且早晨还穿了双新皮鞋。

洁云的心怦怦地跳了起来，她有种做了坏事的心虚感，她说她还在加班，马上就回家，不用送伞了。

思南说，好，他等着她。

洁云正想跟 Tony 说明，Tony 的手机也响了，是 Sandy。她跟他说 David 想买一个 Game 的事。

洁云听着 Tony 和 Sandy 的对话，酒完全醒了。她想，即便因着思南的出轨，她可以无视思南的感受，但是 Sandy 是无辜的，她怎么能把 Kate 加给自己的痛苦又加给 Sandy 呢？

不，她不能。

Tony 放下电话的时候，洁云很坚决地说道："我们回去吧，我想回家。"

Tony 看了洁云一眼，便说："好。"他马上就转回了车头。然后他突然说了一句："我也是借酒壮胆，看来酒喝的还是太少了。"

Tony 将车停在公司的停车场，他从车后拿出雨伞，送洁云上了她自己的车。

10

洁云一回到家，发觉思南站在门口焦急不安地等着她。一看见她，思南就紧紧地把她抱在怀里。"你回来了，太好了！"他嘴里喃喃说道。他抱得那么紧，完全不容洁云挣脱，而洁云这一次并没有想挣脱，她有点惊魂未定地依在思南的怀里。

思南双手环抱洁云，他的手是那样用力，卡在洁云的腰上发出吱吱的声响，仿佛要把洁云嵌进自己的身体。然后他的唇压在了洁云的唇上，还没等洁云闭上嘴唇，他已经不由分说地长驱而入。他霸道地勾住洁云的舌头卷绕起来，他吻得热烈又男人，仿佛在宣示自己的主权。不知是被思南的热情和力量撩了起来还是心有愧疚，洁云渐渐开始回应。

思南的手伸进洁云的衣服里，他拥着洁云到了长沙发上，洁云只来得及问一声："Kevin 呢？"

"他在邻居家玩。"思南说着，已经解开洁云的衣服，并且迅速地进入了洁云的身体。他强悍而有力地在洁云身上耕耘着，他积压了三个多月的欲望，他一整天提心吊胆的焦虑，他对于洁云的爱和渴望，全都汇聚在一起，使得他格外地精神亢奋情绪饱满，他粗重地喘息着在洁云的身体里一下一下地奋力冲击，洁云被他的情绪带动起来，她配合着他的节奏激情高涨地呻吟起来，她的呻吟使得思南更加兴奋，他们两个人互相抚摸着、给予着、享受着、释放着，最终相拥着到达欲望快乐的顶端。

这是他们很久没有过的即兴做爱，没有洗澡，没有刷牙，尽情地享受性爱，就好像新婚的那段时期。

她走出来了。当洁云赤身拥着思南，感受着这个身体带给自己的力量和快乐时，她知道她终于从心结中走出来了。

后来，思南告诉洁云，其实五年前的那一天，他喝了不少酒，整个人糊里糊涂的。过了一会洁云打电话来，说了些 Kevin 的事，他忽然酒醒，意识到自己铸成大错。当时他立刻就跟 Kate 说明，还侥幸地想换个工作，就当从来没有发生过这样的事一样。

他接着又说："我后来还想，如果你早一个小时打电话过来，也许真的什么也不会发生。"

然后他说："我今天一直给你公司打电话，打不到的时候，心里特别着急。"

洁云说："我们什么事也没有。"

思南点点头说："我知道。"

洁云迷惑地望着他。思南说："夫妻之间很多事都能感受到的。五年前因为你一心在孩子身上，完全忽略了我，所以才当时什么也没发觉。"

洁云想，她当时或许跟现在的 Sandy 一样，注意力都在孩子和家务事上，忽略了自己的丈夫。人生这么多的诱惑，对她对思南都一样，好在他们都没有走得太远。

思南抱着洁云说："都过去了，好不好？我们从今天重新开始，好不好？"

洁云看着思南的脸，忽然想起那个食堂门口站在阳光下的男孩，也是这么一脸的真挚和期待，她如当年一样，点了点头。

几天后，洁云辞去了这份工作。

海归夫妻

孙阳找我去他家吃饭的时候，是在年底，节日期间。家家张灯结彩，户户请客吃饭。

"回来探亲了？"我问。孙阳已经海归十年，每年会回来探亲几次。

"是，而且刚刚买了新房子，所以想请你们过来。"

"哇，买新房了，准备回美国吗？"

这倒没有，以前周眉一直想住大房子，一直没有能够做到。现在有条件了，就给她买了。

孙阳和周眉是夫妻。

十年前，孙阳打算海归的时候正好跟我一起共事，我耳闻目睹了他们夫妻因为海归这件事争论的过程。

孙阳是个有雄心壮志的人，不甘于在美国朝九晚五的平凡，一心海归。周眉是个喜欢安稳享受安宁的贤妻良母，坚决反对海归。

记得那时孙阳跟周眉说："国内现在飞速发展，这是一个机会，我要不回去，我会后悔一辈子。"

他还说："你看那些做成大事的人，像毛泽东啥的，不都是为了事业要离家出走的吗？不离家出走的办不成大事。"

最后他说："你不是爱逛 Neiman Marcus 吗？你不是一直想住大房子吗？我一定要让你在 Neiman Marcus 想买啥就买啥，一定要让你住上豪华大房子。但是我在美国没有机会，我必须海归。"

周眉被孙阳说得哭笑不得，而且知道她也拦不住孙阳，便也就由了他去。她留在美国，陪伴十岁的女儿。

一晃十年过去了。他们的女儿已经上了大学，孙阳也终于让周眉住上了大房子。

我们到孙阳家里的时候，他正在门口清扫残雪，穿了一个毛茸茸的背心，很是居家男人的模样。他和周眉兴致勃勃地带着我们参观了新房子。大约五千多英尺的房子，豪华敞亮，低调奢华，家居细节处处透着精致考究。樱桃木宽地板，过道铺有暗红花色地毯，又厚又软，让人如踩云端。

我一面赞赏，一面好奇地问道："平时女儿上学，孙阳在国内，这么大的房子就周眉一个人？"

周眉娇嗔地睨了孙阳一眼说："就是，我说不用，他一定要给我买。"

"我说过要让你住上大房子，我要实现我的诺言。"孙阳说着，亲热地搂了一下周眉的肩。

十年海归生涯，他们夫妻依然恩爱如初，真是使我非常欣慰。

曾经以他们夫妻为原型，写过一部海归小说。小说里前面部分用了一些他们夫妻真实的生活，男的要归，女的不归。后面都是虚构，男主到了中国有了情人，情人生了孩子，最终导致夫妻离婚。

孙阳听说我的小说后，曾经笑着说道："拎不清的男人才离婚呢。离婚了家产全部归老婆，自己变成穷光蛋一个，国内的小姑娘都那么精，谁愿意跟一个穷光蛋。"

我不知道这是不是原因之一，但我知道他们曾经是非常相爱的一对夫妻。他们从大学开始相恋，孙阳为了追求周眉，写下了厚厚一摞的情书。孙阳曾经开玩笑说，他那些情书要是出版的话，都可以跟徐志摩的《爱眉小扎》媲美了。

都说海归的男人沦陷率百分之八十，我真是很为孙阳和周眉庆幸。

一会儿，又来了一对夫妻，是夏岚和她丈夫。夏岚是周眉的朋友，以前我在其他朋友的 party 上也见到过。

周眉做了满满一桌。周眉的厨艺早有耳闻，当年孙阳就常常跟我们夸老婆的手艺。今日一见，固然名不虚传，横贯中西，色香味全。

大家啧啧称赞，边吃边聊，不知怎的，就聊到了我的小说。我说我前面部分借用了一些你们的故事，但是总的来说是虚构，后面完全是虚构。

他们都要求看书，我答应了。

我又问："现在女儿上大学了，周眉可以经常回国了？"

孙阳含含糊糊地说："周眉不喜欢回国。"

"不管怎么样，最困难的日子已经过去了。现在孙阳事业有成，周眉财务自由，来往自由。以后都是好日子。"我说道。真心为他们高兴。

他们也笑。宾主都很愉悦的一个小派对。

半年后，正是盛夏。我在一家亚洲超市购物，熙熙攘攘的人群中偶然遇到了夏岚。我们驻足聊了一会。

夏岚说："你知道吗，孙阳和周眉离婚了！"

"怎么会？半年前他们还那么好！"我大吃一惊。

"孙阳在国内有了女人，那个女人给他生了儿子。一切跟你的小说一模一样。"

我惊讶得合不拢嘴。这么说来，半年前我遇到他们的时候，孙阳的情人已经怀孕，我居然完全没有察觉他们有异样。

"那么周眉现在怎么样了，房子怎么样了？"

"周眉把房子卖了，搬到一个公寓。她把孙阳喜欢的东西打了个包，存放起来。她说，也许他以后还会回来。"

"她对孙阳还是很有感情的。"我感慨地说。

"嗯。"

"谁提出离婚的？"

"是孙阳吧。他现在的丈母娘催的，孩子都要出生了，她要他给她女儿和外孙一个名分。孙阳这事没处理好。"夏岚很替周眉不平。

"唉，真是跟你的小说一模一样。"夏岚最后又这么感慨道。

又到了年底，朋友们照例在这个时节做一些联络。近的开派对，远的送贺词。当我收到孙阳节日快乐的例信时，忍不住调侃他："现在有儿子有新老婆了？"

孙阳发觉我已经知道此事，便也就跟我聊了一下，还发了新太太和儿子的照片给我看。

新太太自是年轻许多，容颜秀丽，儿子也是可爱得不得了。一说起儿子，孙阳欣喜之心溢于言表，宝贝儿子简直就是完美的代表，高颜值，高智商，高情商，跟他一个模子出来的。他不断地发给我他儿子的照片，又说千万不要让周眉看见。周眉对这个孩子非常敏感抵触。

我问可是他提出离婚的？他说不是，是周眉提出来的。因为周眉不能接受这个孩子。

他说他依然爱周眉，世界上只有周眉跟他有那种心灵相通的感觉，但是现在这样大概是最好的结局。新太太爱家爱儿子，他生活很舒心，对现状很满足。

然后我们又说到我的小说。书里那种预言性的几乎一模一样的情节真是让整件事有一种诡异神秘的感觉。

于是孙阳不停地追问："后来呢，后来怎么样了？"

我说："后来，他开了自己的公司。"

"这个很有可能，我也有这个打算。"孙阳滔滔不绝地说了很多他的计划。

我又说："后来，他跟前妻复合了。"

孙阳沉默了一会，说道："这个，也有可能。"

父母的印记

1

朱迪走到超市的玻璃门前,停了下来,她以为母亲就在身后,但跟在她后面的却是一个穿得花枝招展的老妇人。她转过身寻找着母亲,看见母亲手里拿着一张长长的发票,在付款处与售货员说着什么。母亲的声音尖细干裂:这个黄瓜写的是五毛一条,两条黄瓜,为什么收我一元两毛,多收了我两毛钱。售货员是个额头上长满青春痘的年轻女孩,她说:你等着,我去看看。

排队付钱的队伍很长,等待的人有些不耐烦,却也不好说什么。母亲这些年为了一分钱也会和人斤斤计较。朱迪不好意思地躲到门边的角落里,眼角继续向母亲的方向瞭望。

售货员回来了,耐心地跟母亲解释说:黄瓜是六毛一条,五毛一个的是边上的西红柿,你看岔了。

不可能。母亲提高了嗓门说:我跟你一起去看。

后面排队的人更不耐烦了,队伍有了小小的骚动,有的人小声嘟囔着,有的人转移到其他队伍去了。过了一会,母亲和售货员回来了,母亲还在说着什么,表情显得更加愠怒:你们把西红柿的牌子放在黄瓜的上面,是你们的错。售货员面无表情地说:牌子上写的是西红柿,边上的牌子写的是黄瓜。

母亲赌气地说：那我这两条黄瓜不要了。售货员已经没有了最初的殷勤和耐心，她说：你可以到客服处去退。母亲看了一眼，尖声嚷了起来：又要排那么长的队！

售货员公事公办地说：这是规定，而且你看这里也是这么长的队，大家都等着……说着，她开始接待下一个顾客。母亲移动着微胖的身躯，悻悻然走到客服的队伍后面。朱迪远远地看着母亲，可以感觉到母亲的怨气。她知道今天的日子又不会好过，家里又会充斥着母亲暴戾的训斥和絮叨。

以前的母亲，完全不是这个样子。朱迪记得幼小的时候，她总觉得母亲是最美的女人。那时母亲的嗓音甜润悦耳，举止优雅得体，那时父亲还在，每一天的日子都充满阳光。想到父亲，朱迪的脸上一阵黯然。母亲开始变化是在两年前，父亲有了外遇，于是一切都不一样了。母亲的嗓音从那时开始变得尖锐，仿佛一朵花枯萎了，失去了水分，她脸色枯黄憔悴，声音也失去了润泽。那些日子，父母总是在吵架，母亲声嘶力竭，父亲吼声如雷，吵得朱迪耳根发痛。终于有一天，父亲走了。

朱迪永远记得那一天，父亲提着箱子，走出了家门。她追出了门口，用尽全身力气大喊着：爸爸，不要走，不要走……

可是父亲连头也没有回。他的背影是那么的无情，那么的冷酷，朱迪永远记得那个背影，那个让她觉得寒意飕飕的背影。父亲的背影，以前从来不是这样。记得很小的时候，父亲趴在地上让朱迪像骑马一样跨在他的背上，后来他时常背着朱迪去赏花、观鸟、看游行，以前父亲的后背厚实又温暖。可是那天父亲踏着沙沙作响的落叶，走在萧瑟的秋风里，他的背影是那么决绝地一步步地远去。任凭朱迪哭喊，他也没有回过头来看朱迪一眼。他转过身在后车厢放箱子的时候，低着头，依旧没有看朱迪。朱迪看见汽车里，坐着一个年青的女子，有着一头长长的黑发。她恨这个女人，恨这个女人带走了父亲。她看见汽车扬尘而去，泪水哗哗地落了下来。

朱迪的世界里从此再也没有了父亲。父亲净身出户，他干干净净、彻彻底底地走了。父亲再也没有回来看过她，也没有丝毫音讯。他给她们母女留下了房子和积蓄，可是母亲在美国没有工作，曾经在国内做语文教师的母亲，在美国没有生存技能，为了养家糊口，母亲开始去餐馆打工，去别人家里帮佣。生活的艰辛一天天磨蚀了她身上残存的优雅，她变得锱铢必究，变得暴躁戾气，变得不修边幅，变得粗糙臃肿……

朱迪！朱迪听见一个清脆愉悦的声音，她抬起头来，看见是她的同学心蒂，跟着一个高大英俊的男人，推着满载的购物车，向超市门口走过来。

朱迪举起小手，在胸前微微摇了摇，轻声说了声"嗨"。朱迪新入高中，跟心蒂认识不久就成为朋友。心蒂满脸欣喜地招呼道：你们也来这家超市啊！她又拉着那个高大的男人说道：爸爸，这是我的朋友朱迪。

男人看着朱迪，眼神倏然一怔。他也是中国人，让朱迪想起自己的父亲。看见心蒂跟她父亲在一起亲切的样子，朱迪心里有种酸痛。

你父母是中国大陆来的吗？男人跟朱迪笑了笑，若有所思地问道。

是的。朱迪点点头。

这时母亲过来了，也推着一车的食物，嘴里还在忿忿地抱怨：明明牌子没有放对地方，还不肯退钱，这个超市以后不要来了！

有同学在场，朱迪更不好意思了，她红着脸说了一声：妈，我朋友在这。

男人打量着母亲，颔首打了一个招呼，笑着说：你女儿长得很像我小时候的一个同学。

母亲看着男人的脸，脸色遽然一变，她简单地点头应了一声：是这样啊。她拉着朱迪，匆匆地走了。母亲奇怪地变得很沉默，一张本来枯黄的脸，一阵发白，一阵发紫，胸口一起一伏，但再没有为两根黄瓜唠叨谩骂。

那天母亲忽然变得很安静，朱迪看见母亲对着一张发黄的照片看了很久，她探过头去一看，是一张旧照片。照片上的母亲非常年轻，高中生的样子，像以前那么清瘦秀雅，应该说比朱迪以前看到的母亲更加青涩瘦削，跟现在朱迪的样子有点像。朱迪长的既像母亲，又像父亲，眼睛和脸型像母亲，身材和神态像父亲。母亲的朋友会说朱迪像母亲，父亲的朋友又说朱迪像父亲，她身上是父母的印记完美的组合。父亲和母亲也有相像之处，就是传说中的夫妻相，可惜这么有夫妻相的一对最终也是分道扬镳了。

朱迪看见照片上母亲边上有一个男生，那个男生看上去并不像父亲，可也是似曾见过的感觉，是谁呢？朱迪使劲地想了一会：哦，这个男生是今天我们遇到的心蒂的爸爸吗？

母亲点点头，扬起脸问朱迪：我变化那么大吗？跟以前完全不一样了吗？

朱迪看了一眼照片，瓜子小脸，眼神清澈，低眉浅笑一朵水莲花般娇羞的样子。再看一眼母亲，银盘大脸，眼神疲惫，狂躁戾气一副易燃炮仗的模样。朱迪点点头又摇摇头说：嗯，不一样了。

母亲走到镜子前，一会儿看镜子，一会儿看照片。朱迪睡觉的时候，听见母亲还在她自己的房间里闹腾。

从这天开始，母亲变了，她渐渐又变回朱迪记忆里的母亲。她开始减肥，开始注意仪容，在一个朋友的介绍下，她去参加了一个房地产经纪人的培训班。她开始做起房地产经纪人，她慢慢地又变得跟从前一样的优雅，而且更添了一份勇敢和自信。虽然朱迪的世界里再也没有父亲，但是母亲给了她很多……

2

十年后。

朱迪在停车场停好车，抬眼朝自己的公寓望了一眼。她看见公寓大门口的石阶上坐了一位老人。秋风瑟瑟，老人头上几根稀疏的白发在风中摇晃。朱迪从老人身边走过，礼貌地朝他微微颔首示意，她发觉老人的目光一直追随着自己。朱迪推开公寓大门，老人也尾随着走了进来。朱迪没有回头，径直走到自己三楼公寓的门口。她拿出钥匙准备开门时，突然发现那个老人站在她的身后。

你想干什么？朱迪惊得叫了起来。

朱迪，是我！老人对朱迪说道。

你认识我？朱迪讶异地问道，她打量着老人，依稀面熟。

我是你父亲。

你……朱迪惊得合不拢嘴。她已经十二年没有见到过父亲，也没有父亲的只言片语。突然间，父亲站在了她的面前，而且面目全非。她看着面前这个老人，瘦得完全脱了形，头发稀疏，脸色发暗，父亲应该不过五十出头，可他看上去至少要老十岁。不过朱迪仔细打量，还是可以辨出父亲的模样。是的，他应该就是父亲。可是他来做什么？朱迪想起十二年前父亲绝尘而去的那一幕，一阵怨意袭上心头，她冷冷地说：我没有父亲。

我知道我对不起你，可是现在我病了，我很累，让我进去坐一会慢慢地说，好不好？父亲虚弱地喘着气，手摁在胸口，额头上沁出点点汗珠，一脸痛苦。

朱迪想了想，打开了门。父亲进去便坐在了沙发上，两眼看了下公寓的摆设。朱迪大学毕业工作了一年多，一年前自己在公司附近租了公寓，从母亲那儿搬了出去。母亲这些年过得很好，已经是一个成功的房地产经纪人。朱迪想到母亲曾经的艰难，想到母亲现在白皙滋润的模样，再看看眼前瘦骨嶙峋的父亲，心中暗暗地说了一句：报应！

朱迪给父亲倒了一杯水，在父亲对面坐了下来。找我什么事？她平静地问道，仿佛是对着一个陌生人。

我患了肺癌，晚期，医生说我只有三个月的时间了，我想临终前来看你一眼。父亲说道。

朱迪想起父亲当年对于家庭的背叛和伤害，忍不住心里暗暗说道：活该。可是看见父亲虚弱可怜的样子，想起当年那个意气风发、风流倜傥的父亲，心里不由一阵心酸。

我知道你恨我当年走得绝情，当年你在门口喊我，我一直没有回头，那是因为我不敢回头，我怕看了你的样子，狠不下心来离开。那时我也是没有办法，她怀孕了，已经是五个月的身孕，我不得不跟她离开……父亲喃喃说道。

原来他是为了另一个孩子离开了自己，而且走了居然完全可以不管不顾……朱迪心里依旧怨艾难消，她一直沉默着，没有吭声。

她生完孩子，身体就变得很差。那个孩子小时候也很多病，所以我一直焦头烂额，没有时间和精力再来看你。再说我想你有你母亲在身边，她会照顾好你的。你现在长得这么好，我看着特别高兴。父亲继续说道。

可是当年，我们那么艰难，母亲那么苦，日子那么难，是你毁了一个好好的家！朱迪终于气愤地说了出来。

我知道，我对不起你，对不起你妈，所以我遭受报应了，不是吗？父亲苦笑了一下，带着歉意说道。

你如果只是想临终前来看我一下，想让你的良心好受一些，那么我告诉你，我原谅你了。现在你人也见过了，如果没什么事，你可以走了。朱迪说道。在她十二岁那一年，她开始将父亲这两个字从她的世界抹去，经过十二年，她的世界里已经完全没有这个人存在了。她不想再看见这个人。

父亲沉吟了一下，又艰难地开口道：我今天来，还有一事相求。

朱迪蹙起双眉，这个男人，当年那么深地伤害，那么绝情地离去，十二年后居然还有脸来有事相求，太无耻、太过分了！她冷冷地说：我们之间早就毫无瓜葛，所以你最好不要相求什么事，因为答案就一个字，No!

父亲暗黑的脸上微微有些发红，他羞惭地说：我也是实在没有办法，才来求你，不是为了我，是为了你妹妹。

等等，什么妹妹？朱迪打断了父亲的话，她厉声说道：我没有父亲，也没有妹妹！

父亲只管自己说了下去：她的母亲两年前去世了，现在我又不久于人世，她的祖父母、外祖父母都不在人世了，她还只有十二岁，世界上就只有你这么一个亲人了。不管怎么说，她是你同父异母的妹妹。我希望你能够接纳她，否则她只有被送到孤儿院去了。你知道，在孤儿院的生活……

在自己十二岁的时候，这个男人为了另一个孩子抛弃了自己，十二年来不闻不问完全不顾自己的死活，现在自己才刚刚开始工作，他居然要自己收养他跟另一个女人生的孩子，那个促使他彻底背叛家庭的孩子，这绝对不可能！凭什么你伤害我，我还要报答你？

朱迪起身打开了门，沉着脸说道：我再说一遍，我跟你没有任何关系，跟你的孩子更没有关系。我只有母亲，没有父亲，没有兄弟姐妹。你可以走了。

父亲看着朱迪，慢慢站了起来，他的眼神里满是悲伤和恳求，他一直重复地说着一句话：我也是实在没有办法，她只有你一个亲人了，只有你这么一个姐姐了……

朱迪绷着脸，一言不发，看着父亲走了出去，便砰地关上了门。她靠在门上，双手叉在胸前，咬着唇角，站了很久，泪水从脸颊滑落下来。

这一个晚上，朱迪在床上辗转反侧了很久。早晨起来的时候，她拉开窗帘，阳光扑面而来，整个房间瞬间变得亮堂。多么美好的一天！她摇了摇头，把昨天的一切都抛在了脑后。

傍晚的时候，朱迪下班回家，停完车又习惯性地朝公寓门口望了一眼。她看见公寓门口的石阶上又坐着一个人，她的心不由得猛地一惊。她眯着眼仔细看了看，不是父亲，她轻轻地舒了一口气。她走过去，发觉是一个小女孩。小女孩看见她，迟疑地站了起来，目光一直跟随着她。朱迪忽然全身一怔，她有一种梦幻的感觉。仿佛时间倒流，这个女孩，是十二年前的自己吗？那时的自己，也是这个模样，青涩纤瘦的像根柴火棍子，也是这个神情，羞怯迷茫的像只迷路小鹿。这个跟自己有着一样的身材和神态的女孩子，仿佛昔日的自己，在十二岁那年，面对家庭的破碎，生活的艰难，像只受伤的小猫，缩在角落里，孤苦无依，楚楚可怜……

姐姐。小女孩突然怯生生地叫了一声。

她连声音都跟朱迪一模一样，柔柔的带点沙哑。面对这个小女孩，这个酷似十二岁的自己的小女孩，朱迪发觉自己的心好痛，她无法忽视，也无法拒绝……

她神色恍惚地看着女孩，没有说话。

我就是想来认一认，爸爸说我在世界上只有你这么一个亲人了……女孩说着落下泪来，她仰起头，局促地绞着手指，望着朱迪说：以后我去了孤儿院，我可以偶尔打电话给你吗？

她流泪的样子也跟朱迪一样。十二岁的自己，有过多少这样流泪的日子，朱迪的眼中也不禁泪花闪烁。拒绝她，就好像在拒绝自己，接受她，自己能够做到吗？

朱迪木然地站了一会。终于，她伸出手去，拉住了女孩的手说：走，我们回家。

冷　夏

1

我第一次见到小丽，就有一种不好的感觉。

她长得并不漂亮，穿了一件国内带来的白色腈纶羊毛衫，紧紧地裹着微胖的身体，圆圆鼓鼓的脸，看上去有几分憨厚，本来应该是很喜庆的长相，可是因为脸上有一种哀伤，那双本该是明亮的大眼睛显得灰灰朦朦，即便是在这样低落的状态里，我依然可以在这张貌似厚道的脸上，感觉到一种不安分。

我是一个敏感的人，我相信第一感觉。

当时我挺着八个月的身孕，跟她也只是浅浅地交谈了几句。

本来说好了母亲会来帮我坐月子，不料母亲签证被拒，于是我只得大张旗鼓地开始找保姆，在报纸上刊登广告，到中国店张贴启事。

"让小丽来帮忙吧。"民生跟我这么说。

"不，不要。"我连连摇头说。

看过太多男主人出轨小保姆的故事，我要找的保姆至少是五十岁的大姐，我不想考验人性，不想自己的婚姻中有任何不稳定的因素。

我是一个无法原谅出轨的人，所以我尽量谨慎。

小丽是民生的远亲，是民生姑夫的弟弟的孩子的妻子。她到美国来陪读，谁知才过了半年，丈夫就不幸在一次车祸中去世。

我们只见过她一次，在她丈夫去世后不久，是民生的姑姑让我们去看望她。

"我姑姑托我照顾下她，她现在也没有谋生的手段，在我们家呆一阵，既帮了你，又帮了她。"民生继续想说服我。

"她可以回国，可以去餐馆打工。"我不松口。

"那么她来帮忙有什么不好？"民生无法理解地看着我。每当他表示疑问的时候，两条粗短的黑眉毛就会耸成一堆，有种萌萌的可爱，常使我忍不住要去抚弄他的眉毛。

我不想说出我的真实想法，我摸了下民生的眉毛，脱口而出的是："我……我觉得她不吉利，对孩子不好。"

民生看了我一眼，不再吭声。

我终于定下一个保姆，一个五十多岁的母亲，在国内是中学老师，我叫她祝老师。祝老师说她儿子已经给她办了绿卡，可儿子媳妇要做丁克，不愿生孩子，她在家无聊得很，所以想出来做事。她梳着齐耳短发，皮肤白皙，气质文雅，一口悦耳的普通话。

"老师多好，以后可以给孩子早期教育。"我这么对民生说，他看着祝老师也很满意，嘴里却说："你满意就好。"

秋叶最为绚烂的时候，我们的孩子出生了，一个白白胖胖的男孩，有着一双黑亮的眼睛。我们给他取名嘉义，小名大宝，英文名 Jueren，在美国出生的孩子就是名字多。民生说我们要生三个孩子。我说好啊，老大是加一，老二是加二，老三是加三，我们取谐音即可，比如嘉义，嘉良，嘉珊，小名就是大宝，二宝和小宝。

"老婆你太聪明了！"民生高兴地拍着巴掌说。

我们在门前种下一棵小白杨，留下两个位置。我说："我们生一个孩子种一棵树，待到孩子长大了，树也长大了，待到孩子离家了，树还陪着我们。"

民生紧紧地握着我的手说："到时我们都老了，两个人坐在门口看树看汽车。"

我想着那温馨一幕，心中感动，嘴里笑说："一生好快啊，好在我们现在刚刚开始，还有很多美好等着我们。"

我到美国八年，结婚三年，终于觅得稳定工作，住进漂亮别墅，有一个温馨小家，我的美国梦才刚刚开始。我很珍惜。

祝老师温文尔雅，对我尽心尽力，就是厨艺不佳，可也是每天给我做各种汤汤水水。为了给孩子哺养母乳，我咬牙闭眼将这些味道不佳的汤汤水水统统喝了下去，也许是因为产前工作压力太大，我一直奶水不多。

产后两个月，我就回去上班了。其时二十一世纪初，工作市场一片萧条，我不敢掉以轻心，我需要这份工作，要供房养儿子。我们说好了要生三个孩子。

上班不久奶水就全部退了回去，好在美国婴儿奶粉方便，跟祝老师讲了泡奶粉的规则流程，到底是做老师的，很快便学会了。

祝老师每周在我们家工作五天，周末她的儿子将她接回家去。日子过得忙碌而重复，只有宝宝在日新月异地变化，会抬头了，会笑了，每一个进步我跟民生都欣喜一番。

一晃四个月过去了，从秋天到了冬天。北方的冬天冰天雪地，大雪冰雨接踵而至。周末回家的祝老师突然打了电话来，说她不小心在结冰的地上摔了一跤，手腕骨折，不能来照顾宝宝了。

虽然祝老师在电话里再三致歉，虽然我们一再安慰祝老师安心养伤，可是双职工家庭的实际问题立刻摆上了桌面，我已经开始上班，最多请两天假，再找保姆也没那么快，大宝怎么办？一时间我手足无措，民生又一次说："让小丽来帮忙吧。"

我让民生的父母去签证，可是无论是他父母来支援还是再找保姆，都无法解决当下的问题，不得已我只有让小丽来帮忙。

很多年后，我想起这件事，只有感叹一切都是命。

"暂时的，就暂时来帮忙。"我不情不愿地说道。

小丽来了，穿了一件橙色的羽绒衫，里面是一件金黄色的毛线衣。我发现她的衣服以鲜艳颜色居多。

我先让小丽去看大宝。小丽熟络地从摇篮里抱起大宝，嘴里"嘟嘟嘟"地逗弄着大宝，大宝不认生，发出"咯咯咯"的笑声。小丽转过头来告诉我，她们家三姐妹，她是老大，小时候妈妈工作忙，她要帮忙做饭带妹妹，所以做这些事轻车熟路。我看见大宝在她怀里舒适的样子，心放下大半。

小丽是个勤快的女孩，饭菜做得甚合胃口，大宝也照顾得妥帖，我对她的工作能力相当满意。她白天帮我们看孩子做饭，晚上还要去语言学校上学，着实也是辛苦得很。

对于这般努力的小丽，我生起恻隐之心。我和民生并没有把她当保姆看待，她做家事时，我们也会一起帮忙。周末我有时带她去逛街，给她买几件漂亮衣服。她有着丰满性感的身材，穿上我为她挑的黑灰系的衣服，气质瞬间提升，她在镜子前笑容灿烂，说姐你眼光真好。小丽嘴甜，一口一个姐姐，恍惚间她真好像是我的妹妹一般。

我问起她先生车祸之事，她眼睛里又布满阴翳，她说她跟先生是高中同学，本来满心欢喜出国，不料先生竟出了车祸，年轻轻的才二十六岁。"都是贪便宜买的二手破车，没想到刹车突然出了问题。"她说着眼里又噙满泪水。

我问她今后打算，她说好不容易到了美国，想呆下去，她准备考 T 考 G，希望不久可以入学。

我们聊天越来越多，算是交谈甚欢，她是个会聊天的人，善解人意，总是恰到好处地捧场，给人春风拂面、雨润无声之感。

并不是只有我一个人有这样的感觉，民生显然也喜欢跟小丽聊天。那天早晨我从楼上卧室下来，看见民生和小丽坐在餐桌前，一面说笑一面吃早餐。两个人的脸上都洋溢着笑容，清晨的阳光透过窗户照了进来，正好打在他们的脸上，他们的脸似乎都放着光芒，看着他们默契开心的模样，我的心里忽然就有些酸意。

"小玉，你来吃吃这个馒头，小丽用水蒸了下，可比我们平时用微波炉加热好吃多了。"民生看见了我，就招呼我道。

那是冷冻馒头，平时我们用微波炉叮两分钟，总是有点僵硬，小丽蒸过果然暄软可口，跟新出炉的一般。

"你们在说什么呢？说得这么高兴。"我问道。

"就随便聊聊，没说什么。"民生答道，说着他站起身："我吃好了，要上班去了。"

我来了就要走了？我在心里嘀咕一声，却也没说什么，低着头只管吃早餐。

"哥，开车小心。"民生穿戴好后出去上班的时候，我依旧低着头没有说话，倒是小丽仰起脸笑着跟民生打了个招呼。

这一天我心里一直觉得不爽。晚上跟民生在卧室的时候，我问民生："你父母什么时候来，不是已经拿到签证了吗？"

"不急，小丽在我们家做得也挺好的，也许比我父母更好呢，我有点担心你这脾气，万一跟我妈相处不好那我就惨了。"

"我脾气怎么啦，我脾气不是挺好的？"

"你一般来说还可以，就是有时说挂脸就挂脸，就像今天早晨，好像谁欠你的。"

说到早晨我心里更是烦躁，我说："你马上给你父母订机票，让他们尽量早点来。我不喜欢小丽。"

"你怎么又不喜欢小丽了，我看你们相处得很融洽，她一口一个姐叫得多亲呢。"民生奇怪地问。

"她一口一个哥叫得更亲呢，你是不是骨头都叫酥了！"

民生愣了愣，他突然低下头对着我的脸仔细端详了一番，疑惑地问："你吃醋了？"

我咬了下嘴唇，没有回答。

民生忽然大笑起来："我老婆还会吃醋呢，哈哈，而且吃这么大一个醋……"他笑得停不下来，待他终于止住笑声，他说："你吃醋也吃得靠谱点好吧？我怎么也不能看上小丽那样的，她那么土气，容颜学识气质比你也差太多了！"

我不想再讨论小丽，只是叮嘱说："你赶紧给你父母订机票，明天就订。"

我听见门外窸窸窣窣一阵响动，好像有人走过。

2

春暖花开的时候，民生父母来了，小丽走了。

民生父母一看见大宝，就喜欢得不得了。大宝是他们的第一个孙子，一看见爷爷奶奶眼睛就滴溜溜地跟着他们转，然后嘴角一弯，冲着他们笑了。这一笑在爷爷奶奶眼里堪比倾国倾城，很长一段时间他们都会开心地反复提起这事。大宝最后还向他们伸出白藕般的手臂要抱抱，可把爷爷奶奶乐得心花怒放，喜不自胜，满脸的笑容如菊盛开。

"有缘有缘，这孩子跟我们有缘。"公公说。

"长得多俊呢，像民生小时候，可是比民生更俊，眼睛像妈妈，多大多有神！"婆婆不停地赞美大宝。

他们从此对于大宝是全心全意地付出。

公婆比我预想的还要好相处。我不是一个甜言蜜语的人，而且容易跟人有距离，但是公婆似乎并不介意，我们相处得客客气气。他们还对民生说小玉人不错，为他们准备了全新的床单被褥，还专门为他们订阅了 CCTV4。

小丽偶尔在周末的时候来过几次，他们实在是很远的亲戚，公婆也就是客气地安慰小丽几句，鼓励她继续求学。

日子过得平静而愉悦。并非完全没有磕磕绊绊，但是民生父母知书达礼，进退有度。有时我跟民生也会吵架，这种时候公婆就带着大宝去外面或则锁在他们自己的房间，不参与不评论。有时我跟他们在养育孩子上也会意见相左，但是我们互相都会尊重对方的想法。我和他们虽然不亲，但也是经常为他们想得仔细周到，看见公公颈椎不适，就给他买了按摩枕，看见婆婆想看电视剧，就带她去中国店租片子。

又是四个月过去了，大家相安无事，其乐融融，公婆说要去延签证，还打算要办绿卡。他们努力学习英语，平时含饴弄孙，周末参加教会，日子过得也是充实满足。

生活仿佛是一曲徐缓流畅的旋律，但是偶尔冒出几个不着调的音符。

有了奇怪变化的是民生，他忽然每天下班回来就要洗澡。

那天他下班回家，我正好跟婆婆一起做了一款核桃饼，满屋子饼香四溢，我们招呼他快来品尝，他却不急不慢地说他要先去洗个澡。我问他这么急着洗澡干嘛？他说他现在每天中午出去走路，走了一身汗，全身发臭，洗个澡比较清爽。他要舒舒服服地享受美食。

我听着也是合情合理，就完全没有多想。过了几日，那天他下班回来时我正好在卧室跟大宝玩耍，看见民生走进卧室，大宝就"爸爸，爸爸"叫了起来，我抱着大宝迎上前去，大宝伸出胖胖的小手要爸爸抱，民生接过大宝，我顺势将脸凑到他的颈项上说："你说你很臭，我闻闻。"没想到他突然一个本能的避开的行为，这使我心生疑窦。

以前我每次靠近他，他的身体语言总是全身全心愉悦接纳，为什么现在突然身体僵硬，还微微避开，我是一个敏感的人，总觉得事有蹊跷。

"我臭烘烘的，别闻了。"他说。

我说："我就要闻。"我强行扒开他的衣领，闻了下说："哪有臭啊，还有点香呢。"

他忽然脸红了，笑着说："你老公出香汗呢。"说着他匆匆把宝宝交还给我，自己脱了外衣走进了卫生间。

虽然他也没露出什么破绽，但我心里还是狐疑重重。我觉得那个香味独特又有点熟悉，是什么香味呢？我闭上眼睛冥思苦索，突然间一道电光照进脑海，那好像是小丽的香水，她喜欢用的一种国内的香水味。

小丽？！我那种第一次见到她的不好的感觉瞬间又弥漫了全身。

民生从卫生间出来的时候，全身是新鲜的肥皂的香味，他看见我抱着宝宝呆呆地坐在摇椅上，便过来拉着我的手说："走啊，下楼吃饭去。"

我怀里是我爱的宝宝，身边是我爱的丈夫，我一路从楼上走下去，心想，这都是我挚爱的人儿，我希望我们永远可以这么相拥相爱。我不想有任何人任何事破坏这一切。

晚上，躺在床上，我的心里依然有一丝不安，我是一个非常直接的人，我对民生说："我们恋爱四年结婚三年，现在又有了大宝，我真的很珍惜。"

"我也是。"民生在黑暗中说道。

"你知道我是一个眼里掺不得沙子的人，我跟你说过许多次，我无法原谅出轨，其他事情都好商量，但若你有其他女人，那么我们立刻离婚，你净身出户。就算以前的事我可以既往不咎，从今天开始你一定要牢牢记住这一点。"我极其严肃地说了这番话。

"你想什么呢？我怎么会做那种事，你的小脑袋里老胡思乱想什么呢。"民生爱抚地摸了下我的头发。

"没有就好。你发个毒誓，倘若你今后出轨，那就净身出户而且今生没有好日子！"

"好好的，发什么誓。"民生背过身去。

我开亮了灯，坐起来说："你一定要发这个誓，否则我心里不安。"

"睡觉吧，很晚了，明天还要上班呢。"

"你不会是心里有鬼吧，发个誓都不愿意？！"我不依不饶。

我正色道："民生，我想告诉你，无论你以前是否有过任何事，我都不想知道，也不想追究，我需要你保证的是从今以后一定不会出轨，所以我一定要你发这个誓，否则今晚我们都别睡了。"

"好吧好吧，假若我今后出轨，我净身出户而且今生就没有好日子。"民生勉强含糊地说了这句话，然后不耐烦地说："这下可以睡觉了吧。"

我觉得再争下去民生也就只能如此了，便关了灯又躺了下来。

从这天起，民生每天下班回家我都会默默地审视他，偶尔还凑过去闻一闻。他依然一回家就要洗澡，而我每次闻到的都是微咸的汗味。民生神态自若，看不出一点反常。

我想，也许是我多心了。

3

又是一年秋天，秋叶红得如火如荼。

办公室窗前的几棵树，有一种湮湿润泽的感觉，仿佛被红黄色的颜料水中浸染一般，如水蜿蜒着缓缓变色。漫山遍野已经被秋色渗透了大半，这是秋色最美的时分，斑斓如锦。

我坐在办公桌前，望着窗外的秋色，想到大宝的周岁生日快到了，就给民生打了个电话。民生的办公室电话没有人接，我就又打了他的手机。

"老婆，什么事？"民生愉快的声音。

"我在想我们是不是应该给大宝一个周岁 Party？"

"好啊！"

"你觉得在家里办好还是去麦当劳办？"

"都好，你决定就好。"

"麦当劳比较好玩，不过大宝太小了，也许今年还是在家里办更好，到时我跟你一起列下要邀请的小朋友和他们的家长……"

就在我叙述我的计划的时候，我听见电话里传来一阵抽水马桶的声音，紧接着好像是一个女声喊了声："哥……"

电话里一阵静默，然后是民生的声音说："你说得对，还是家里比较安全……"

我警觉地问："你在哪里？"

"在走路。你知道我吃完饭要走路的。"

"我怎么刚才听见抽水马桶的声音？"

"哦，我刚才在洗手间，现在在走路。"

我听见"啪啪"的走路声，还有小鸟的婉转啾鸣。

"刚才你在女厕所？我怎么听见女声，还是中国话？"

"那是从厕所出来的时候，你知道我们单位中国人多。"

虽然民生似乎都有合理解释，可是我心里总觉得不对劲。我挂下电话，细细回味，那一声"哥"，甜甜的带着转弯的尾音，虽然民生马上就静音了，我只听到短短的一声，但是那应该就是小丽的声音……

难道是民生在小丽的家里？如果是跟小丽在一起，民生为什么要撒谎？他想掩饰什么？还有上次民生身上为什么会有貌似小丽的香水味，为什么那天他那么紧张？民生和小丽到底什么关系？

一连串的问号从我的心里冒出来，我的心里一阵阵发紧。我知道自己是多疑的性格，我希望一切都是我过于敏感，是我捕风捉影，是我空穴来风，可是我的眼皮一直在跳个不停，从来没有过这么强烈的不安的感觉，我站了起来，抓起皮包就走了出去。

小丽的公寓跟民生的公司很近，不过十分钟车程，从我公司过去要半小时。我曾经跟民生一起去过小丽的公寓。我决定直闯小丽的家，不管民生在不在那儿，我也许都能看到些蛛丝马迹。

一路上我心神不宁，心跳如鼓，我从未开车开得这么猛这么快，幸亏没有遇到警察。我一路疾驰用了二十多分钟就到了小丽的公寓楼下。我从车子走出来，在停车场巡视了一番，我希望民生不在这儿，我希望我是空跑一趟，可是在一排色彩型号各异的车子里，我一眼看见一辆蓝色雅阁，这辆车从未像今天这么扎眼，我走近一看，果然是民生的车子，那熟悉的车牌号、那我为他悬挂的平安符都明明白白地在说，民生就在小丽家里！我的头轰的一声，我的身子开始发抖，我的心一直往下沉，我无力地靠在一棵大树上，豆大的汗珠从额上渗了出来。一会儿，我听见开门的声音，我从树后看见民生和小丽从门里走了出来，他们亲热地拥吻。我听见小丽甜甜的声音："哥，开车小心。"

民生转过身向停车场走过来的时候，我从树后走了出来，站在停车场中央，民生忽然看见我，整个人一下僵住了，他惊惶地停住了脚步，过了会他又强作正经地走了过来："小玉你怎么在这里？我帮小丽准备考G，她下个星期考试。"

我脸色苍白如纸，全身瑟瑟发抖，我说："不要再骗我了，我都看见了。"

"你看见什么啦？你一定是误会了。我们就是一起准备考试，还有就是美国式Hug，你跟你的美国同事不是有时候也这样Hug的吗？"民生继续想耍赖。

"我的眼睛20/20，看得清清楚楚的，你再抵赖已经毫无意义！"我觉得我已经没有一点力气，手脚发软，我需要坐下来，我用虚弱的声音说出那句痛彻心肺的话："民生，我们离婚吧。"说完，我跟跟跄跄地走进了车子，又摁了按钮"喀嚓"关上了所有的车门。

"小玉你为什么这么说？我们不是好好的吗？大宝还这么小，你千万不要有这个念头！"民生趴在车窗上对我嘶喊着。

我不想再跟民生多扯，我慢慢地发动了车子。

我看见民生蓝色的车子跟了上来。我需要一个人静一静，我不想见民生，在红绿灯的时候我打了一个弯，径自回了公司。

我一到公司，就进了卫生间。我坐在马桶盖上，泪水哗哗地落了下来。我又不敢哭出声来，便是咬着嘴唇低声啜泣。

我哭了很久，终于冷静下来。哭不能解决任何问题，该面对的必须面对。我擦干眼泪，走进了办公室。电话铃此起彼伏，办公室的座机响毕，手机又响，都是民生的，我没有接。我给一个认识的律师打了电话，询问了有关离婚的一些事宜。又给祝老师打了电话，问她一个月后是否能来帮忙。祝老师手腕已经痊愈，她正惦记着大宝，一口答应了我的请求。

打完电话，我呆呆地坐在办公桌前，望着窗外的秋树，风吹过，几片黄叶从树上飘飘荡荡地落下。不过两个小时，这些秋叶在我眼里已经从绚美变成了萧瑟。我又一次悲从中来，全身无力仿佛虚脱了一般。我跟老板说身体不舒服，今天要提前下班。

老板看我脸色苍白面无血色，便关切地说："你要好好休息。"

我走进车子里，眼泪忍不住又像断了线的珍珠似地落了下来，我伏在方向盘上，终于嚎啕大哭起来。

我不是不爱民生，不是不爱这个家，想到我即将失去这一切，心里是锥心刺骨的疼痛。

我跟民生在美国读书时认识，虽然我独立好强，可是一个女孩子独自在异乡漂泊，难免有艰辛孤独之感。民生他一直陪伴着我，陪我熟悉环境，陪我买菜，陪我找住宿，教我开车，陪我买第一辆车……不是没有别的男生追求我，可是跟民生在一起是最让人舒服的感觉，彼此一个眼神就懂对方的默契，无论说什么都心领神会的笑容，我跟民生是水到渠成的关系，在两人都觉得谁也离不开谁的时候，我们成了恋人。

"你为什么来美国？"他看着我笑意盈盈地问，然后自己就回答了："就是为了遇见我！"

我们相恋相爱，他说执子之手与子偕老，他说爱我到天老地荒海枯石烂，可是我们结婚才三年，他就出轨了。

都说七年之痒，我们才三年，真是让人不甘心。我转而一想，我们恋爱四年，结婚三年，也正好是七年了。

七年，所有的誓言都如烟而逝，世上哪有天老地荒的爱，只有等闲变却的心。我心痛难耐，泪如泉涌。

我一个人在车里嘤嘤呜呜地哭了许久，看见有人朝这边走过来，便用纸巾擦了眼泪，驱车朝家里开去。

4

我到家的时候，民生已经在家里了。

我从婆婆手里接过大宝，走进了卧室。我把大宝紧紧地搂抱在怀里，我知道，我的世界里唯一剩下的就只有大宝了。我从窗口看见我们为孩子诞生栽下的白杨树，想起当初关于三个孩子的憧憬，心如刀割。

民生紧跟着走进卧室，他眉山高耸，脸色发沉，面有愧色。往日每当他短短的眉毛耸成一堆时，我就会觉得可爱，有时吵架时看见他萌萌的眉毛一耸一耸，心里忍不发笑，气也消了大半。可是今天觉得他的眉毛、他整个人都是那么的丑陋不堪。

"小玉，我们谈谈。"

我看他一眼，等着他的下文。

"我其实跟小丽没什么……"他又开始抵赖。

我立刻打断他："你不要把我当傻瓜，再抵赖已经没有意思了。"

"唉，你智商这么高，怎么可能拿你当傻瓜呢?"民生叹口气说。

我抬起眼，直视他说："其实一个月前让你发誓的时候我就已经觉察到了，当时我不想点破，只想给你一个警告，如果你珍惜这个家珍惜我的话，就应该悬崖勒马，可是你却变本加厉，你让我亲眼看到了那么不堪的一幕……"想到他和小丽拥吻的画面，我的胸口一阵抽搐，不知是心还是胃，疼痛难忍，我将大宝放进游戏床，捂着胸口问道："说吧，你们多久了？"

　　民生低头沉默了一会，然后说道："就两个月，小丽说让我帮她考 T 考 G，我每个星期中午就去她那儿两次，其间她一直各种示好，孤男寡女共处一室，又是女追男隔层纱，她又说不要你承担任何责任，也不会让任何人发现，只是单纯享受下男欢女爱……真的，任何男的都很难挡得住这样的进攻……"

　　"一个月前，我让你发誓那天，你的身上有女人香水味儿的那天，就是在她那儿，是不是？"

　　"是的，你太聪明太敏感，那之后我有一段时间没去她那儿，后来她说她不用香水也不用化妆品，这下肯定谁也不会知道了……今天这个电话，知道你可能会起疑心，所以跟她说接下来暂时就不过去了，没想到你会当即赶过来……"民生说到这儿，又望着我诚恳地说："小玉，我一点也不爱她，我爱的是你，我只是享受她的爱，我没法拒绝她……其实开始是拒绝的，可是她很坚持，一再地示好，我没有能够坚持拒绝……小玉，我真心请你原谅我，这种事情今后一定不会再发生了，我用生命保证。"

　　"这种誓言你已经发过一次了，当时我想，假若你若真能按你发誓的那样，我就当作什么也没发生过，可是现在我亲眼见到了，我再也不可能当什么也没发生过了。我已经咨询过律师了，到时我会准备好离婚协议书，到律师那儿签个名就成。"说到离婚，我的胸口又袭来一阵尖锐的痛楚。

"小玉，我们这么多年的感情，这么可爱的大宝，我们可不可以不要离婚，不要撕裂这么好的一个家？"民生恳求道。

"你要是不想撕裂了这个家，又为什么走出无耻的出轨的这一步？"我反诘道，眼泪忍不住夺眶而出。

"我错了，我真的错了，你原谅我这一次好不好，以后我一定不会了。"

"你的话现在已经完全没有可信度，我不想一次次被伤害。你一个月内搬出去，孩子和房子归我，其他都好说。"说着我又将大宝从游戏床里抱了起来，大宝天真无邪地叫着"爸爸"、"妈妈"，我的眼泪又一次奔涌而下。

"你再考虑考虑好不好？让我们都冷静下再做决定好不好？"

"我已经考虑了一个月了，从上次在你身上闻到小丽的香水时我就开始考虑了。就这样，我累了，不要再说了。保姆一个月后来上班，你父母那儿你自己去说。你出去吧。"我疲倦地闭上了眼睛。

我们都仿佛听见了空气中撕裂的声音，如同一匹完好的布，只撕开一个小缝，整匹布便以无法阻挡的姿势，撕裂成两半。我的心仿佛也撕裂成两半，血无声地汩汩而流。

这一个晚上，民生睡在了客厅的沙发上。

第二天，民生的父母都知道了原委。他们狠狠地痛斥民生一番，又一直苦口婆心劝说我不要离婚。"大宝那么小，你怎么忍心让他这么小就生活在一个破裂的家庭？""民生已经知错了，我们都骂过他了，你就原谅他一回吧。"这样的话他们轮番对我说了无数遍。

我是一个一旦做出决定很难改变的人，主要是我已经给过警告，民生也已经发过誓，所以他在我面前已经完全没有可信度。都说出过一次轨的男人一定会有第二次、第三次，以民生的秉性，他肯定会再次出轨，他说过他看不上小丽，可是面对小丽的主动，他根本没有任何抵抗力……我现在已经完全无法相信他，与其一次次猜疑、一次次被打击，不如就此分开。

我将自己的意思明明白白地告诉了民生和民生父母，他们说得唇焦口燥，见我态度坚决执意离婚，最终也都放弃了劝说。这个曾经欢乐的家庭一下被愁云惨雾笼罩，除了不懂事的大宝，所有人都愁眉深锁。

我和民生不久就递交了离婚协议。民生在外面租了个公寓，带着父母搬了出去。民生父母对于大宝依依不舍，民生母亲一直抱着大宝，嘴里不停地问大宝："宝宝会不会想奶奶？"她的眼睛里闪着泪光，我看着心里也是一阵难过。民生父亲问我："我们可以常来看大宝吗？"我说："当然可以，任何时候都可以，不管我跟民生的关系如何，大宝永远是你们的孙子。"

大房子里一下就只剩下我和宝宝，显得冷冷清清。夜深人静的时候，我无数次两眼空洞地望着天花板，泪水从眼角两边无声滑落，严重的失眠使我显得憔悴不堪，两颊深陷，眼窝发黑，仿佛一下苍老许多。祝老师来的时候，见到我的样子，大吃一惊。

我大致跟她说了一下事情原委，她连连惋惜："唉，多好的一个家，就这么散了，大宝还这么小。"她自责地说："要不是我摔伤了可能不会出这件事。"

我说："这个世界诱惑这么多，对于诱惑完全没有抵抗力的人迟早会有这一天。"

"你看上去状态非常不好。"祝老师担心地说。

尽管我在民生面前态度强硬，但是每个夜晚痛苦如同虫子噬咬着我的心，多少个夜晚我是含泪入睡，又有多少个夜晚我是彻夜难眠，听见祝老师这句话，泪水又忍不住从眼角崩溃。

祝老师抚慰地摩挲着我的肩膀，递过来两张纸巾，我接过纸巾说道："我会走出来的，但是需要一点时间。"

民生父母每个周末都由民生带过来看大宝。祝老师因为怜惜我，偶尔周末也会留下来帮忙。患难见人心，祝老师于我的意义已经远远超过一个保姆，她亦师亦友，如姐如母。祝老师对我说："你们这一离婚，所有的人都受到伤害，我看民生和他父母的状态都不大好，但是离婚最吃亏的是女人，你是状态最差的一个，民生看上去可比你好多了。"

过了一个多月，民生父母也就回国了，他们无心再沿签证，更无心要办绿卡。他们走的时候，已是初冬，寒风乍起，民生母亲给大宝穿上她新织的蓝色的毛衣，大宝爱笑好动，穿着新毛衣在屋子里摇摇晃晃地乱跑，奶奶看着满眼宠溺和不舍，她红着眼圈对我说："好好带大大宝……"

"我会的，他现在是我的全部。"我说道，心中也是一阵酸楚。

民生父母回国后，民生就跟小丽搬到了一起。听说这个消息，我一夜无眠，心里就像针扎一般疼痛难耐。从此之后，我连这两个人的名字都不想听到。

民生偶尔还是会来看望大宝，但是他父母走了之后，来的频率骤减。尽管现在我看见他就像看见苍蝇一般恶心，但他有这个权益。

祝老师说："你这么恶心他们，是因为你心里还没有放下他们。"她停顿了下又叹息道："你离婚这事处理得太草率，将民生拱手让给了小三。"

我说："我没有办法，我就是这个性格，长痛不如短痛，离婚是短痛，现在很痛但过去了就会有新的平衡，不离婚我这辈子都会活在猜疑之中。"接着我又意难平地说："民生但凡对我还有一点感情，就不应该再跟小丽在一起，至少也不应该这么快就跟小丽同居。"说这话时我忍不住落泪，接着我又狠狠地说："这样也好，这样我可以早一点走出来。"

后来民生有一段时间没有了消息，听说要跟小丽回国结婚了。民生公司有位女同事苏敏，跟我也是朋友，听说了我们离婚之事很是为我不平，经常跟我煲个电话粥，劝解我，也会说些民生的消息。听到民生要跟小丽结婚的消息，我跟苏敏说："从此不要再在我面前提起民生这个人。"

这两个人已经跟我没有任何关系，我一遍遍地跟自己说。他们在一起的画面曾经在我眼前回放无数次，每一次回放都像一把锋利的刀，刺激我，折磨我，扎伤我，扎得我心中一滴滴地泣血。现在我努力修炼，坦然接受这一个事实，是的，他们背叛了我，他们现在在一起，但是他们已经跟我无关，不值得我花费一分一秒去关注。我要一心一意专注在大宝身上，一心一意过好自己的日子。

当原有的生活节奏被打乱之后，当遭受感情背叛和婚姻破裂之时，只有经历过的人才知道会有多痛，但是时间是最好的良药，能让痛的不再痛了，让放不下的放下了。一日又一日，我一点一点地找回自己，一点一点地找回平衡。

春天来了。满目是清新的浅绿，烟纱轻雾一般。而在绿色中间隔出现的花树，开着锦簇的热烈的花朵，紫红的，粉红的，白色的，整个世界柔嫩明亮，一片欣然。

我开始恢复每周去健身房，又开始常常带大宝出去散步，在一片鸟语花香的明媚中，我的心境也渐渐开朗起来。

祝老师又开始给我做汤水滋补，她说我瘦骨嶙峋太憔悴。她现在的厨艺有所进步，新学的银耳红枣汤炖得黏稠甜润，吃得我渐渐面色红润起来。我拉着祝老师的手感激地说："假若没有你，这些日子我真不知怎么过。"

这天清晨我在晨曦中醒来，听见窗外传来各种鸟鸣，有欢快啾啾的，有婉转圆润的，有悠扬高亢的，我伸了个懒腰看了下钟，欣喜地发觉居然一觉睡了七个小时，许久没有睡这么香了。

我薄施脂粉，穿上浅绿色春装，跟大宝告别去上班，祝老师欣慰地看着我说："你终于走出来了。"

5

夏天到了，白昼越来越长，吃过晚饭天色依旧明亮，晚霞将天边染成了洇红。

祝老师在洗碗，我跟大宝在地毯上玩遥控车，男孩子越来越喜欢车子。就在这时，门铃响了。

会是谁啊？一般人来访前都会先打个电话，直接按门铃的多是做广告的。我抱着大宝过去开门。

完全没有想到的是，来的居然是小丽。她比以前瘦了，原本圆鼓鼓的脸显出清秀的轮廓，穿着烟灰色的羊绒衫，比起第一次见她要时尚多了，只有一双大眼睛依旧透露着不安分。我认出那件烟灰色的羊绒衫是我给她买的，心里的气又是不打一处来，纵然我已经一再修炼自己，心里还是暗骂这真是一只喂不熟的白眼狼。

我已经大半年没有见她了，她是这个世界上我最不想见的人。我把她堵在门外，直截了当地告诉她："你来干什么，我不想见你，这儿不欢迎你，请回吧。"

小丽脸上闪过一丝赧色，但她这样不知羞耻的心机女人，自然不会轻易退缩，她说："民生最近状态非常不好，我来是希望你能够帮助他。"

我想起自己走过的那些黑暗的日子，冷笑一声："这真是我听过最好笑的笑话，他状态不好关我什么事？！你们给了我最深的伤害，我状态不好时有人 Care 过吗？"

小丽说："民生父亲突然去世了，民生非常自责。"

民生父亲不过六十多岁，看上去还十分健壮，在我家的时候还经常帮我们种花拔草，怎么会突然去世？

我一愣神，便让小丽进了屋子。

祝老师从我手里接过了大宝。小丽坐在我们的餐桌前，跟我讲述了他们这两个月发生的事。

虽然小丽很努力地准备考 T 考 G，可是基础太差，终归还是没有能够申请到学校。签证即将过期，她在美国的身份成了问题，她就提出是否能够跟民生结婚来维持在美国的合法身份。

民生同意了。他带她回国去见父母，说了要结婚的事。没想到他父母听了大发雷霆，告诉他们，他们心里的儿媳妇只有小玉！他父亲劈头盖脸将儿子一顿痛骂，骂他毁了好好的一个家，丢了那么好的媳妇和孙子，更是害得他们不能常常见到那么可爱的孙子！最后他不客气地告诉小丽这个家永远不欢迎她。

民生和小丽沮丧地回到旅馆，民生脸色铁青，整个晚上一言不发。没想到第二天早晨传来噩耗，民生父亲因为突发脑溢血去世了。不管他父亲的去世是不是跟民生有关，民生母亲坚持这么认为，民生父亲因为情绪极端激动而引发脑溢血，是民生和小丽害死了他父亲！

父亲的突然去世，母亲的怪责诘难，民生彻底崩溃了！他变得消沉自责，酗酒买醉，常常在醉成了一摊烂泥时谩骂自己，骂自己是个不孝子，害死父亲、害惨母亲，骂自己是个烂人，害苦最爱的女人和孩子，骂自己是个人渣，为子为父为夫每一样都做得糟糕透顶……他无心工作，迟到早退，无故旷工，终于被公司辞退。

而结婚的事他再也不曾说起，小丽因为身份问题必须在近日内回国。

"我后天就要回国了，我想我回国之前一定要来见你一面。我自己回国去日子也不会好过，他们现在都说我是扫把星，克死两个男人。"小丽说着满脸都是泪水，她接着说："我反正已经是死猪不怕开水烫，我担心的是民生。他跟我不一样，一直优秀顺遂，没受过什么挫折，现在接二连三的打击，他整个人一蹶不振，是我害了他，可是我现在已经没法救他，我无论做什么说什么他都完全无动于衷，他依然爱着你，只有你能救他……"

我听完小丽的叙述，除了对于民生父亲掬一把惋惜哀痛之泪，对于这对渣男贱女，只觉得天道轮回，报应来得太快太爽。

我对小丽说道："他父亲的事情是我实在不愿看到的，我跟他父母相处了几个月，他们的人品我很佩服，对于他父亲的去世我也觉得非常难过和哀伤。至于你们的事跟我已经完全无关，他爱谁不爱谁也跟我完全无关，你们自己好自为之吧。"说着，我站了起来说："你的来意我已经明白，我的意思就是这样。你请回吧。"

小丽还想说什么，但见我已是一副送客之态，她也就站了起来，突然她在我面前"扑通"一声跪了下来说："求你，求你救救民生，你们毕竟夫妻一场，毕竟他是大宝的父亲。"

这个无耻的女人真是什么都做得出，我嫌恶地看了她一眼说："你真是让我想起农夫和蛇的故事，农夫看见一条蛇冻僵了，就把它放进怀里温暖它，蛇苏醒了就咬了农夫一口，农夫受了致命之伤。假若奄奄一息的农夫没有死，他饱受痛苦但又活了下来，而蛇又冻僵了，它又来祈求农夫帮助，你说农夫还会救它吗？"

小丽低下头，流着眼泪说："在你眼里我就是一条毒蛇，其实我并没有那么恶毒。我知道所有的一切都是因为我不好，我起初只是因为听见你们的话，你要把我赶走，他说他怎么也不能看上我那样的，我只是对你们生气，只是不服一口气，所以我想证明一下自己……我跟民生开始都以为你不会发现，我完全没想到事情发展到现在这个地步，我现在非常后悔。但是我现在是真心爱他，只要是为他好我怎么样都可以，我马上就要回国了，也没办法再照顾他，所以只有求求你了……"

我听见她说到我和民生卧室里的对话，想起那日门外窸窣的声音，心里颇为震惊，又听见她说什么爱不爱的，心里又一阵恶心。我好不容易从这件事中走了出来，一点不想再搅和进这趟浑水。看着这个跪在自己面前的女人，我有一种生理上的反胃，我皱眉道："你们都是成年人了，做任何事都要为自己的行为负责。他会自救的。你走吧，你是我此生最厌恶的人，我希望这辈子都不要再见到你。"说着我拂袖而去，留下跪在地上的小丽。

祝老师亲眼目睹了这一幕。她后来告诉我小丽在地上跪了一会，便起身离去了。她好奇地说："这个女人看上去满憨厚的，没有一点狐媚的样子，无论是外在还是内在比你也差太多了，那个民生怎么就那么想不开呢？"

我苦笑道："这个问题我也是想了很久，现在总算有点想明白了，男人大抵如此，在女人投怀送抱又以为不会有后果的情况下，就会走出这一步，殊不知，走出了这一步，其后果难以预料。"

"那么你会去帮民生吗？"祝老师又问道。

我没有回答。我看着门外的小白杨树，想起昔日家里的欢乐温馨，想起民生父母在时的热闹喧哗，到如今一个家支离破碎，民生父亲溘然去世，心里不由感叹世事沧桑，人生无常，婚姻和生命都是如此脆弱。出轨这种事就像一匹脱缰的野马，谁都难以预知它会走向哪里。

一阵风过，门外乱红飞舞，树木婆娑摇曳。